Micol Ostow

RIVERDALE • Raus aus der Stadt

MICOL OSTOW

RIVERDALE

RAUS AUS DER STADT

Aus dem amerikanischen Englisch
von Doris Attwood

cbt

Dieses Buch ist auch als E-Book erhältlich.

MIX
Papier aus verantwortungsvollen Quellen
FSC® C014496

Verlagsgruppe Random House FSC® N001967

1. Auflage
Erstmals als cbt Taschenbuch September 2019

German-language edition published by Verlagsgruppe Random House GmbH/ cbj Verlag, by arrangement with Scholastic Inc., 557 Broadway, New York, NY 10012, USA.
Die amerikanische Originalausgabe erschien unter dem Titel »Riverdale. Get Out of Town.« bei Scholastic Inc., New York.

Aus dem amerikanischen Englisch von Doris Attwood
Lektorat: Catherine Beck
Umschlaggestaltung: init | Kommunikationsdesign, Bad Oeynhausen
Umschlagmotive: © Archie Comics Publications, Inc. All Rights Reserved.
Cover art by David Curtis
he · Herstellung: UK
Satz: KompetenzCenter, Mönchengladbach
Druck und Bindung: GGP Media GmbH, Pößneck
ISBN 978-3-570-31303-9
Printed in Germany

www.cbj-verlag.de

TEIL I:
DIE PARTY

PROLOG

JUGHEAD

Sommer. Schon das Wort allein beschwört eine ganze Reihe tröstlicher Bilder herauf: lange Abende, an denen man zusieht, wie die Sonne langsam über den Horizont kriecht, während Glühwürmchen geschäftig durch die Luft flimmern wie verirrte Wunderkerzen am vierten Juli. Faule Tage in der Hollywoodschaukel auf der Veranda, ein Softeis in der Hand und der ewige innere Konflikt, ob man es lieber langsam genießen oder doch hastig verschlingen soll, bevor es komplett dahinschmilzt, klebrig süß in der glühenden Hitze des grellen Sonnenscheins.

Der Sommer ist zum Faulenzen da. Man ERSCHLÄGT höchstens hin und wieder eine Stechmücke und badet ansonsten im Sweetwater River, ignoriert den Wecker am Morgen und vergisst völlig, wie spät es ist. Man lebt beinahe in einem eingefrorenen Moment, in dem sich jedes Verantwortungsgefühl in Luft auflöst und es nur noch dich, deine besten Freunde und die Überzeugung gibt, dass alles, was du tust und bist, ohnehin vergänglich ist, wie ein Nebel … und allein dir gehört.

In Riverdale gehörte der Sommer uns.

Oder zumindest dachten wir das. Bis zu *diesem* Sommer. Bis Archie Andrews wegen Mordverdachts verhaftet wurde und gezwungen war, den Sommer mit seiner Verhandlung im Gerichtssaal zu verbringen. Bevor wir gezwungen waren, uns mit der entsetzlichen – und entsetzlich realen – Möglichkeit auseinanderzusetzen, dass Archies Prozess erst der Anfang war.

Cassidy Bullock. Sein Tod hatte uns nicht sonderlich mitgenommen. Schließlich hatten er und seine Handlanger uns terrorisiert, als wir das Wochenende in Veronicas Hütte in Shadow Lake verbracht hatten. Und wahrscheinlich hätten sie noch viel Schlimmeres getan, wenn Veronica nicht den stillen Alarm ausgelöst hätte.

Es traf uns deshalb nicht besonders hart, dass er getötet worden war – vermutlich von Andre, dem Leibwächter der Lodges. Was uns hingegen traf, war die Tatsache, dass Hiram Lodge, Veronicas Vater, versuchte, Archie den Mord anzuhängen – und dass man Archie tatsächlich angeklagt hatte.

Endloser Sommer. Sommerflirts. Der Dichter Wallace Stevens schrieb, »eine Sommernacht ist wie ein vollkommener Gedanke«. Aber für Archie, Veronica, Betty und mich war er alles andere als vollkommen. Uns brachte er nur die Unbarmherzigkeit der Realität.

Für Archie bedeutete diese Realität, seine Aussage

immer wieder durchzugehen, bis sie ihm so vertraut war wie das Atmen. Sie bedeutete, die vermeintlichen Beweise gegen ihn, die Hiram Lodge fingiert hatte, mithilfe seiner Mutter, Mary Andrews – der wahrscheinlich engagiertesten Anwältin, die ein des Mordes beschuldigter Teenager jemals an seiner Seite hatte –, sorgfältig durchzukämmen.

Die zweite Verteidigungsreihe im Team Archie führte Betty Cooper an, ebenso pragmatisch und entschlossen wie immer. Im Sommer zuvor hatte Betty, das nette Mädchen mit einer dunklen Seite von nebenan, während eines Praktikums bei einem Lifestyle-Blog in L. A. an ihren journalistischen Fähigkeiten gefeilt. Nun nutzte sie jedoch ihr detektivisches Talent, um die Unschuld ihres ältesten Freunds zu beweisen. Und das alles kurz nachdem sie erfahren hatte, dass ihr Vater der Serienmörder war, der in Riverdale unter dem Namen Black Hood sein Unwesen getrieben hatte.

Veronica Lodge wiederum, Riverdales stadteigener Fisch auf dem Trockenen, beschloss, auf ihr beträchtliches Geburtsrecht zu verzichten – und auf die damit einhergehenden berühmt-berüchtigten Verpflichtungen. Die ehemalige Prinzessin der New Yorker Park Avenue wandte sich von ihrer Familie und der finanziellen Sicherheit ab, die sie ihr garantierte. Während sie versuchte, als neue Besitzerin von Pop's Chock'Lit Shoppe auf eigenen Füßen zu stehen, wetzte sie sich in einem unerbittlichen – und hoffnungslos festgefahrenen – Kampf mit ihrem liebsten Daddy die Hörner. Der Preis, der dem Sieger ihrer fieberhaften Fehde winkte?

Die Freiheit eines gewissen Archie Andrews. Und vielleicht sogar seine Seele.

Was mich anging, versuchte ich mein Bestes, fortzuführen, was mein eigener Vater begonnen hatte, und meine neue Rolle als Serpent-König im Sinne seiner Vorstellung von Loyalität und Familie auszufüllen. Natürlich machte ich mir Sorgen um Archie – oder besser gesagt: Ich hatte schreckliche Angst vor dem, was mit ihm passieren würde –, aber ich versuchte trotzdem, positiv zu denken, was mir von Natur aus nicht besonders leichtfällt. Aber schließlich hatte ich im wahrsten Sinne des Wortes eine ganze Bande im Rücken, die von mir erwartete, dass ich sie anführte. Die Serpents hätten alles für mich getan, genau wie für die Andrews. Vor allem, seit sie uns ein Zuhause gegeben hatte, nachdem Hiram Lodge alle vertrieben hatte, die das Pech hatten, auf der Southside zu wohnen. Mein Dad war seither als Anführer der Serpents zurückgetreten, und es war an der Zeit, dass ich ihnen zeigte, dass ich ihr Vertrauen und ihre Loyalität tatsächlich verdiente.

Das Problem war nur, dass ich mir selbst nicht sicher war, ob ich auch wirklich daran glaubte.

Durch Jason Blossoms Ermordung hatte Riverdale etwas Wesentliches, Unbeschreibliches verloren. Jahrzehntelang hatte unsere bescheidene, mustergültige Gemeinde fröhlichen Kleinstadtcharme versprüht. Niemand hatte sich je die Mühe gemacht, das Bild der typisch amerikanischen Postkartenidylle abzuziehen und hinter die Fassade zu blicken. Niemand hatte es *gewollt* … nicht einmal diejenigen, die es eigentlich besser wussten. Diejenigen, die die Geheimnisse dieser Stadt nur allzu gut kannten, die tief bis in ihr verrottendes, finsteres Herz reichten.

Jason Blossom, Black Hood – und nun Archie Andrews, ehemaliger Vorzeigesohn der Stadt, des Mordes angeklagt und von der Macht eines in Ungnade gefallenen Gangsters erdrückt. Kurz davor, alles zu verlieren, und das nur, weil er den *einen* Fehler begangen hatte, dem falschen Mann in die Quere zu kommen.

Dieser Sommer schien sich ewig hinzuziehen. Klebrig schwül und erbarmungslos hielt er uns vier in einem verworrenen Netz gefangen. Die Tage waren endlos, wie alle Sommertage, nur, dass sie sich in ihrem zähen, sirupartigen Tempo gefährlich anfühlten, bedrohlich.

Der Labor Day stand vor der Tür und mit ihm das Ende des Sommers. Den meisten Teenagern graute wahrscheinlich schon davor, wieder zurück in die Schule zu müssen: Hausaufgaben, Cliquen, früh aufstehen.

An all das dachten wir jedoch nicht, obwohl wir alles dafür gegeben hätten, uns nur darum kümmern zu müssen. Stattdessen machten wir uns Sorgen darüber, dass uns Archies letzte Chance – seine letzte Chance auf Freiheit, darauf, Hiram Lodge mit seinen eigenen Waffen zu schlagen – endgültig durch die Finger glitt.

Und wenn *wir* Archie nicht vor den düsteren Schrecken retten konnten, die im Herzen von Riverdale lauerten, wer würde es dann tun?

KAPITEL 1

Reggie:

Heute Abend Party in der Casa Mantle, Kumpel.

Archie:

Weiß nicht, ob ich wirklich in Partystimmung bin, Alter. Tut mir leid.

Reggie:

Das versteh ich. Aber meine Eltern sind nicht da.
Und nächste Woche stehen die Schlussplädoyers an, richtig?

Archie:

Erinnere mich nicht daran.

Reggie:

Was willst du denn sonst machen?
Deine Mom hat alles im Griff, todsicher.
Entspann dich doch einfach mal einen Abend lang.
Das hast du sicher dringend nötig, hab ich recht?

Archie:

Ich will meine Mom nicht allein lassen,
während sie versucht, mir den Arsch zu retten.

Reggie:

Sie ist deine MOM. Sie will bestimmt, dass du dir einen
Abend lang mal wieder wie ein ganz normaler Teenager
vorkommst und nicht wie ein des Mordes angeklagter.

Reggie:

Sag mir, dass ich unrecht hab.

Archie:

...

Reggie:

Ich trommle den Rest der Bulldogs zusammen.
Dann schick ich Veronica ne Nachricht.
Sie und deine Mom werden dich schon
überzeugen. Wir sehen uns dann später.

Reggie:

Nur ein freier Abend.
Dann kannst du wieder
lebender Toter spielen.

Archie:

Na, vielen Dank auch.

Reggie:

War nur'n Scherz. Du wirst freigesprochen.
Denk mal an was anderes. Nur für einen
Abend.

Archie:

Ich versuch's. Ist nur leichter gesagt als getan.

Reggie:

Was nicht, Kumpel? 👊

Veronica:

Archiekins, ich hab gerade ne super
Nachricht von Reggie Mantle
gekriegt ... 🎇 🎂 🍷🍷

Archie:

Ronnie, I♥U, aber bist du sicher, dass eine Party wirklich die beste Idee ist? Selbst wenn ich dazu in Stimmung wäre – wir sollten arbeiten. An meinem Fall. Oder zumindest ich. Mom tut es auch.

Veronica:

Arbeit allein macht nicht glücklich, Archie.
Was du heute kannst besorgen,
das verschiebe ruhig mal auf morgen.
Frei nach Kubrick und King.

Archie:

Ich kenn nur Carrie – das Musical.
Den Rest hab ich nie gelesen.

Veronica:

War auch nur ein Scherz, Liebster. Trotzdem hast du ein bisschen Spaß verdient.

Archie:

... Weil es vielleicht für lange Zeit das letzte bisschen Spaß für mich sein könnte, meinst du.

Veronica:

Das hab ich nicht gesagt. Und ich verweigere mich dieser negativen Energie. Ich habe 100%-iges Vertrauen zu unseren Fähigkeiten, deine Unschuld zu beweisen. ABER ich finde trotzdem, dass wir uns einen freien Abend verdient haben.

Archie:

Aber meine Mom ...

Veronica:

Mach dir keine Sorgen. Deine Mom hält es – natürlich – auch für eine fantastische Idee. Sie war begeistert, als ich es ihr erzählt hab.

Archie:

Und was ist mit Betty?

Veronica:

Sie war schwerer zu überzeugen. Hat irgendwas von Akten und Textmarkern geplappert. Unter »hingebungsvolle Freundin« findet man im Lexikon ein Foto von ihr. Aber deine Mom hat sie überredet. Der Beweis, dass du wirklich die überzeugendste Anwältin der Welt hast – und dir mal eine Verschnaufpause gönnen kannst. Nur für einen Abend.

Archie:

Wie stehen die Chancen, dass ich es dir doch noch ausreden kann?

Veronica:

Ungefähr so hoch wie die Chance, dass du für ein Verbrechen verurteilt wirst, das du nicht begangen hast.

Veronica:

Mit anderen Worten: Ich hol dich um 8 ab.

Veronica:

Archie ist natürlich dabei.

Betty:

1+ für deine Überzeugungskräfte, V. 🙌

Veronica:

Unterschätze nie die Entschlossenheit eines Lodge.

Betty:

Gott, erinnere mich nicht daran.
Genau davor habe ich ja solche Angst ...

Veronica:

Nein! Fürchte dich nicht, Schwester. Vergiss einfach, was ich gesagt hab. Heute Abend gibt's nur gute Vibes. Bis später!

Betty:

Setz deine Pflichtbewusster-Freund-Mütze auf, Jug.

Jughead:

Ich hab nur die eine Mütze, Betty. Das weißt du doch. Aber ich hab schon gehört: Party bei Reggie. Ich hatte schon Albträume, die angenehmer waren als die Aussicht darauf.

Betty:

Dann tu es für Archie. Und mich.

Jughead:

Ich bin nicht unbedingt in feierlicher Stimmung. Ich weiß gar nicht, was feierliche Stimmung IST. Aber ich kann dir auch nichts abschlagen.

Betty:

xoxo

Cheryl:

JoJo! L. A. ist ein Traum! Ich bin so froh, dass Toni mich zu dieser Spritztour quer durchs Land überredet hat. Wir sind wie … Thelma und Louise, nur ohne das tragische Ende natürlich – und wenn Susan Sarandon ein echter Rotschopf wäre, wie ich. Folgst du mir auf Insta? #ChoniGoesWest.

Josie:

Süße, du weißt doch, dass ich deiner unglaublichen Reise folge. Und ich freue mich, dass du so viel Spaß hast. Die Cats halten sich mit scharfen Krallen über Wasser. Im guten alten Riverdale ist alles beim langweiligen Alten.

Cheryl:

👀 Wie oft muss ich dir das noch sagen? Du bist zu gut für diese verlorene Stadt. Du solltest bei uns sein, in La La Land.

Cheryl:

Gestern Abend waren wir im Theater & heute geht's zu nem Gig ins Hotel Cafe. Toni hat praktisch zu allen coolen Läden hier Serpents-Connections. Das ist wie der ultimative VIP-Pass.

Cheryl:

Die nächste Reise wird eine Tour der Pussycats. Ich stelle mich als eure Agentin zur Verfügung.

Josie:

Du wärst auf jeden Fall ne Bombenagentin. Hab auch gerade ne Nachricht von Reggie Mantle gekriegt. Bei ihm steigt heute Abend ne Party. Nicht unbedingt so spektakulär wie L. A., aber ... Wenn du wieder zurück bist, stell ich dich auch gleich noch als Bodyguard ein. Dann hätte Mantle keine Chance mehr.

Cheryl:

Männer sind solche Idioten – und der Typ ist ein besonders hartnäckiges Exemplar. Und, gehst du hin?

Josie:

Weiß noch nicht. Mal sehen, was meine Cats sagen. Vielleicht hat eine von ihnen ja was Besseres zu bieten.

Cheryl:

Tja, die Hoffnung stirbt zuletzt, Josephine. Ich drück dir alle Cherry-Cosmo-lackierten Daumen. Halt mich auf dem Laufenden!

Kevin:

Party bei Reggie heute Abend.Kommst du?

Moose:

Ja, klar. Wir sehen uns dann da. Okay?

Kevin:

Ich dachte, wir könnten vielleicht zusammen hingehen?

Moose:

...

Kevin:

Schon gut. Wir sehen uns da. Bis dann.

VERONICA

Normalerweise gehört die Party irgendeines Kleinstadt-Typen nicht unbedingt zu den gesellschaftlichen Ereignissen, denen ich entgegenfiebere. Zumindest nicht, bevor ich mein Herz an einen dieser Kleinstadt-Typen verloren habe ... und dann hilflos vor Entsetzen mit ansehen musste, wie mein sich immer mehr in einen Comic-Bösewicht verwandelnder Vater meinen Liebsten mit seiner Macht verführte und nun sogar versucht, ihn hinter Gitter zu bringen.

Da kann ein Mädchen schon mal nervös werden, verständlicherweise. Daher überdenke ich in diesem Sommer einige meiner früheren Grundsätze noch einmal ganz neu.

Ich bin mir aber trotzdem vollkommen sicher, dass die bloße Wahrheit – Archie ist unschuldig – ausreichen wird, um ihn zu entlasten. Und wenn irgendjemand der Gerechtigkeit zum Sieg verhelfen kann, dann sind es Mrs Andrews und Betty Cooper. Die Hölle selbst kann nicht so wüten und so entschlossen kämpfen wie diese beiden.

Allerdings ist *sicher* ein relativer Begriff … Und obwohl ich ihn unerschütterlich benutze, wenn ich mit Archie und unseren Freunden zusammen bin, bleibt die ungeschönte Wahrheit doch immer irgendwie kleben.

Ich kenne meinen Vater. Wenn auch vielleicht nicht *ganz* so gut, wie ich immer dachte. Vor allem hätte ich niemals geglaubt, dass er wirklich so tief sinken würde, der Liebe meines Lebens ein Verbrechen anzuhängen – von einem *Mord* ganz zu schweigen. Als Archie meinem Vater allmählich näherkam, wusste ich, dass die Gefahr bestand, dass dieser gute, ehrliche amerikanische Junge korrumpiert werden würde. Und ich habe Archie sogar ausdrücklich davor gewarnt. Aber ein Teil von mir wollte auch daran glauben, dass selbst Hiram Lodge moralische Grenzen kennt.

Ganz offensichtlich habe ich mich geirrt. Wie sich herausstellte, kennt Daddy überhaupt keine Grenzen.

Und wenn ich mich schon in dieser Hinsicht so sehr geirrt habe, wer sagt mir dann, dass ich mich nicht genauso irre, was Archies Chancen auf einen Freispruch angeht?

Solche Gedanken hielten mich nachts wach, wenn ich mich in meiner luxuriösen, seidig weichen Bettwäsche von Frette wälzte.

Veronica Lodge kann absolut nichts erschüttern. Das ist so etwas wie mein ganz persönliches Markenzeichen. Und genau dieses Image würde ich vor meinen Freunden und der ganzen Stadt auch weiterhin zur Schau stellen. Solange es eben dauerte, Archies guten Ruf wiederherzustellen. Wie das wandelnde Klischee eines Country-Songs stand ich an der Seite meines Mannes. Selbst wenn ich mich ein wenig wacklig auf den Beinen fühlte.

Die Sache ist die: Wenn man ein Ungeheuer zum Vater hat, haben die Leute Mitgefühl mit einem. Sicher, einige von ihnen stehen in Daddys Schuld und wollen sich nur vergewissern, dass nichts dem Zufall überlassen bleibt. Ich mache ihnen deswegen keinen Vorwurf. *Manche* Leute – der weniger heldenhafte Teil der Bevölkerung – würde sich niemals offen gegen meinen Vater stellen. Es dauerte nicht lange, bis ich – nachdem er sein wahres

Gesicht gezeigt hatte und unsere Familie in Ungnade gefallen war – diese Feiglinge erkannte und sie aus meinen Kontakten strich. Nun weiß ich wenigstens, auf wen ich wirklich zählen kann.

Seit wir Andre verloren haben, habe ich den Rest unserer Angestellten um den Finger gewickelt. Unser neuer Chauffeur ist zum Beispiel praktisch mein BBF. Weshalb er auch nicht das Geringste dagegen hatte, Archie und mich zu Reggies Party zu fahren, damit wir ein wenig Abstand von dem Justizdrama bekamen, das uns schon den ganzen Sommer verfolgte. Zum Glück hatte Dad noch ein spätes »geschäftliches« Telefonat – zweifellos irgendein megadubioser Deal –, das ihn in seinem Büro im Pembrooke festhielt. Selbst wenn wir zu Hause gerade nicht den Kalten Krieg nachgespielt hätten, hätte er meine Abwesenheit daher nicht bemerkt.

Ich schätze, es bringt eben auch gelegentliche Vorteile mit sich, einen absoluten Despoten zum Vater zu haben.

Die Sonne war bereits untergegangen, als wir vor dem trauten Heim der Mantles vorfuhren – eine weitere Erinnerung daran, dass sich der Sommer dem Ende entgegenneigte, und das viel zu schnell. Der Herbst stand vor der Tür, und mit ihm die unausweichliche Tatsache, dass die Schule wieder anfangen, das gewohnte Leben in Riverdale seinen Gang wieder aufnehmen und alles wieder so sein würde wie immer, genau wie jedes Jahr. Nur dass all das diesmal vielleicht ohne Archie passieren würde. Ich zitterte unwillkürlich und es lag nicht nur an der kühlen Abendluft.

»Da wären wir, Miss Veronica. Kann ich sonst noch irgendetwas für Sie tun?«

Die raue Stimme des Chauffeurs durchbrach das Durcheinander in meinem Kopf. Ich räusperte mich leise und strich die scharfen Falten am Rock meines Kate-Spade-Minikleids glatt. Es hatte ein fröhliches lila Muster und wirkte viel feierlicher, als ich mich fühlte. Aber genau das war ja der Punkt. *Gut vorgetäuscht ist halb erreicht*. Dieses Motto hat mir schon oft durch schwere Zeiten geholfen.

Archie legte seine warme Hand auf meine. »Alles okay, Ronnie?« Ich spürte die Hornhaut an seinen Fingerkuppen vom vielen Gitarrespielen. Ich kannte diese Hände so gut, als gehörten sie zu meinem eigenen Körper. Die Vorstellung, dass ich Archie verlieren könnte, war unerträglich. Ich *musste* es noch besser vortäuschen. Um Archies willen.

Ich zwang mich zu einem Lächeln. »Alles bestens!« Meine Stimme klang viel zu hoch. Ich blinzelte und winkte mit einer Hand in Richtung Haustür. »Sieht aus, als wären wir die Letzten. Perfekt. Je später der Abend …«

Die Party war ganz offensichtlich bereits in vollem Gange. Ein tiefer Bass dröhnte bis ins Innere des Wagens, während sich hinter dem Panoramafenster des Wohnzimmers ein Meer aus Gästen frenetisch im Takt bewegte.

Ich konnte ein fröhliches Gewirr aus Stimmen hören, die vom Garten hinter dem Haus zu uns schwebten. Das Garagentor stand offen. Ein paar der Jungs aus der Footballmannschaft standen in der Garage, umringt von einem Schwarm sie anhimmelnder River Vixens.

Ich lehnte mich zu Archie und gab ihm einen flüchtigen Kuss auf die Wange. »Bereit für unseren großen Auftritt, Archiekins?«

PP:

Läuft alles? Such nach potenziellen Partnern. Wir brauchen nen zuverlässigen Kontakt in Riverdale. Der Big Man verlässt sich drauf.

Sweet Pea:

Entspann dich. Ich bin noch gar nicht da. Bin mir auch nicht sicher, ob ich wirklich mitmachen will. Ich hab andere Pläne für die Party.

PP:

Wie süß. Zu dumm nur, dass du in der Sache kein Mitspracherecht hast.

KAPITEL 2

Josie:

Meine Kätzchen. Ich weiß, dass sich die Pussycats gerade … eine Auszeit nehmen. Aber da unser wichtiger Auftritt gegen Venom, unsere großen Rivalen, unmittelbar bevorsteht …

Josie:

Na ja, ich dachte, wir könnten uns vorher noch mal treffen. Wie in guten alten Zeiten?

Melody:

Und woran hattest du gedacht?

Josie:

Wir könnten bei Mantles Party vorbeischauen.

Valerie:

Ist das dein Ernst? Bisschen zu lahm, um richtig Dampf abzulassen, oder?

Josie:

Ja, aber er nervt mich schon den ganzen Morgen. Widerstand ist zwecklos?

Josie:

Kommt schon ... Um der guten alten Zeiten willen?

Valerie:

Ich weiß nicht, Süße ...

Melody:

Ich meine ... Riverdale High = Grundstein unserer Fanbase. Vielleicht sollten wir wirklich kurz da aufkreuzen. Anschließend können wir ja immer noch weiterziehen, wenn sich was Besseres ergibt.

Josie:

Ganz genau. Wir schauen nur kurz rein. Ich hol euch gegen 8 ab. Wir gehen rein, wieder raus und dann zum angenehmen Teil des Abends über.

Josie:

Alles klar: Wir sind kurz nach 8 bei Reggie. Aber wir bleiben nicht lange.

Sweet Pea:

Bis dann.

Josie:

Und nicht vergessen: UNAUFFÄLLIG. Oder die Sache ist vorbei.

Sweet Pea:

👍

ARCHIE

Als Veronica mir vorschlug, zu Reggies Party zu gehen, war mein erster Impuls: *Auf keinen Fall.* Selbst wenn Mom nicht sieben Tage die Woche rund um die Uhr an meiner Verteidigung arbeiten würde, mit Betty ständig an ihrer Seite – es trägt nicht unbedingt zur eigenen Partylaune bei, der Angeklagte in einem Mordprozess zu sein.

Doch sosehr Ronnie ihren Vater auch verabscheuen mag, die beiden haben etwas ganz Entscheidendes gemeinsam: Meine Freundin lässt ein *Nein* als Antwort nicht gelten. Veronica Lodge bekommt, was sie will. Und heute wollte sie einen einzigen Abend, weit weg von all dem Stress und dem Drama, die sie *mir* zu verdanken hat. Sie hat mich von Anfang an gewarnt, dass es keine gute Idee ist, sich mit Hiram einzulassen. Ich dachte, sie sei einfach nur überdramatisch, überbeschützend. Gott, ich war so naiv. Und das Ironische an der ganzen Sache? Der einzige Grund, warum ich wollte, dass Hiram mich mag, ist, weil er Veronicas Vater ist.

Veronicas Dad mag vielleicht der Teufel sein, aber *ich* war derjenige, der schlechte, dämliche Entscheidungen getroffen hat. Ich habe mir diesen ganzen Schlamassel selbst eingebrockt. Und jetzt muss ich mit ansehen, wie meine Eltern unter diesem entsetzlichen Druck leiden und meine Freunde vor Angst beinahe durchdrehen. Ich wünsche mir wirklich, ich könnte das Ganze einfach wieder ungeschehen machen. Mehr als alles andere.

Aber da das Leben nun mal nicht so funktioniert, ist das Nächstbeste, was ich tun kann – das *Einzige*, was ich im Moment tun kann –, Ronnie und den andere *einen* »normalen« Abend zu ermöglichen.

»Bereit für unseren großen Auftritt, Archiekins?« Veronica küsste mich flüchtig auf die Wange, und ich roch einen intensiven Schwall Rosen und all die anderen schweren, moschusartigen Duftstoffen, die dem teuren Parfüm, das sie immer trägt, noch beigemischt sind. Sie machte für mich gute Miene zum bösen Spiel, das wusste ich – dieses Mädchen ist unglaublich willensstark. Aber ich konnte die Wellen der Anspannung trotzdem spüren, wie Hitze oder statische Elektrizität. *Ich* war dafür verantwortlich. Es war meine Schuld, dass sie so aufgewühlt war.

Ich bedankte mich bei ihrem Chauffeur, stieg aus und ging um das Fahrzeug herum, um Ronnie wie ein echter Gentleman der alten Schule die Tür zu öffnen. Sie lächelte, nahm meine Hand und stieg ebenfalls aus dem Wagen.

»Es gibt sie doch noch, die Ritterlichkeit«, scherzte sie. »Versprich mir, dass du immer mein edler Ritter sein wirst.«

»Darauf kannst du dich verlassen«, erwiderte ich. Wir gaben unser Bestes, fröhliche Leichtigkeit zu demonstrieren, auch wenn die Last meiner Gerichtsverhandlung stets wie ein dunkler Schatten über uns lag.

»Andrews!« Ich blickte auf. Es war Chuck Clayton. Er winkte mir mit einem Plastikbecher zu, als wollte er mir aus der Ferne zuprosten.

»Hey!« Ich setzte mein bestes Grinsen auf und gab ein unverbindliches Grunzen von mir. Chuck stand bei niemandem auf der Beliebtheitsskala besonders weit oben, seit er einmal mit Ronnie ausgegangen war, nachdem sie gerade nach Riverdale gezogen war, und anschließend üble Gerüchte über sie verbreitet hatte. Das allein wäre schon schlimm genug gewesen, aber als Betty und Ronnie beschlossen, sich an ihm zu rächen, hatten sie außerdem entdeckt, dass ein paar Jungs aus der Footballmannschaft dieses völlig kranke »Punktesystem« am Laufen hatten und ihre Dates mit verschiedenen Mädchen bewerteten. Sie führten im wahrsten Sinne des Wortes Buch über alles, was sie mit den Mädchen machten. Ronnie und Betty präsentierten das Notizbuch Direktor Weatherbee, woraufhin Chuck und ein paar andere aus der Mannschaft geworfen wurden.

Es dürfte also keine Überraschung sein, dass Chuck Clayton und Veronica einander nicht ausstehen können – und ich machte ihr auch sicher keinen Vorwurf daraus, dass sie in seinem Fall so nachtragend war. Er war schließlich auch nicht gerade mein Lieblingsmensch, obwohl ihm seit seinem Rauswurf aus dem Team alles, was er getan hatte, aufrichtig leidzutun schien.

Veronica warf einen Blick in Chucks Richtung und rümpfte eine Sekunde lang die Nase, dann kehrte ihr Lächeln jedoch wieder zurück. »Du solltest wenigstens mal kurz Hallo sagen. Ich meine, er ist zwar nicht mehr bei den Bulldogs, aber ihr wart schließlich mal im selben Team.«

»Nein, das sollte ich *nicht*. Du bist mit mir hierhergekommen, damit wir beide ein bisschen *Spaß* haben können.«

»Verstehst du das denn immer noch nicht, Archiekins? Ich bin mit *dir* hier, also *habe* ich auch Spaß.« Veronicas dunkle Augen glänzten. »*Du* bist alles, was ich brauche.« Sie verpasste mir einen sanften Schubs. »Geh schon, sag Hallo. Sei das pflichtbewusste Alphamännchen, das ich kenne und anhimmle. Wir sehen uns dann drinnen. Ich schau inzwischen nach, ob Betty und Jughead schon hier sind.«

Ich machte den Mund auf, um zu protestieren, aber sie verpasste mir den nächsten spielerischen Stoß. »Ehrlich, Archie. Veronica Lodge kann auf einer Party auch sehr gut allein auf sich aufpassen. Das weißt du doch.«

»Ich weiß.« Wir küssten uns erneut flüchtig, und dann verschwand sie die Einfahrt hinauf und durch die Haustür. Das dröhnende Grölen aufgedrehter Highschool-Schüler schwoll an und klang wieder ab, als Veronica die Tür öffnete und sie hinter ihr wieder ins Schloss fiel.

Ich steuerte auf die Garage zu. Die halbe Riverdale High schien sich dicht gedrängt in den Raum zu quetschen. Durch die Menge konnte ich eine Kühlbox erkennen, und in einer Ecke ein kleines Bierfass – höchstwahrscheinlich würde einer der Nachbarn eher früher als später die Polizei rufen. In Riverdale drückten die meisten Eltern ein Auge zu, wenn ihre Kinder mehr oder weniger ausufernd feierten und ein wenig Dampf abließen. Diese Party war allerdings *laut* – und sie hatte gerade erst angefangen.

Ich erkannte Chuck, Moose … und an der Wand, mit misstrauischem Blick auf die Kühlbox, Kevin Keller. Sein Vater war bis vor Kurzem Sheriff in Riverdale gewesen, hatte seinen Stuhl jedoch räumen müssen, nachdem Black Hood Midge getötet hatte. Als Sheriff Kellers Sohn war Kevin wahrscheinlich daran gewöhnt, bei diversen, sagen wir »außerschulischen Aktivitäten« ein Auge zuzudrücken. Ich schätze, alte Gewohnheiten lassen sich eben nicht so leicht ablegen. Er tat mir beinahe ein bisschen leid. Es war bestimmt hart, sich ständig hin- und hergerissen zu fühlen zwischen dem, was der eigene Vater von einem erwartete, und dem, was alle anderen taten.

Ich hatte schließlich selbst jede Menge Erfahrung damit, den Erwartungen anderer nicht gerecht zu werden.

»Hey, Archie!« Kevins Miene hellte sich auf, als er mich sah. »Willkommen in der Lasterhöhle. Wo ist Veronica?«

»Sie ist drin«, antwortete ich und musste richtig schreien, damit er mich über das laute Dröhnen der anderen Unterhaltungen hinweg überhaupt hörte. »Sie wollte nicht …« Ich verstummte, als Chuck sich neben mich quetschte. *Ausgerechnet*.

»Was wollte sie nicht? Sich mit niederen Perversen wie mir herumschlagen müssen?«, fragte er und lachte laut über seinen eigenen »Witz«.

»Komm schon, Chuck.« Ich verdrehte die Augen. »Lass sie in Ruhe.« Das Letzte, was ich wollte oder gebrauchen konnte, war ein Streit mit Freunden. Nicht, wenn das hier vielleicht das letzte Male war, dass wir alle zusammen waren.

Er zuckte mit den Schultern. »Aber nur für dich, Andrews. Nicht für sie. Ein Clayton vergisst niemals.«

Mir war egal, für wen er es tat, solange er nur damit aufhörte und wir uns alle wieder entspannen konnten. Irgendjemand drückte mir einen roten Plastikbecher in die Hand, und ohne darüber nachzudenken, trank ich einen ausgiebigen Schluck. Es schmeckte sauer und kalt und nach dem Versprechen auf Vergessen – und in diesem Moment klang das für mich richtig gut. Was auch richtig gut war: Chuck verschwand wieder und hängte sich an einen braunen lockigen Pferdeschwanz in einer River-Vixens-Uniform.

»Bist du schon lange hier?«, fragte ich und wandte mich wieder Kevin zu.

Sein Blick huschte durch den Raum, so als sei er wegen irgendetwas nervös. Als er meine Frage hörte, setzte er jedoch ein angestrengtes Lächeln auf.

Warum waren heute Abend nur alle so angespannt? Eigentlich hätte ich doch der Einzige sein müssen, dank des ganzen Stresses wegen meiner Verhandlung. Aber ehrlich gesagt kam es mir vor, als wären alle irgendwie neben der Spur.

»Äh, eine Weile, schätze ich. Ich wollte eigentlich einen auf lässig machen und einen ganz großen Auftritt hinlegen, aber leider hat das nicht so richtig funktioniert«, sagte er ein wenig verlegen. »Aber erzähl auf keinen Fall Veronica was davon. Sie wäre alles andere als angetan. Ich habe ganz offiziell null Coolness.«

»Dein Geheimnis ist bei mir gut aufgehoben«, versicherte ich ihm. »Ich hab meine Coolness schon vor Ewigkeiten verloren. Wer ist sonst noch hier?«

»Du meinst, abgesehen von praktisch der kompletten elften und zwölften Klasse? Ich glaube, es ginge schneller, alle aufzuzählen, die heute Abend *nicht* hier sind.«

Er versuchte, mit einer ausladenden Geste auf die vollgestopfte Garage zu zeigen, hatte jedoch nicht genügend Platz, um seinen Arm auszustrecken – was seine Bemerkung ohnehin viel besser unterstrich. »Betty ist drin. Sie und Jughead sind auch eben erst aufgeschlagen. Ich konnte aber auch nur kurz mit ihr reden, bevor sie wieder abgehauen ist. Sie wirkte irgendwie ... Na ja, sie wirkte ein bisschen überspannt, um ehrlich zu sein. Nur, damit du vorgewarnt bist. Falls du später noch mit ihr sprichst. Vielleicht hältst du einfach die Augen nach ihr offen. Aber ich schweife ab.« Er neigte den Kopf in Richtung einer Ecke der Garage. »Moose ist da drüben. Mit einer *Vixen*.« Er sah mich mit zerknitterter Miene an.

Ich bekam jedoch nicht mehr die Chance, ihn zu fragen – weder, weshalb er so ein Gesicht machte, noch, was er mir wegen Betty wirklich hatte sagen wollen –, weil er im nächsten Moment einen Schritt zurückwich, um Reggie Platz zu machen.

»Unser großzügiger Gastgeber persönlich!«, sagte Kevin. »Reggie, deinem Ruf sind wirklich alle gefolgt. Hut ab.«

»Danke, Mann. Ja, ich schätze, es hat auch Vorteile,

dass Dad so viel unterwegs ist. Und nachdem Mom beschlossen hatte, sie hätte mal wieder ein Wellnesswochenende verdient, blieben nur noch Vader und ich – zwei Alphamännchen unter sich. Zwei einsame Wölfe, vereint.«

»Müsste ein *einsamer Wolf* aber nicht per Definition eigentlich, du weißt schon … *allein* sein?«, gab Kevin zurück.

Reggie rollte mit den Augen. »Du weißt schon, was ich meine.«

Reggies Dad gehörte ein Autohaus in der Stadt. Er war ziemlich erfolgreich. Reggie war zwar nicht so reich wie Veronica – oder besser gesagt, wie ihre Eltern, da sie beschlossen hatte, sich von ihnen zu emanzipieren –, aber das Haus der Familie stand im schönsten Viertel der Stadt, in dem die Vorgärten etwas größer und die Autos in den Einfahrten etwas glänzender waren. Ich war mir zwar nicht sicher, warum ein Autohändler so häufig auf Geschäftsreise gehen musste, aber ich konnte Reggie auch nicht so einfach danach fragen.

»Fühlst du dich nicht manchmal einsam?«, platzte ich plötzlich heraus. Da wir gerade von Dingen sprachen, die man nicht einfach so fragte. Es war eine seltsame Frage, und sie gehörte sicher nicht zu den Themen, über die wir normalerweise miteinander sprachen. Aber sie war mir einfach über die Lippen gekommen, bevor ich wirklich darüber nachdenken konnte. Und jetzt konnte ich sie nicht mehr zurücknehmen.

Reggies Miene verfinsterte sich für einen Augenblick, aber dann kehrte sein Lächeln zurück, und alles war wieder völlig normal. »Andrews«, erwiderte er und lehnte sich näher zu uns, damit Kevin und ich ihn besser hören konnten. »Sieh dich doch mal um, Mann. Dieses Haus ist *proppenvoll*. Wer könnte da schon einsam sein?«

Ich nickte, obwohl ich das Gefühl hatte, er hätte meine Frage nicht wirklich verstanden. Falls er ihr mit Absicht auswich, von mir aus. Wie auch immer. Manchmal war Verdrängung eben das Einzige, was wirklich half. Das hatte ich inzwischen selbst gelernt.

»Blöde Frage«, sagte ich und schüttelte den Kopf. »Tut mir leid.«

Er klopfte mir auf die Schulter. »Schon okay, Kumpel. Ich versteh das. Dir gehen eben gerade selbst ein paar tiefe Gedanken durch den Kopf.«

»Ist das so offensichtlich?« Ich errötete und trank erneut einen Schluck aus meinem Becher. *Mach langsam, Archie*, ermahnte ich mich selbst. Aber langsam zu machen bedeutete auch, dass diese »tiefen Gedanken« an die Oberfläche dringen würden, und ich war mir ziemlich sicher, dass ich damit nicht würde umgehen können.

»Ich meine, das ginge mir doch ganz genauso, wenn ich an deiner Stelle wäre«, fügte Reggie hinzu. Kevin nickte. *»Das ist echt heavy. Mord.«*

Danke, ich hab's eben fast vier Minuten ausgehalten, ohne daran zu denken. Ich musste mir auf die Zunge beißen, um ihn nicht anzublaffen. Stattdessen trank ich noch einen Schluck. »Ja.«

»Ich bin mir sicher, dass Archie nur allzu bewusst ist, wie ›heavy‹ der *Mordprozess* tatsächlich ist«, entgegnete Kevin. »Das Wort ›Mord‹ sagt schließlich alles. Vielleicht können wir die Sache einfach vergessen? Wenigstens für heute Abend?«

»Ja, da kann ich dir nur zustimmen«, sagte ich. »*Falls* wir es können.« Ich war mir da jedoch alles andere als sicher – wie schon gesagt, schienen alle in ziemlich eigenartiger Stimmung zu sein. Selbst Reggie wirkte aufgekratzt, so als suchte er förmlich nach Streit. Aber vielleicht lag es auch nur an mir. Wahrscheinlich lag es nur an mir. Es war eine dämliche Idee gewesen, heute zu dieser Party zu kommen.

Am Ende lief alles auf Veronica hinaus. Sie war der Grund dafür, dass ich überhaupt in diesem Schlamassel steckte – nicht dass ich ihr die *Schuld* daran gab. Ganz und gar nicht. Ehrlich! Aber ich wäre überhaupt nicht hier und würde so tun, als amüsierte ich mich, wenn sie es nicht so gewollt hätte. »Genau das war auch Ronnies Idee«, fügte ich hinzu, als würde ich laut denken. »Ihr wisst schon: ausgehen, ein bisschen Spaß haben und mal auf andere Gedanken kommen. Aber, na ja, das ist nun mal gar nicht so einfach.«

Reggie warf mir einen Blick zu. Ich wusste schon jetzt, dass mir nicht gefallen würde, was als Nächstes kam. »Das muss auch echt schwer für *sie* sein. Zu wissen, dass ihr alter Herr hinter der Sache steckt und dich hinter Gitter bringen will.«

Kevin hob eine Augenbraue. »Das war ja wohl die Übertreibung des Jahrhunderts. Wenn dein Vater ein Gangsterboss ist, Riverdales halbe Unterwelt in der Tasche hat und wild entschlossen ist, alles zu zerstören, was du liebst – einschließlich deiner großen Highschool-Liebe? Tja, ich schätze, das kann ein Mädchen schon mal einschüchtern.«

»Tja«, erwiderte Reggie und trank einen großen Schluck aus seinem eigenen roten Becher, »wenigstens darüber musst du dir keine Sorgen machen, Andrews. Falls sie dich einbuchten, meine ich.«

»Was?« Seine Worte trafen mich wie ein Schlag in die Magengrube. *Du musst dir keine Sorgen um deine Freundin machen*. Wollte er damit etwa das sagen, was ich glaubte? Weil das nämlich wirklich eine ganz miese Nummer gewesen wäre. Selbst für den anmaßenden, aggressiven Reggie, den ich schon so lange kannte.

»Was?«, fragten Kevin und ich wie aus einem Mund. Er sah genauso überrascht aus, wie ich mich fühlte.

»Komm schon, ich hab ja nicht gesagt, dass sie dich mit *Sicherheit* einbuchten. Nur dass sie es vielleicht tun. Dich in den Knast stecken«, stammelte er weiter, während sich mir der Magen umdrehte. »Du sollst nur wissen, dass es Veronica … *Ronnie* … an nichts fehlen wird.« Er zwinkerte mir zu. »Dank mir.«

Mein Gesicht begann förmlich zu glühen, und ich

richtete mich kerzengerade auf und zog die Schultern zurück, bereit, mich auf Reggie zu stürzen. Vor meinen Augen verschwamm alles in einem roten Nebel. Kevin streckte einen Arm aus, um mich zurückzuhalten.

»Ganz ruhig, Rocky«, warnte er mich. «Das Letzte, was du jetzt gebrauchen kannst, ist *noch* ein gewalttätiger Zwischenfall in deiner Akte.«

Reggie hob die Hände, als wollte er sagen: »*Ich* hab gar nichts gemacht.« Sein Drink schwappte über den Becherrand und versaute sein Hemd. »Scheiße!«

Kevins Hand schloss sich fest um mein Handgelenk. »Komm jetzt, spar dir diesen *Fight-Club*-Kram für wann anders auf«, flüsterte er und zerrte mich durch die Menge und aus der Garage. »Reggie Mantle ist es *nicht* wert. Außerdem hat er ungefähr fünf von diesen Drinks intus. Ich würde nichts von dem, was er sagt, auch nur annähernd ernst nehmen. Oder persönlich.«

»Du hast gut reden«, grummelte ich.

»Hab ich das?« Kevin seufzte. »Was er gesagt hat, war vollkommen idiotisch. Aber du weißt doch: Reggie *ist* ein Vollidiot. Und wenn er was getrunken hat, ist er außerdem ein Arschloch. Die gute Nachricht ist allerdings, dass Veronica Lodge gegen Vollidioten und Arschlöcher immun ist. Ganz davon zu schweigen, dass sie total in dich verliebt ist. Also ganz egal, wie vollidiotisch Reggie sich aufführt – jetzt oder falls tatsächlich das unvorstellbare Worst-Case-Szenario eintritt –, du musst dir *definitiv* nicht mal im Entferntesten wegen irgendetwas Sorgen machen.« Er machte eine kurze Pause und fügte dann hinzu: »Außerdem weißt du doch, dass Reggie empfindlich ist, wenn es um seinen Dad geht. Er nennt ihn *Major Faschist* und das ist noch einer seiner freundlicheren Spitznamen. Vielleicht hat er sich ja auch provoziert gefühlt.«

»Großartig. Dann soll ich Reggie Mantle also mit Samthandschuhen anfassen, während *ich* wegen Mordes vor Gericht stehe?«

Kevin zuckte mit den Schultern. »Ich meine … nein, natürlich nicht. Du solltest dir überhaupt keine Gedanken darüber machen müssen, wie's in Reggie aussieht. Es ist nur …« Er verstummte.

»Es ist nur *was*?«

Kevin seufzte und sah mich bedeutungsschwanger an. »Es ist nur … du bist *Archie*.«

»Was soll das denn nun wieder bedeuten?«

»Archie Andrews. Du bist einer von den Guten. Dir Gedanken darüber zu machen, wie's in Reggie aussieht – oder in allen anderen –, ist nun mal dein Ding. Selbst wenn du mitten in einer persönlichen Krise steckst. Du kannst einfach nicht anders.«

Jetzt war ich an der Reihe zu seufzen. Ich trank noch einen Schluck und die Flüssigkeit strömte brennend meine Kehle hinunter. Vielleicht hatte Kevin ja recht. Vielleicht war das wirklich mein Ding: mir Sorgen um andere zu machen, der gute Junge zu sein, der nette Typ von nebenan. Aber wenn das wirklich wahr war …

Wie war ich dann nur *hier* gelandet?

Was war nur schiefgelaufen?

Und wie zur Hölle sollte ich es wieder in Ordnung bringen?

KAPITEL 3

REGGIE

Na schön, es war ziemlich fies, den guten alten Archie wegen seiner Verhandlung so auflaufen zu lassen – und weil sie ihn vielleicht einbuchten, weiß der Geier, für wie lange.

Ja, okay. Es gehört sicher nicht zum Allercoolsten, was ich je abgezogen hab. Und vielleicht bereue ich es ja sogar ein bisschen – auch wenn es sicher nicht zum Allerschlimmsten gehört. Aber mal ernsthaft: Der Typ hat's echt verdient, mal ein bisschen zurechtgestutzt zu werden. Diese »beiläufige« Bemerkung darüber, dass mein Dad ständig unterwegs ist? Ja, schon klar – er ist Autohändler, aber muss er deswegen ständig im Auto unterwegs sein? Wir können aber nun mal nicht alle so eine perfekte Fernsehserien-Vater-Sohn-Beziehung haben wie Fred und Archie Andrews.

Obwohl, wenn man bedenkt, wie Archies Mom die beiden hat sitzen lassen, kann man sich lebhaft vorstellen, dass bei Familie Andrews hinter verschlossenen

Türen wohl auch nicht alles so bilderbuchmäßig war, wie sie uns gern weismachen …

Mir ist schon klar, dass mir mein Ruf vorauseilt: anmaßend und ein bisschen zu aggro. Aber als Kapitän der Bulldogs verbuche ich das unter »Führungsqualitäten«. Man kommt nicht bis an die Spitze, wenn man ständig klein beigibt und einen auf nett macht. Und es ist auch nicht unbedingt so, dass ich als Kind das beste Vorbild in Sachen Ausgeglichenheit gehabt hätte.

Mein Beef mit Andrews reicht ewig weit zurück. Bis zur Baseballmannschaft in der Grundschule, als es »Mantle gegen Klein-Archie als erster Pitcher« hieß. War ich damals schon genauso ehrgeizig wie jetzt? Ja, verdammt noch mal. Und ich gebe meinem Dad die Schuld dafür. Ich weiß auch nicht. Archie und ich kennen uns seit dem Kindergarten. Riverdale ist nun mal eine kleine Stadt, und weil wir zufällig beide richtig auf Sport standen und »echte Kerle« waren, schon damals als Kinder, haben uns alle ständig miteinander verglichen. Nur dass Archie, soweit ich das sehen konnte, von seinem Dad nichts als Anerkennung gekriegt hat. »Sei einfach du selbst, Arch«, hörte ich Fred immer sagen. »Du schaffst das!«, rief er beim Training von der Tribüne.

Während *mein* Dad all unsere Spiele mit seiner Videokamera aufgezeichnet hat. Und ich darf an dieser Stelle daran erinnern, dass das zu einer Zeit war, in der Handykameras noch ziemlicher Mist waren. Ihr seht also, dass er sich die Sache wirklich was hat kosten lassen. Ich will damit allerdings nicht sagen, dass das was Gutes ist. Er hat den Schiedsrichter jedes Mal aus vollem Hals angebrüllt, wenn ich »out« war und er mich vom Feld geschickt hat. Ich wäre dann am liebsten im Erdboden versunken. Es war so erniedrigend.

Aber als wir nach Hause kamen, wurde es noch schlimmer. Weil dann erst die wahre Folter begann. Er ließ die Videoaufzeichnung laufen und wies mich auf sämtliche Patzer und Fehler hin, auf jede noch so kleine falsche Bewegung. Er behauptete, es würde mir dabei helfen, »meine Form zu verbessern« und »mein Spiel zu perfektionieren«. Und das war nur das Best-Case-Szenario. Mom hielt sich mehr oder weniger raus, runzelte nur die Stirn und verlieh ihrer Missbilligung hin und wieder mit einem Glucksen Ausdruck, während sie das Abendessen kochte. Sie ging jedoch nie so weit, tatsächlich etwas zu sagen. Sie hat sich *definitiv* nie eingemischt.

Die perfekte Fernsehwelt war Archies Realität, nicht meine. Das war von Anfang an ziemlich offensichtlich.

Deshalb sollte ebenso offensichtlich sein, warum ich einfach nicht anders kann, als ihn seither als meinen größten Widersacher zu betrachten. Immer. Bei allem.

Ihn wegen Ronnie so aufzustacheln? Anzudeuten, dass ich mich an seine Kleine ranschmeißen werde, sobald er hinter Gittern sitzt? Okay, das war ziemlich heftig. Und ich würde meinem Kumpel in Wahrheit auch niemals so in den Rücken fallen. Aber Archie hat echten Schlag bei Frauen, er muss sich also wirklich keine Sorgen machen. Außerdem wissen sowieso alle, dass Veronica total auf ihn steht, Herzaugen-Emoji-mäßig.

Was allerdings nicht heißen soll, dass ich sie ihm nicht tatsächlich ausspannen könnte, wenn ich es wirklich wollte – meine Überzeugungskünste sind schließlich legendär. Aber ich habe höhere Ziele.

Veronica Lodge mag vielleicht Riverdales Antwort auf ein echtes It-Girl sein, aber für Reggie Mantle ist nur ein *echter* Star gut genug.

Ein Star wie Josie McCoy. Ich sag nur: Wildkatze.

Das Problem ist nur, dass sie die Unnahbare spielt. Und ich meine: *extrem* unnahbar. So unnahbar, dass ich mich – wenn ich nicht ich wäre – möglicherweise ernsthaft fragen würde, ob sie wirklich nur spielt.

Aber das tut sie. Natürlich. Weil ich *ich* bin. Fakt.

Reggie Mantle hat zwar gern mehrere Eisen im Feuer – was soll ich sagen? Ich bin nun mal der Kapitän der Footballmannschaft –, aber mein schmutziges kleines Geheimnis ist: Ich stehe schon seit immer total auf Josie. Und wenn sie mir nur eine Chance geben würde, dann weiß ich, dass wir das perfekte Paar wären. Sie ist die Einzige, von der ich mich jemals zähmen lassen würde.

Um ehrlich zu sein, hab ich diese Party nur geschmissen, weil ich gehofft hatte, dass sie auch kommt – und dass ich ein bisschen Zeit mit ihr allein verbringen kann.

Vielleicht ist das lahm – aber auch romantisch, hab ich recht? Ich meine, Archie hatte nicht ganz unrecht: Das Haus kann einem wirklich manchmal ein bisschen leer vorkommen, selbst wenn meine Eltern beide in der Stadt sind. Es gefällt mir eindeutig besser, wenn meine Kumpels bei mir zu Hause abhängen. Aber mit dieser Leere könnte ich leben, wenn ich dafür eine Chance bei Josie bekäme.

Noch eine Chance, meine ich.

Die Sache ist nämlich, dass ich weiß, dass Josie mich will. Und wenn Ihr gut aufgepasst habt, dann sollte das auch für Euch vollkommen offensichtlich sein. Obwohl sie, wie gesagt, die Unnahbare spielt, gibt sie mir doch jedes Mal ein bisschen. Gerade so viel, dass ich einfach weiß, dass die Kleine etwas für mich empfindet. Also warum lässt sie sich dann so viel Zeit? Ich schätze, manche Leute stehen einfach auf diese Jagdspielchen, auf die kribbelnde Vorfreude.

Und fairerweise muss ich gestehen, dass sie damit vollkommen recht hat – diese Jagd ist wirklich total heiß.

Trotzdem: Ich sehe immer nach vorn, gebe niemals auf. Wenn ich an ein paar meiner vergangenen Begegnungen mit Josie denke ... Na ja, selbst wenn ich die Kleine mal hatte, war die Freude nie von langer Dauer. Mein Ruf als Spaßkanone hat zwar seine Vorteile ... aber definitiv auch Nachteile.

Aber was soll's? Shit happens. Was vorbei ist, ist vorbei. Das Einzige, was es über diese zurückliegenden Erfahrungen zu wissen gibt, ist, dass Josie mir jedes Mal und ohne Zweifel gezeigt hat, dass sie irgendwie doch auf mich steht. Todsicher. Und mehr Ermutigung brauche ich nicht.

Sie meinte, dass sie heute Abend vorbeikommt – obwohl sie morgen einen Auftritt hat. Denkt da doch mal ganz kurz drüber nach. Sie *will* vorbeikommen.

Sie will mich *sehen*.

Sie will *mich*.

Könnt Ihr ihr das verdenken?

BETTY

Liebes Tagebuch,

Riverdale ist mein Zuhause und ich liebe es – trotz all der irrsinnigen, schrecklichen und Furcht einflößenden Dinge, die mir, meinen Freunden und meiner Familie passiert sind … und allen anderen, die hier leben. Vielleicht bin ich einfach nur naiv. Vielleicht bin ich zu hoffnungsvoll, zu sehr das sonnige Mädchen von nebenan – Gott, wie ich diese Redewendung hasse. Aber ich kann nun mal nicht anders. Ich bin Riverdale. Es liegt mir im Blut.

Natürlich liegen mir auch noch andere Sachen im Blut. Zum Beispiel, dass ich einen Teil meiner physikalischen Chemie, meiner Dann, mit Black Hood teile.

Dass mein Vater ein Serienmörder ist.

Dass ich meine eigenen Geheimnisse habe, mindestens so düster wie das, was die Büchse der Pandora zu bieten hatte, und viel verworrener.

Also verurteile mich ruhig dafür, dass ich mal wieder einen normalen, lustigen Abend mit meinen Freunden verleben wollte. Einen Abend, an dem wir so tun konnten, als sei alles in Ordnung und Veronicas Vater kein schnurrbartzwirbelnder Comic-Bösewicht. Als bestünde nicht die sehr realistische Gefahr, dass Archie ins Gefängnis muss, obwohl er der reinherzigste Mensch ist, den ich kenne. Einen Abend, an dem ich nicht daran denken muss, dass mein Freund einer Gang angehört und ich seine frisch ernannte »Serpent-Königin« bin – oder an die Frage, was es angesichts der Tatsache, dass uns die Southside gar nicht mehr gehört, tatsächlich bedeutet, ein Mitglied des Southside-Adels zu sein.

Aber Du verstehst das, oder? Warum ich mir was vormachen will? Warum ich das alles mal für ein paar Stunden – höchstens – unter den Teppich kehren, ein bisschen Lipgloss auflegen und ein Lächeln aufsetzen will? Natürlich tust Du das.

Aber wir sind hier nun mal in Riverdale. Hier kann niemals irgendwas normal sein.

Wenigstens war Jug in ganz guter Stimmung. Ich weiß ja, dass Partys nicht wirklich sein Ding sind, und das ist noch untertrieben ausgedrückt. Aber als Veronica und ich ihm vorschlugen, Archie mal wieder aus dem Haus zu kriegen, war ihm sofort klar, dass es gut für unseren Freund wäre.

Und wer weiß schon, wie viel »Gutes« Archie noch vor sich hat? Und für wie lange?

Mom ist beinahe durchgedreht – gibt's sonst noch irgendwas Neues? Man sollte doch meinen, dass sie mit Polly und den Zwillingen im Haus alle Hände voll zu tun hat. Ganz zu schweigen von der Tatsache, dass sie total besessen von dieser unheimlichen Farm und Edgar Evernever (ernsthaft?) ist. Aber in Sachen Multitasking gehört Alice Cooper zur Weltspitze. Sie ist in der Lage, ihre komplette Persönlichkeit und ihren Lebenswandel so umzukrempeln, dass sich alles nur noch um diesen New-Age-Schamanen und Scharlatan dreht, und trotzdem noch genügend Zeit zu finden, ihre jüngere Tochter zu drangsalieren. Die Tochter, die es wagt, darauf hinzuweisen, dass Kaiser Evernever GANZ OFFENSICHTLICH keine neuen Kleider trägt.

Ich war gerade in meinem Zimmer, wickelte ein paar Strähnen meines Pferdeschwanzes um meinen Lockenstab und passte auf, dass ich mir nicht die Finger verbrannte, als sie ungefragt in mein Zimmer platzte. »Elizabeth Cooper! Wo gehst du deiner Meinung nach hin, junge Dame?«

»Junge Dame.« Mir war sofort klar, dass es diesmal besonders gut werden würde. Oder besser gesagt: besonders schlimm. Meine Flucht würde sich schwieriger gestalten, als ich gehofft hatte. Ich versuchte, mir nichts anmerken zu lassen. Ich tat, als würde mich ihre Anwesenheit kein bisschen stressen, obwohl in Wahrheit meine Adern vibrierten, als würde Strom durch meinen Körper fließen, und ich mir auf die Lippe beißen musste, um nicht aus vollem Hals loszuschreien.

Verlier nicht die Kontrolle, Betty, warnte ich mich selbst. Das ist deine einzige Chance, ihr den Wind aus den Segeln zu nehmen. Diese Lektion hatte ich mindestens schon eine Million Mal gelernt. Ich legte den Lockenstab weg, griff nach meinem Haarspray und sprühte. Es hüllte den Raum in Fliederduft, dick und klebrig. Ich hatte alle Mühe, nicht zu husten.

»Aus, Mom«, erwiderte ich ruhig. »Zu Reggie. Da treffen sich alle.«

»Alle? Du meinst eine Party? Unbeaufsichtigt?«

Ich verdrehte die Augen. »Seine Eltern sind nicht in der Stadt, das ist richtig. Aber jetzt komm schon. Es sind nur ein paar Schüler von der Riverdale High.«

Sie schnaubte verächtlich. »›Nur‹ Schüler der Riverdale High? Ich nehme an, Archie wird auch dort sein? Du weißt, dass ich es nicht gutheiße, dass du dich mit ihm triffst. Oder auch ›nur‹ mit anderen Riverdale-High-Schülern wie Jason Blossom, der deiner Schwester das Herz gebrochen hat.«

Ich knallte die Hand auf meine Frisierkommode. So viel zum Thema Ruhe bewahren. Der Lockenstab hüpfte in die Luft, zischte leise und versengte das Holz. Mist. Ich schaltete ihn aus. »Mom! Lass es gut sein. Jason ist tot. Polly hat die Liebe ihres Lebens verloren – den Vater der Zwillinge. Unsere dämliche Familienfehde mit den Blossoms ist so was von sinnlos. Sie hat nur dazu geführt, dass Dad im Namen irgendeiner vagen moralischen Säuberung unaussprechliche Taten begangen hat. Wir müssen endlich damit abschließen.«

»Damit abschließen? Das sagt ja die Richtige«, erwiderte Mom mit funkelnden Augen. »Wenn du deinen eigenen Worten Taten folgen lassen würdest, wäre das viel gesünder für dich.«

Ich seufzte und griff nach meiner Mascara. »Was zur Hölle soll das nun wieder bedeuten?«

»Du unterdrückt sämtliche Gefühle für deinen Vater, Elizabeth. Du hast ihn noch nicht ein einziges Mal besucht –«

»Doch, hab ich«, unterbrach ich sie und erschauderte bei der Erinnerung daran, in die kalten grünen Augen meines Vaters zu blicken, die genauso aussehen wie meine. Es war richtig unheimlich gewesen. Das Gefängnis hatte ihn kein bisschen reumütig gemacht. Ich glaube, es hat ihn noch nicht mal menschlicher gemacht. »Keine Finsternis mehr«, hab ich zu ihm gesagt.

Aber er hat noch nicht mal mit der Wimper gezuckt. Stattdessen meinte er, wir seien uns ähnlich, er und ich.

In meinen Albträumen frage ich mich das tatsächlich. Ich habe Angst, dass er recht hat.

Manchmal sind die Tabletten das Einzige, was diese Gedanken aufhalten kann. Das Komische daran ist, dass Mom diejenige war, die mich letztes Jahr regelrecht dazu gedrängt hat, Amphetamine zu nehmen. Damals habe ich allerdings nur so getan, als würde ich die Pillen schlucken. Und jetzt lüge ich sie an, behaupte, dass ich zum Psychiater gehe, und fälsche meine eigenen Rezepte. Was sich innerhalb eines Jahres doch alles verändern kann.

Und obwohl noch mehr Geheimnisse das Letzte sind, was ich will, kann ich es meinen Freunden nicht erzählen. Nichts von alledem.

»Du warst einmal da. Aber du musst diese Sache verarbeiten. Dich deinen Gefühlen stellen. Edgar sagt –«

»Erspar mir bitte Edgars Weisheiten, ja?«, brüllte ich so laut, dass sie tatsächlich zusammenzuckte. »Nur weil du und Polly auf irgendeinen Kult reingefallen seid – ja, nennen wir das Kind ruhig beim Namen, Mom –, heißt das noch lange nicht, dass ich mich mit euch da hineinziehen lasse. Und wenn du glaubst, Edgar Evernever sei der Schlüssel zu ›emotionaler Gesundheit‹, dann machst du dir nur selbst etwas vor. Aber mir kannst du nichts vormachen.« Ich drehte mich zu ihr um und blickte ihr angespannt keuchend direkt in die Augen. Die Pillen machten alles hart und grell, wie Kristall. Sie hielten mich geistig wach. Auch wenn meine Mutter noch verrückter war als je zuvor.

»Ich weiß, dass du nicht Archies größter Fan bist. Aber das ist mir egal. Er ist mein bester Freund, Mom, und daran wird sich nichts ändern, trotz allem, was passiert ist –«

»Er steht vor Gericht, Betty.«

»Du und ich wissen beide, dass Archie unschuldig ist. Und wir werden das auch beweisen. Also versuch ja nicht, dich mir in den Weg zu stellen.«

In ihren Augen bildeten sich Tränen. Eine Sekunde lang konnte ich das Herz meiner Mutter erkennen, den Teil, der mich liebt und mich immer als ihr Baby betrachten wird, ihr perfektes kleines Mädchen, das beschützt werden muss. Sie sah traurig und verletzlich aus. Beinahe hätte ich meine Meinung geändert, um sie nicht noch mehr zu verletzen, wenn auch noch so unabsichtlich.

Beinahe.

»Begreifst du das denn nicht, Betty?«, fragte sie flehentlich. »Es geht nicht darum, ob ich Archie Andrews mag oder nicht – obwohl ich gestehen muss, dass ich von seinem früheren Verhalten nicht besonders begeistert bin. Außerdem ist der Kerl total irre, weil er dich nie gefragt hat, ob du mit ihm ausgehen willst.«

»Mom!«

Sie hob eine Hand, um mich zum Schweigen zu bringen, und fuhr dann fort: »Darum geht es nicht. Darum ging es nie. Nicht wirklich. Aber Archie steckt in Schwierigkeiten. Und das bedeutet, dass das Gleiche für dich gelten könnte.« Sie machte einen Schritt auf mich zu und ich erstarrte. Dann streckte sie eine Hand nach meiner aus und strich mir mit der anderen eine imaginäre Haarsträhne aus der Stirn. »Ich bin deine Mutter, Betty. Dich zu beschützen, wird immer meine wichtigste Aufgabe sein. Und ich würde alles dafür tun, damit du in Sicherheit bist.«

Unwillkürlich schluckte ich schwer und ließ zu, dass sie mich in eine Umarmung zog. Sie roch nach Rosenwasser und Weichspüler. »Mom«, sagte ich und löste mich nach einem Moment wieder von ihr, »genau das ist es ja. Du kannst mich nicht beschützen. In dieser Stadt sind schlimme Dinge passiert – uns sind schlimme Dinge passiert! Black Hood hat in Riverdale sein Unwesen getrieben. Und wie sich herausstellte, war er einer von uns. Er lebte mit uns unter einem Dach. Er war dein Mann. Er ist mein Vater. Mein Blut. Er war mit das Schlimmste, was diese Stadt jemals gesehen hat – und diese

Stadt hat ein paar wirklich grauenvolle, entsetzliche Dinge gesehen. Er war ein Teil von uns. Und es gibt schlicht und ergreifend nichts, was mich vor dieser Wahrheit beschützen könnte.«

So war es. Eine einfache Tatsache. Das waren die Gefühle, die ich nicht verarbeiten konnte. Das hässliche Flüstern, das sich nachts in mein Hirn bohrte.

»Ich liebe dich, Mom«, fügte ich hinzu, »aber ich werde Archie verteidigen. Ob es dir nun gefällt oder nicht. Ich werde alles dafür tun, damit er in Sicherheit ist.« Ich lächelte. »Kommt dir das irgendwie bekannt vor?«

Sie lachte widerwillig. »Du magst vielleicht die Tochter deines Vaters sein, aber du bist ganz eindeutig auch meine.« Sie drückte meine Hand. »Vergiss das niemals. Dieses Jahr war grauenvoll und zermürbend, aber du bist nicht dein Vater. So darfst du nicht denken.«

Darauf fiel mir keine Antwort ein, deshalb wechselte ich schnell das Thema. »Ich gehe aus«, sagte ich.

Sie seufzte. »Versprich mir einfach, dass du vorsichtig bist, Betty.«

»Sei vorsichtig.« Was sollte das überhaupt bedeuten? Ich tat alles dafür zu beweisen, dass Archie unschuldig war, und stand knietief in einem Mordprozess. Ich hatte Black Hood persönlich gefasst. Ich war so weit über *vorsichtig* hinaus, dass ich es noch nicht mal mehr im Rückspiegel erkennen konnte. Aber das konnte ich ihr natürlich nicht sagen. Also nickte ich stattdessen kaum merklich.

»In dieser Stadt *sind* grauenvolle Dinge geschehen, Betty«, sagte sie, und ihre Stimme klang angespannt. »Mehr, als du ahnst.«

Ich erschauderte. Ich wusste nicht, was sie meinte, aber ausnahmsweise war ich mir auch nicht sicher, ob ich es überhaupt wissen wollte. Die reine Wahrheit und nichts als die Wahrheit stellte sich allmählich als unerträglich heraus. Als unvorstellbar.

Mein Handy piepste. Ich warf einen Blick auf das Display. »Jughead ist draußen«, sagte ich. »Ich muss los.«

KAPITEL 4

JUGHEAD

Ich bin seltsam. Ich bin ein Freak. Das ist praktisch mein Mantra. Es war das Erste, was ich zu Betty gesagt habe, nachdem wir zusammengekommen sind. Es ist wichtig, diese Dinge von Anfang an offen anzusprechen, vor allem, wenn man »der Beanie tragende Assi« ist, der »das nette Mädchen von nebenan schändet«, um ihre Mutter zu zitieren, die definitiv gut mit Worten umzugehen weiß. Aber sie ist ja auch Autorin. Ist schon ein bizarrer Gedanke, dass Alice Cooper und ich – abgesehen von Betty – noch was gemeinsam haben.

Aber wie dem auch sei, Betty wusste, worauf sie sich einlässt, wenn sie mit dem hauseigenen J. D. Salinger der Riverdale High geht. Und auch wenn ich meine Gefühle nicht gern zur Schau stelle, war ich mehr als erleichtert – sogar glücklich, obwohl ich normalerweise eher nicht das fröhliche Glückskind bin –, dass sie nicht nur *mich* wollte, sondern auch damit einverstanden war, meine Serpent-Königin zu werden, nachdem sich mein

Vater aus der Gang zurückgezogen hatte. Hatte ich vor, das Serpent-Zepter tatsächlich in die Hand zu nehmen? Nein, natürlich nicht. Jedenfalls nicht am Anfang. Diese Rolle brachte schließlich einige … Komplikationen mit sich. Schattenseiten. Wir Serpents genießen einen gewissen Ruf, auch wenn er nicht immer unbedingt verdient ist.

Aber eine Schlange häutet sich niemals. Das hatte ich inzwischen gelernt. Und die Serpents? Nun, sie haben mir geholfen, als ich nichts mehr hatte – außer dem Gefühl, dass alles in sich zusammenstürzt. Blut ist dicker als Wasser, wie man so schön sagt. Aber manchmal ist die Familie, die man rein zufällig findet, sogar noch dicker.

Betty war mir gegenüber loyal und wir beide waren den Serpents gegenüber loyal. Was im Augenblick noch wichtiger schien als jemals zuvor, da Hiram Lodges Pläne, die Southside zu zerstören, noch immer nicht völlig ans Licht gedrungen waren – was sie natürlich nicht weniger verdächtig machte – und die Gang in eine provisorische Barackensiedlung am Rande der Northside vertrieben worden war.

Und *trotzdem* war Betty noch nicht davongerannt. Dieses Mädchen war wirklich die Hepburn zu meinem Tracy.

Und allein dafür schuldete ich ihr meine Loyalität. Und so kam es, dass sich das Paradebeispiel eines Einzelgängers – ein Beanie tragender Assi wie ich – auf einer wilden Party im Haus von Reggie Mantle wiederfand, dem personifizierten »Highschool-Sportstar« aus sämtlichen Teenie-Dramödien der Achtziger.

Solange ich es durch diesen Abend schaffte, ohne unter die Fittiche eines weisen alten Mentors zu geraten, der mir die uralte Karate-Kampfkunst beibrachte, bevor ich durch einen schier endlosen Zusammenschnitt aus Trainingsszenen rauschte, untermalt von einem New-Age-Medley, war alles in Ordnung. Mehr oder weniger jedenfalls. Betty war das wert. Katherine Hepburn konnte es mit meiner Freundin in Wahrheit nicht mal annähernd aufnehmen.

Außer, dass ich sie verloren hatte.

Nicht im tragischen, permanenten Sinne. Wir waren einfach nur irgendwie getrennt worden. Aber auch das war schon schlimm genug. Es würde deswegen zwar vielleicht nicht zu einem quälenden Zusammenschnitt endloser Kampfkunst-Trainingsszenen kommen, aber zumindest zu der abgedroschenen Szene, in der sich der missverstandene Underdog auf der Suche nach seinem Mädchen alle Mühe gibt, den coolen Kids aus dem Weg zu gehen.

Was nicht unbedingt der Handlungsstrang war, auf den ich gehofft hatte, als ich eingewilligt hatte, heute Abend mit auf diese Party zu kommen.

Ich hatte Betty zu Hause abgeholt, genau, wie wir es vereinbart hatten, und ihr eine Nachricht geschickt, als ich draußen stand. Nicht, weil ich nicht wusste, wie sich ein echter Gentleman benahm, sondern weil Betty es ausdrücklich so gewollt hatte. Sie wusste genau, dass es ihrer Mom nicht gefallen würde, dass wir ausgehen, ein bisschen Spaß haben und versuchen wollten, uns wie normale Teenager zu verhalten, obwohl sich unsere einst so idyllische Stadt in ein echtes Gruselkabinett verwandelt hatte, gegen das jede Wes-Craven-Freakshow harmlos war.

Wir fuhren mit meinem Motorrad zu Reggie, und als ich vor dem Haus anhielt, belegte Kevin Keller Betty sofort mit Beschlag. Ich vermutete, dass die Situation für beide nicht leicht war. Schließlich war sein Dad der ehemalige Sheriff, während Betty unermüdlich an Archies Fall arbeitete. Die Sünden der Väter werden über die Kinder kommen und all das. Betty stand zwar über diesem ganzen Mist, aber deswegen waren einige Begegnungen mit unseren Freunden und Mitschülern hin und wieder nicht weniger seltsam.

Ich schaltete den Motor aus und beobachtete aus der Ferne, wie sie ein paar andere Leute begrüßte und dabei kaum merklich die Schultern anspannte, wie immer, wenn sie gestresst war, es sich aber nicht anmerken lassen wollte. Dabei waren wir doch überhaupt nur hier, um uns ein bisschen zu amüsieren und zu entspannen.

Nur leider kribbelte auch meine Haut schon am ganzen Körper.

Archie und Veronica schienen noch nicht hier zu sein – und mit ihnen begann und endete im Prinzip mein sogenanntes soziales Umfeld. Das Garagentor stand offen und drinnen ging es ziemlich laut zu. Obwohl es sich anfühlte, als würde ich mich damit direkt in die Höhle des Löwen wagen – schon unter besten Bedingungen der schiere Wahnsinn, wovon in diesem Fall eindeutig nicht die Rede sein konnte –, ging ich ins Haus.

Ich versuchte mich zu erinnern, ob ich schon je zuvor bei Reggie gewesen war. Wir waren nicht unbedingt Kumpel. Das Einzige, was uns verband, war Archie, was wiederum bedeutete, dass Reggie *normalerweise* davon absah, mich so übel zu schikanieren, wie er es vermutlich gern getan hätte. Normalerweise. Ein echtes Herzchen, hab ich recht?

Trotzdem war und blieb er ein schmieriger Typ. Allerdings war auch nicht allzu schwer zu erkennen, warum. Seine Eltern waren total bescheuert, er hatte also nie wirklich eine Chance gehabt. Andererseits haben wir alle unser elterliches Kreuz zu tragen. Warum sollte ausgerechnet Reggie einen Freifahrtschein für sein Verhalten kriegen?

Du bist für Betty hier, erinnerte ich mich selbst und atmete ein paar Mal tief durch. Die Luft roch schwer nach Schweiß und Bier. *Es spielt keine Rolle, wessen Haus das hier ist.*

Und es spielte wirklich keine Rolle. Dieser Abend konnte nur zutiefst unangenehm werden, so oder so.

Aber wo *war* sie?

Ich bahnte mir einen Weg durch das Meer aus Körpern, klebrig und feucht in dem engen, schwülen Raum. Ich erkannte keinen von ihnen … Nein, Moment. Keinen außer den beiden River Vixens, die Cheryl Blossom wie anhängliche Jüngerinnen folgten, wenn sie nicht gerade mit Toni Topaz einen auf Jack Kerouac machten.

Ich bog um die Ecke, sah eine Tür, die aussah, als könnte sich dahinter ein Badezimmer oder ein Schrank verstecken …

… und stieß mit Ethel Muggs zusammen.

»Jughead! Tut mir leid!«, stammelte sie. Ihre Wangen glühten rot und ihr Blick huschte an mir vorbei über meine Schulter. Sie wirkte nervös.

»Hey, Ethel. Kein Problem. War wirklich nicht deine Schuld. Ich hab nicht aufgepasst, wo ich hingehe. Sorry. Ich suche Betty. Hast du sie zufällig gesehen?«

»Nein, tut mir leid«, antwortete sie. »Ich hab nach Ben gesucht. Oder Dilton?«

»Dilton Doiley?« Ich versuchte, mir meine Überraschung nicht anmerken zu lassen. Ich konnte mir nur schwer vorstellen, dass sie ihn hier fand. Sagen wir einfach, der selbst ernannte Survivalexperte der Riverdale High war vielleicht der einzige Mensch, bei dem es noch unwahrscheinlicher war, dass man ihn auf einer wilden Schulparty antraf als bei meiner Wenigkeit.

»Ähm, ja.« Ihre Stimme klang angespannt, so als wollte sie sich verteidigen. Weil ich überrascht reagiert hatte, dass sie nach Dilton suchte? Aber vielleicht war ich auch schon selbst paranoid und bildete mir nur irgendetwas ein. In diesem Haus war es so stickig, dass mein Hirn schon völlig vernebelte. Ich musste Betty finden.

»Dilton, Ben und ich wollten uns hier treffen«, erklärte mir Ethel, also vielleicht hatte sie doch das Gefühl, sich verteidigen zu müssen. Ich speicherte diese Information für später ab, wenn ich wieder mehr Luft zum Denken hatte, nur für den Fall. Es gab eine Sache, in der Betty und ich wirklich großartig waren: Wir besaßen das Talent, auch den bizarrsten Situationen auf den Grund zu gehen. Und in letzter Zeit hatten wir darin auch reichlich Übung gehabt …

»Sie sind spät dran. Sie wollten schon vor einer halben Stunde hier sein und ich will wirklich wieder gehen. Ich bin mir ziemlich sicher, dass sich gerade jemand in die Topfpflanze da drüben übergeben hat.« Sie schnitt eine angewiderte Grimasse.

»Igitt. Okay, ich verstehe, warum du sie möglichst schnell finden und von hier verschwinden willst. Es quetschen sich auch noch ungefähr tausend Leute in die Garage. Vielleicht stecken sie ja da. Kannst dein Glück ja mal versuchen«, schlug ich vor.

Ihre Stirnfalten glätteten sich, so als hätte ich sie damit ein wenig beruhigt. »Mach ich. Danke. Gute Idee, Jughead.« Ich erinnerte mich wieder daran, dass sie einen wichtigen Teil dazu beigetragen hatte, diese Dreckschweine aus der Footballmannschaft und ihr mieses »Punktesystem« ans Licht der Öffentlichkeit zu bringen.

Chuck hatte damals Betty ins Visier genommen. Innerlich verwandelte ich mich immer noch in den Hulk – den original Hulk, Lou-Ferrigno-Style –, wenn ich auch nur daran dachte. Und daran, wie stark Ethel gewesen war, wie mutig. Es steckte mehr in ihr, als man auf den ersten Blick vermuten würde.

Wenn sie Ben und Dilton tatsächlich fand, hoffte ich für die beiden, dass sie bereit für sie waren.

»Viel Glück«, wünschte ich ihr und blickte mich wieder zu der Tür um, die mir vorhin schon aufgefallen war. Niemand war hineingegangen oder herausgekommen, während ich mich mit Ethel unterhalten hatte. Und ich hatte immer noch keine Ahnung, wo Betty war.

»Sieh doch mal oben nach«, sagte sie, als hätte sie meine Gedanken gelesen. Sie zeigte an der Tür vorbei. »Falls sie nicht da drin ist, meine ich. Oben ist auch noch ein Bad. Und sämtliche Schlafzimmer, du weißt schon. Vielleicht war es ihr hier unten ja einfach zu voll und zu laut und sie brauchte mal ein bisschen Ruhe.«

»Zu laut? Hier? Was redest du denn da für einen Unsinn, Muggs?«, brüllte ich Ethel zum Scherz entgegen und entlockte ihr damit tatsächlich ein Lächeln. Dann suchten wir getrennt voneinander weiter.

Ich klopfte an die Tür und drückte mein Ohr dagegen. Ich konnte nichts hören, was jedoch vermutlich eher an dem ohrenbetäubenden Krach rundum lag. Ich klopfte erneut, diesmal lauter, und drückte mich noch fester an die Tür, obwohl ich wusste, dass es sinnlos war.

Ich legte eine Hand um den Türknauf und drehte daran, um zu sehen, ob sie abgeschlossen war. Die Tür sprang auf.

»Entschuldige mal. Hast du vielleicht irgendwas gegen anklopfen?« Es war Josie McCoy, die diskret ihre leicht zerzausten Korkenzieherlocken wieder in Form brachte. Ihr Markenzeichen, die Katzenohren, saßen ein wenig schief auf ihrem Kopf. Sie rückte sie wieder gerade und wischte sich dann etwas Unsichtbares unter dem Auge weg.

»Tut mir leid. Ich wusste nicht, dass besetzt ist. Aber weißt du, was auch gut ist? Abschließen.«

»Danke für den Tipp«, erwiderte Josie mit einem Augenrollen. »Ich hab's versucht, aber das Schloss muss kaputt sein. Wie dem auch sei, du willst dir vielleicht lieber woanders die Nase pudern.« Sie war ziemlich kurz angebunden und hochnäsig, selbst für ihre üblichen Popdiva-Verhältnisse.

»Ich suche nur Betty –«, begann ich, unterbrach mich jedoch abrupt, als ich sah, wer noch aus dem Badezimmer kam – oder besser gesagt: wer darin *gewesen* war. Mit Josie. »Sweet Pea?«

Ich meine, das Einzige, was mich vielleicht noch mehr überrascht hätte, wäre gewesen, wenn Josie mit einem der Replikanten aus *Blade Runner* aus dem Badezimmer gekommen wäre. Oder vielleicht mit Jigsaw aus *Saw*. Andererseits wäre das in Riverdale wahrscheinlich sogar weniger überraschend gewesen.

Es musste mir ins Gesicht geschrieben stehen, denn Josie sah echt angepisst aus. Sweet Pea stellte sich neben sie. »Jug, Kumpel. Sei einfach … cool.« Er warf mir einen bedeutungsvollen Blick zu, den ich allerdings nur schwer ernst nehmen konnte, angesichts des verschmierten Lipgloss auf seinem Kinn. Ich hob die Hände. »Total. Supercool. Du kennst mich doch. Meine Lippen sind versiegelt.« Ich tat, als würde ich sie mit einem Schlüssel abschließen. Mein Schweigen war den beiden gewiss. Ich wusste alles über ungleiche Pärchen und hatte ganz sicher nicht das Bedürfnis, die zwei zu outen, bevor sie selbst bereit dazu waren. »Mea culpa.«

»Wir wollten sowieso gerade gehen«, sagte Josie. »Ich treffe mich noch mit meinen Mädels.«

»Ich dachte …« Ich verstummte. Was ging es mich an, ob die Pussycats wieder zusammen waren oder nicht?

Sie ahnte jedoch, was ich hatte sagen wollen, und schenkte mir ein schiefes Lächeln. »Besonderer Auftritt morgen. Für einen Abend wiedervereint. Deshalb steht heute unsere traditionelle wilde Partynacht vor dem Gig an.«

»Klingt ja echt anstrengend«, erwiderte ich. »Aber lieber ihr als ich.«

So empfand ich das eigentlich bei den meisten Dingen und dieses Motto hatte mir in meinem Leben immer gute Dienste geleistet. Bis jetzt.

KAPITEL 5

ETHEL

Vielleicht ist es ja ein Test. Der Gargoyle-König fordert uns schließlich gern heraus. Er will, dass wir ihm unsere Loyalität beweisen, dass wir seiner als würdig erweisen. Und ich bin bereit für diese Herausforderung. Ich freue mich sogar darauf.

In gewisser Weise kommt es mir vor, als hätte mich alles – die lange Reihe schmerzlicher Erfahrungen in meinem Leben – gezielt hierhergeführt, zu diesem Spiel. Meinen eigenen Namen in dem Notizbuch zu finden, das Chuck und die anderen aus der Footballmannschaft führten. Zu erfahren, dass mein Vater all seine Ersparnisse verloren hat – und dass sie ihm durch die miesen Tricks vom Vater meiner neuen Freundin genommen worden waren. Zu erkennen, dass wir in dieser unerbittlichen, mitleidslosen und hässlichen Welt alle miteinander verbunden waren.

Der Versuch meines Vaters, sich das Leben zu nehmen. Mit anzusehen, wie er darum kämpft, wieder gesund zu werden. Mitzuerleben, wie meine Mutter trauert, von Kummer gebeugt. Im Bett zu liegen und an die Decke zu starren, Nacht für Nacht, und zu beten, dass es ihm bald wieder gut geht. Dass es uns allen bald wieder gut geht.

Der alltägliche Kampf – für uns alle, im Großen wie im Kleinen –, ohne die relative Sicherheit eines Notgroschens. Alles Unwesentliche aufgeben zu müssen, jeden noch so kleinen banalen Luxus. Sich von all den sogenannten unnötigen Dingen zu trennen, die das tägliche Leben ein kleines bisschen erträglicher machen. Winzige, aber ganz besondere Freuden, die uns allesamt gestohlen wurden.

Aber der Gargoyle-König? Er nimmt nicht, er *gibt*. Er verspricht. Er flüstert uns zu, verführerisch. Er sagt uns, dass wir diese Freuden, diesen Luxus zurückbekommen können – wenn wir ihm nur unsere Loyalität beweisen.

Also tue ich es. Wenn die Aufgaben enthüllt werden, weide ich mich förmlich daran. In der Chance, aus der Menge herauszustechen, vor den Augen des Königs. Im Spiel finde ich all die Dinge, die ich will, nach denen ich mich sehne. Eine Gemeinschaft, einen Lebenssinn. Das Gefühl, dass wir von einer höheren Macht regiert werden. Nur eins scheint noch immer knapp außerhalb meiner Reichweite zu liegen.

Dilton Doiley. Und Ben, mein Prinz.

Es hat mich selbst überrascht.

Ein eiskalter Schauer jagt mir über den Rücken, durch meine Knochen, während ich mich nun von Reggies Haus entferne. Eine weitere düstere Nacht in Riverdale. Eine weitere Nebenstraße voller dunkler Schatten in dieser verräterischen Stadt, die ich als mein Zuhause bezeichne. Ich glaube nicht, dass auch nur einer von uns hier wirklich sicher ist. Als ein Zweig in der Ferne knackt, zucke ich zusammen. Doch auch die Erkenntnis, dass es nur der Wind war, spendet mir keinen wahren Trost.

Jason Blossoms Mörder ist tot. Black Hood sitzt hinter Gittern. Eigentlich sollte das Böse, dass in Riverdales Straßen lauert, damit besiegt sein.

Eigentlich.

Ich kenne die Dunkelheit. Sie verfolgt mich, sucht nach mir. Als die Jungs – zuerst Dilton, dann Ben – mich fanden und für ihr Spiel rekrutierten, hoffte ich … Ich erlaubte mir selbst einen Anflug von Optimismus und glaubte, wenn Dilton … Nun, wenn er etwas in mir sieht … wenn er mich nur … wahrnimmt, wie ich ihn wahrnehme … Na ja, dann besteht vielleicht die Hoffnung, dass wir gemeinsam eine größere Macht bilden als diese Dunkelheit.

Ich hatte nicht erwartet, dass ich Gefühle für Ben entwickeln würde. Ich hatte nichts von alledem erwartet.

Das Spiel verband uns. Im Fox Forest, unten in Diltons Bunker … arbeiteten wir für den König, wir drei gemeinsam. Wir stiegen auf, auch wenn wir es nicht so nannten, damals noch nicht. Doch gleichzeitig schweißte es uns aneinander, verflocht uns zu einem Band, das ich als Rettungsleine benutzte.

Ich bin heute Abend zu Reggies Party gekommen, um mich mit ihnen zu treffen. Aber ich kann damit umgehen, dass sie nicht aufgetaucht sind. Es war schließlich nicht fest vereinbart. Außerdem bin ich mir sicher, dass sie beschäftigt sind, gefangen in dem Spiel. Sie müssen die Codes knacken, die Aufgaben lösen und die Prüfungen des Gargoyle-Königs erfüllen. Dafür sorgen, dass wir bereit sind.

Ich vertraue Dilton. Ich vertraue Ben. Und ich vertraue dem König.

Und auch wenn ich diese pulsierende Panik in mir spüre, dass wieder einmal, wie immer, jemand – oder *etwas* – jenseits der Stadtgrenzen lauert, in Riverdales Wildnis … weiß ich doch, dass ich am Ende das nächste Level erreichen werde. Dass ich wieder heil sein werde. Und dass Dilton mich als die Königin erkennen wird, die ich für uns alle sein muss.

VERONICA

Sie war zwar weit von den Hochzeitsfeiern im Bungalow 8 entfernt, aber eins musste ich Reggie lassen: Seine kleine Spontanfete war heiß. Ein Schwarm River Vixens führte unsere neueste Tanzchoreografie auf dem Couchtisch im Wohnzimmer vor – ich zuckte dabei immer wieder zusammen und betete inständig, dass die Glasplatte des Philippe-Starck-Möbels dem Druck standhielt –, im ganzen Haus vibrierte ein dröhnender Bass-Beat, und jenseits des Wohnzimmers, in den Untiefen der Küche, erhaschte ich einen Blick auf eine Handvoll verschwitzter Bulldogs beim Handstandsaufen auf einem Bierfass. Ich war in meinen ganz persönlichen John-Hughes-Film gestolpert und spielte die Rolle der distanzierten, privilegierten Prinzessin, die sich inmitten des gemeinen Volks vollkommen fehl am Platz fühlt.

Ich war für Archie hier. Dieser ganze Abend war allein für ihn. Aber nachdem er sich so dagegen gesträubt hatte, fiel es mir in diesem wilden Partywirbel schwer, mich zu erinnern, warum.

Ich hörte ein ziemlich fragwürdiges Geräusch und sah, wie sich jemand über eine Topfpflanze beugte. Wer immer es auch war, er wusste offensichtlich nicht, wann er genug hatte. Dann fiel mir auf, wie sich ihm ein rotbrauner Lockenkopf über einer Bubikragenbluse zuneigte – *Ethel?* – und sofort angewidert den Flur hinunter floh. Bevor ich ihr etwas zurufen konnte, dimmte jemand das Licht im Wohnzimmer und drehte die ohnehin bereits unfassbar laute Musik noch weiter auf, bis es sich anfühlte, als würde das pulsierende Dröhnen aus meinem eigenen Hirn stammen. Zu behaupten, ich sei nicht in Partystimmung, war die Untertreibung des Jahres, und das Gefühl wurde mit jeder Nanosekunde stärker.

Ich huschte so unauffällig wie möglich durch die Küche und schnappte mir einen Becher mit knallroter Flüssigkeit, von der ich annahm, dass es sich um Bowle handelte. Ich trank einen Schluck – Mut antrinken, Sofort-Stimmung, nennt es, wie ihr wollt, aber ich hatte es ganz offensichtlich nötig. Dann schüttelte ich mein Haar und versuchte, die schraubstockartige Spannung im Nacken wenigstens ein bisschen zu lösen. Nach dem nächsten ausgiebigen Schluck verschwammen plötzlich die Wände des Raumes für einen Moment.

Luft. Ich brauchte Luft. Und wenigstens einen halben Quadratmeter persönlichen Freiraum, falls das nicht zu viel verlangt war.

Aber vermutlich war es das. War heute Abend die *komplette* Riverdale High hier?

Ich würde mir eine ruhige Ecke suchen, mich erst mal orientieren und dann Archie wiederfinden. Wir waren zwar gerade erst angekommen, aber wenn er genauso viel »Spaß« hatte wie ich – #verbaleironie –, vielleicht war es dann besser, lieber früher als später Schadensbegrenzung zu betreiben.

Im oberen Stock der Casa Mantle war der Flur mit Familienfotos geschmückt. Es war, als würde man in Zeitlupe durch eine Diashow gehen: Reggies Schulfotos, akkurat aneinandergereiht, sowie mehrere Aufnahmen von den Bulldogs bei ihrer alljährlichen Preisverleihung. Ein geschmackvolles Hochzeitsfoto, auf dem Mrs Mantle kaum älter aussah als Reggie heute, in filigrane weiße Spitze gehüllt.

Etwas glänzte in dieser Galerie jedoch auffällig durch Abwesenheit, wie mir plötzlich auffiel: ein Foto von Reggie *mit* seinen Eltern. Die Abwesenheit sprang einem förmlich ins Gesicht und machte es ein wenig leichter, Mitgefühl für Reggie zu empfinden und sich in ihn hineinzuversetzen, obwohl er offensichtlich den permanenten Drang verspürte, seine Fantasie vom archetypischen Highschool-Tyrannen auszuleben.

Wir trugen alle unsere seelischen Schäden mit uns herum, aber um ehrlich zu sein: Wenn es darauf ankam, war Reggie Mantle da.

Da sein. Genau das versuchte ich heute Abend auch für Archie, wie an jedem Tag seit seiner Verhaftung. Aber war das alles vollkommen sinnlos?

Wie eine rettende Oase in der Wüste erkannte ich plötzlich Archies Stimme. Ich schätze, ich war nicht die Einzige, die auf dieser Party ein wenig Zuflucht suchte.

Seinem Ton nach zu urteilen klang es jedoch nicht, als hätte er sie gefunden.

»Wenn ich's dir doch sage, Betty, er war total aggro.« Die Unterhaltung fand in einem Schlafzimmer rechts von mir statt. Reggies Zimmer? Vielleicht. Ich war noch nie zuvor hier oben gewesen.

»Er ist *Reggie.*« Ich konnte die Anspannung in Bettys Stimme hören, das leise Zittern, das mir sagte, dass meine beste Freundin ihr Bestes tat, um die Geduld nicht zu verlieren, auch wenn sie kurz vor einem Nervenzusammenbruch stand. Das taten wir alle.

»Aggro ist eben sein Ding. So ist er nun mal. Das weißt du doch. Das ist alles nur … heiße Luft.«

»Na ja, es hat sich aber nicht nur wie heiße Luft *angehört.*«

»Du reagierst völlig über.«

»Tue ich das? Das Letzte, was ich jetzt gebrauchen kann, ist, mir Gedanken darüber zu machen, ob er versuchen wird, sich an Veronica ranzumachen, während ich im Knast sitze.«

Scheiße. Damit hatte Reggie ihn provoziert? Ich spürte, wie sich ein Kloß in meinem Hals bildete.

Ich hatte genug gehört und platzte ins Zimmer. Ich machte mir noch nicht mal die Mühe, so zu tun, als hätte ich die beiden nicht belauscht.

»Verzeiht, Sir Galahad«, begann ich und wedelte mit einer perfekt manikürten Hand vor Archies Nase herum, »aber dürfte ich Euch vielleicht daran erinnern, dass diese holde Maid keinen edlen Ritter braucht, der sie vor einem niederträchtigen Feind beschützt? *Falls* Reggie Mantle wirklich jemals beschließen sollte, sich an deine geliebte Freundin ranzuschmeißen, dann hoffe ich doch, dass du weißt, dass ich ihm mehr als gewachsen bin.« Der Drink hatte ganz offensichtlich ein kleines

Feuer in meinem Magen entfacht und spornte mich erst richtig an.

Betty hob eine Hand. »Ganz ruhig, Veronica. Reggie hat nur versucht, Archie zu provozieren – was schließlich seine Spezialität ist –, und Archie ist ein kleines bisschen ausgeflippt. *Verständlicherweise*«, fügte sie hinzu und warf ihm einen Blick zu, bevor er protestieren konnte.

Archie zuckte mit seinen unfassbar breiten Schultern, die er so niedergeschlagen hängen ließ, dass ich ihn am liebsten in den Arm genommen, ihm das Haar aus der Stirn gestrichen und ihm versprochen hätte, dass alles gut werden würde – obwohl ich wusste, dass ich dieses Versprechen unmöglich halten konnte. »Vielleicht bin ich wirklich ausgeflippt«, gab er zu. »Ich hab … Mir geht einfach viel zu viel durch den Kopf.«

»Welche Untertreibung«, sagte ich und ging zu ihm. Ich schlang die Arme um ihn und schmiegte mich an seine Brust. Er fühlte sich warm und stark an, und allein die Vorstellung, dass er fortgehen würde, dass ich ihn nicht mehr sehen, mich nicht mehr in seine Arme kuscheln konnte, war kaum auszuhalten. »Das geht uns allen so.«

Ich sah Betty an. Ihre Augen wirkten unter ihren langen, dunklen Wimpern rot und aufgewühlt. »Betty, du arbeitest Tag und Nacht für Archies Gerichtsverhandlung, dabei hast du zu Hause selbst genug Probleme.«

Sie schluckte. »Eigentlich geht's hier zwar nicht um mich … Aber ja, Mom und Polly sind … unerträglich. Sie wollen mich einfach nicht in Ruhe lassen, bis ich mich bereit erkläre, der Farm – und Edgar Evernever – eine Chance zu geben.« Sie erschauderte. »Sie wurden einer totalen Gehirnwäsche unterzogen und wollen mich mit ins Verderben reißen.«

»Das werden wir *nicht* zulassen«, erwiderte ich ernst.

»Und was ist mit dir, Ronnie?«, fragte Archie. »Die ganze Sache mit meinem Prozess … na ja, das war doch der letzte Nagel im Sarg zwischen dir und deinem Dad.«

»Vorsicht, Wortspiel.« Die Stimme erschreckte mich, bis ich erkannte, dass es Jughead war. Er stand in der Tür, den Mund zu einem bitteren Grinsen verzerrt. Er nickte Betty zu. »Hab dich gefunden.«

»Hast du nach mir gesucht?«

»Du hast dich plötzlich in Luft aufgelöst. Ich war gezwungen, mich mit anderen Leuten zu unterhalten.«

Sie lächelte. »Tut mir leid. Ich weiß, wie sehr du das hasst. Ich war nur … unten ist es einfach viel zu voll.«

Er hob eine Augenbraue. »Was du nicht sagst? Ich hatte eine total seltsame Unterhaltung mit Ethel, und dann –« Er brach abrupt ab. »Ist ja auch egal. Sagen wir einfach, mein Small-Talk-Kontingent ist für heute erschöpft.«

»Ganz ehrlich? Meins auch«, pflichtete Archie ihm bei. Dann sah er mich schuldbewusst an. »Ich weiß, wie sehr du dir gewünscht hast, alles mal für eine Weile zu vergessen und dich einen Abend lang zu amüsieren, Ronnie. Es ist nur …«

»Es funktioniert einfach nicht. Ich weiß, Archiekins. Selbst eine in gesellschaftlichen Events so erfahrene Expertin wie ich kann mal danebenliegen. Also, warum lassen wir's nicht einfach gut sein und verschwinden?«

»Ich hätte ein schlechtes Gewissen, wenn wir jetzt schon gehen. Du wolltest doch so gern, dass wir heute endlich mal wieder ein bisschen Spaß haben, V«, erwiderte Betty und biss sich auf die Unterlippe.

»Ja, Süße, ganz genau: Ich wollte, dass wir *Spaß* haben. Sich mit superstarker Bowle volllaufen zu lassen, während sich in der Ecke im Wohnzimmer irgendein Typ übergibt und unser fehlgeleiteter Gastgeber überall sein Testosteron versprüht, macht aber keinen Spaß. Also, lasst uns gehen.« Dann kam mir ein Gedanke. »Was natürlich nicht bedeuten soll, dass wir nach *Hause* gehen müssen. Wer hat Hunger?«

Wie aufs Stichwort drehten Archie, Betty und ich uns zu Jughead um. Er lachte. »Erwischt«, gab er zu. »Ich hab immer Hunger.«

»Dann auf zu Pop«, sagte ich. »Mein Chauffeur steht auf Abruf bereit. Er kann uns abholen.« Ich zog das Handy aus meiner schwarzen Balenciaga und runzelte die Stirn, nachdem ich einen Blick darauf geworfen hatte. »Nur dass mein Akku leer ist.«

Ich streckte einen Arm nach Bettys Handy aus, das

todsicher in ihrer gesteppten rosa Handtasche steckte – wir sind praktisch Schwestern, und ich hab mir ihr Handy schon mindestens hundert Mal geschnappt –, aber sie wich so erschrocken zurück, als wollte sie mich auf Abstand halten. Ich versuchte, ihr einen entsprechenden Blick zuzuwerfen, traf jedoch vermutlich nicht genau den richtigen Ausdruck.

»Tut mir leid«, sagte sie, als sie meinen Blick sah. »Es ist, äh … ganz unten drin. Ich fische es für dich raus.«

»Klar.« Ich versuchte, sie nicht anzustarren, während sie das Handy aus der Tasche angelte, aber ich schaffte es einfach nicht, den Blick ganz von ihr abzuwenden. Offensichtlich hatte sie recht: Es befand sich definitiv ganz unten, begraben unter dem Rest ihres Lebens, denn sie wühlte mehrere Sekunden in ihrer Tasche herum, bevor sie es endlich herauszog.

Ich versuchte, diskret zu sein, aber es war schlichtweg unmöglich, die halbmondförmigen Abdrücke auf ihren Handflächen nicht zu bemerken. Wenn Betty von ihren Gefühlen überwältigt zu werden droht und ihr alles zu viel wird, ballt sie so fest die Fäuste, dass sich ihre Fingernägel tief in ihre Haut bohren. Jetzt schloss sie die Finger um die pinkfarbene Plastikhülle ihres Handys und schob dabei etwas beiseite …

Das mir vertraut vorkam. Etwas vollkommen Harmloses, vollkommen Unverfängliches, jedenfalls unter gewöhnlichen Umständen.

Für einen Sekundenbruchteil sah ich oranges Plastik

aufblitzen. Die verschwommene Rundung eines weißen Deckels. Ein Etikett auf einem kleinen Behälter.

Es war eine *Dose*. Eine Pillendose. In Bettys Handtasche. Was an sich überhaupt nichts bedeuten musste.

Aber sie wollte nicht, dass ich sie sah. Sie wollte nicht, dass ich wusste, dass sie sich in ihrer Tasche befand. Und das veränderte alles.

Dies war jedoch nicht der richtige Zeitpunkt oder der richtige Ort, um Fragen zu stellen. Aber ich wusste, was ich gesehen hatte, ganz ohne Zweifel. Meine Mom hat genügend Pillen in ihrem Medizinschränkchen, um eine spontane Ein-Frau-Version von *Das Tal der Puppen* aufzuführen. Ich weiß, wie die Dose eines verschreibungspflichtigen Medikaments aussieht. Ich kann einen kindersicheren Verschluss mit den Zähnen öffnen. Ist es ein Klischee, zu behaupten, dass das zu den ersten Dingen gehört, die sie einem in einer Privatschule an der Upper East Side beibringen? Weil sie nämlich genau das tun.

Bettys Mom hatte dafür gesorgt, dass sie Amphetamine verschrieben bekam, das wusste ich. Letzten Herbst, zum Schulanfang. Aber ich wusste auch, dass Betty die Tabletten nicht genommen hatte. Sie hatte mir erzählt, dass sie das Gefühl nicht mochte, ihr Herz im Hals pochen zu spüren.

Aber das war damals – und jetzt ist jetzt. Und es hatten sich so viele Dinge verändert, für uns alle.

Vielleicht veränderte sich auch Betty.

Sie berührte mich am Ellenbogen und riss mich aus meinen Gedanken. »Hier«, sagte sie und reichte mir ihr Handy. »Ruf deinen Chauffeur an. Und dann lasst uns von hier verschwinden.«

KAPITEL 6

Ethel:

Wo seid ihr denn? Ich dachte, ihr wolltet heute auch zu Reggies Party kommen?

Dilton:

Sorry, ist was dazwischengekommen.

Ethel:

Die Straßen fühlen sich heute Nacht gefährlich an. Es liegt eine Schwere in der Luft.

Ethel:

Ich glaube, ich werde verfolgt.

Ethel:

An einem sicheren Ort würde ich mich besser fühlen.

Dilton:

Ich kann mich jetzt nicht mit dir treffen.
Geh zum Bunker, dort bist du in Sicherheit.
Ben kommt zu dir, so schnell er kann.

Dilton:

Und bleib wachsam.

HL:

Hat der Junge zugestimmt?

PP:

Er leistet noch Widerstand.
Ich brauche mehr Zeit.

HL:

Ich dachte, du hättest alles unter Kontrolle?

PP:

Meine Jungs sind loyal. Ich muss bei ihm nur noch ein bisschen Überzeugungsarbeit leisten. Ich glaube, er ist abgelenkt. Aber es wird nicht mehr lange dauern.

HL:

Das hoffe ich, für uns alle.

Sweet Pea:

T! Warum musstest du dich unbedingt in den heißesten Sommerwochen aus dem Staub machen? Hier droht von allen Seiten Ärger. Ich will damit wirklich nichts zu tun haben.

Toni:

Klar, darauf würde ich wetten.

Sweet Pea:

Was soll das denn heißen?

Toni:

Hast du vergessen, dass ich mit Cheryl unterwegs bin? Wer ist die BFF von Josie McCoy? Vergiss nicht, mein Freund:
Ich habe meine Augen und Ohren überall.
Und das bedeutet, dass keins deiner Geheimnisse sicher ist.

Sweet Pea:

Mann. In Riverdale gibt's KEINE Geheimnisse. Aber das ist mir egal. Es ist wegen was anderem. Es gibt Ärger. Wegen der Serpent/Ghoulie-Sache.

Toni:

Komm schon. Ich kann mich von unterwegs nicht darum kümmern. Alles, was ich dir raten kann, ist: Halt dich bedeckt.

Sweet Pea:

Ich versuch's ja. Ich weiß nur nicht, wie lange … sich gewisse Leute in Schach halten lassen.

ARCHIE

Ich hatte ein schlechtes Gewissen, weil ich so dankbar war, als Ronnie vorschlug, dass wir von Reggies Party verschwanden und ins Pop's weiterzogen. Sie hatte sich doch nur eine kleine Ablenkung für uns gewünscht. Aber Reggies Party kam mir wie die falsche Ablenkung vor. Wie eine Erinnerung an all das, was wir vielleicht bald verlieren würden. Sicher, ich wollte meine vielleicht letzten paar Tage mit meinen Freunden verbringen. Aber ich wollte sie *nur* mit meinen Freunden verbringen, wie mir plötzlich bewusst geworden war. Und nicht mit einem Haufen wild gewordener Bulldogs.

Die Fahrt zum Chock'Lit Shoppe war kurz. So kurz, dass Veronica und ich nicht allzu lange peinlichen Small Talk machen mussten. Unser behagliches Schweigen war in letzter Zeit etwas weniger behaglich, seit meine Verhaftung ständig wie eine schwarze Wolke über uns schwebte. Aber heute Abend, in diesem Moment, fühlte sich die Stille richtig an.

Veronica lehnte sich zu mir, legte ihren Kopf auf meine Schulter und schob ihre Hand in meine. »Ich finde, wir haben uns wegen der Party nichts vorzuwerfen. Wir haben's versucht«, sagte sie. »Aber ich brauche diesen ganzen Trubel nicht. Das hier ist besser.« Sie seufzte.

Ich küsste sie auf den Kopf. »Da kann ich dir nur zustimmen.«

Plötzlich scherte der Wagen aus und rüttelte uns durch. Ein lautes Quietschen ertönte, als der Fahrer auf die Bremse stieg und Veronica wieder auf mich kippte.

»Was ist denn los?«, fragte sie, setzte sich auf und strich sich das Haar aus den Augen. Der Chauffeur hatte am Straßenrand angehalten, ließ den Motor jedoch laufen.

»Bitte, entschuldigen Sie, Miss Lodge. Eine junge

Frau hat gerade versucht, die Straße zu überqueren, ohne sich umzuschauen. Sie ist mir direkt vors Auto gesprungen. Ich glaube, es ist eine Ihrer Mitschülerinnen.«

Veronica ließ das getönte Fenster herunter, um nachzusehen, wen er meinte. Es war Ethel Muggs. Sie wirkte ziemlich aufgewühlt und ein wenig neben sich. Im Mondlicht konnte ich dunkle Ringe unter ihren Augen erkennen, so als hätte sie seit Längerem nicht gut geschlafen.

»Ethel?«, rief Veronica, schnallte ihren Gurt ab und lehnte sich aus dem Fenster. »Geht's dir gut? Warum spazierst du denn im Stockdunkeln mitten auf der Straße herum? Willst du für 'ne Rolle in *Scream 5000* vorsprechen? Das ist keine gute Idee, Süße.«

Ethel schüttelte den Kopf und schien sich wieder aus ihrer Trance zu lösen. »Was?« Sie starrte uns an, als sähe sie uns gerade zum ersten Mal. »Oh, Veronica. Hi. Ich, äh … ich war nur ein bisschen abgelenkt.«

»Was du nicht sagst? Du solltest wirklich vorsichtiger sein.« Sie winkte sie zu sich. »Können wir dich vielleicht irgendwo absetzen? Wo willst du denn hin? Komm, wir nehmen dich mit.«

»Nein, schon okay«, versicherte Ethel. Sie hatte einen nervösen Ausdruck in den Augen. »Ich wollte mich mit Dilton treffen. Und Ben.«

»Wo denn?«, fragte Veronica und machte eine ausladende Geste über die menschenleere Straße. »Komm mit uns ins Pop's. Wir wollen einen Happen essen.«

»Danke«, lehnte Ethel ab. »Vielleicht später. Mir geht's gut, ehrlich. Fahrt ruhig weiter. Es ist nicht …« Sie blickte zum Himmel empor und ein Schatten breitete sich auf ihrem Gesicht aus. »Es ist nicht sicher hier draußen, fürchte ich.«

Sie senkte ihre Stimme zu einem heiseren Flüstern. *»Er beobachtet uns.«*

Veronica runzelte die Stirn. »Okay, für den Megagruselfaktor kriegst du Extrapunkte, Ethel, das muss ich dir lassen. Aber wer denn? Wer beobachtet uns?«

Ethel zitterte. »Vergiss es einfach. Ich hätte das nicht sagen sollen. Alles okay. Fahrt weiter. Haltet euch … irgendwo drinnen auf. Das werde ich auch tun. Wir sehen uns dann …« Sie hielt kurz inne. »Wir sehen uns dann nächste Woche in der Schule.«

Richtig. Nächste Woche ging die Schule wieder los. Nach dem Labor Day. Alle würden da sein. Theoretisch auch ich. Dann würde ich sie alle wiedersehen.

Es sei denn, ich wurde schuldig gesprochen.

Ronnie wirkte unbehaglich. »Okay«, sagte sie schließlich. »Du bist ein großes Mädchen. Aber schick mir 'ne Nachricht, wenn du doch irgendwas brauchst, ja? Dann kommen wir dich holen.«

Ethel zwang sich zu einem Lächeln, das nicht ganz bis zu ihren Augen reichte. »Natürlich, Veronica«, erwiderte sie, noch immer mit ganz leiser Stimme. »Du bist wirklich eine gute Freundin.«

Sie winkte kurz und ging dann weiter die Straße

hinunter. Wir sahen zu, wie sie sich immer weiter von uns entfernte und immer kleiner wurde. Sie hatte verwirrt gewirkt – und, wenn ich ehrlich war, beinahe so, als hätte sie einen Geist gesehen.

»Weiter, Miss Lodge?«, fragte der Chauffeur.

»Äh, ja«, antwortete Veronica und schloss das Fenster wieder. Dann drehte sie sich zu mir um. »Ich hoffe, es geht ihr gut.«

»Ganz bestimmt«, beruhigte ich sie und klang dabei viel zuversichtlicher, als ich mich fühlte. In Wahrheit hatte ich keinen guten Grund, tatsächlich davon überzeugt zu sein, außer meinen blinden Glauben. »Es wird alles wieder gut.«

Ich hoffte sehr, dass es stimmte.

KAPITEL 7

BETTY

Liebes Tagebuch,
ich glaube, Veronica weiß Bescheid.

Ich bin mir zwar nicht ganz sicher – und ich werde sie auch ganz sicher nicht fragen –, aber da war dieser … Moment, dieser Ausdruck in ihren Augen, als sie mein Handy benutzt hat. Und ich kann ihr deswegen auch keinen Vorwurf machen, so wie ich mich aufgeführt habe, als sie nach meiner Handtasche gegriffen hat. Es war total bescheuert, und sie hat es natürlich bemerkt, aber es war nun mal ein Reflex. Die Pillen machen mich zittrig. Aber … ich brauche sie. Seit Dad im Gefängnis sitzt, schlafe ich nicht mehr. Und das ist nicht übertrieben. Ich kann mich wirklich nicht mehr daran erinnern, wann ich das letzte Mal länger als eine halbe Stunde am Stück geschlafen habe. Ich verbringe endlose Stunden im Bett und sehe zu, wie die Minuten auf meinem Handydisplay verstreichen, während das bläuliche Licht in der Dunkelheit leuchtet und ich nichts anderem lausche als den düsteren Gedanken, die mir durch den Kopf wirbeln.

Morgens, wenn die Sonne endlich aufgeht, beobachte ich, wie der Himmel erst rot, dann golden zu glühen beginnt, während sich die tiefe Leere in meinem Bauch immer weiter ausdehnt. Meine Augen fühlen sich furchtbar schwer an, und die Müdigkeit steckt mir in allen Knochen, so als würde mir allein der Gedanke daran, aus dem Bett aufzustehen, körperliche Schmerzen bereiten. Aber ich kann es mir nicht leisten, ihr nachzugeben. Oder aufzugeben. Nicht einmal an diesen Sommertagen, ohne Schule und ohne Job.

Andere Schüler haben Sommerferien. Aber ich nicht, nicht im Moment. Ich muss weiterarbeiten, ununterbrochen, und alles tun, was ich kann, um Archie zu helfen. Ich kann mir keine Pause gönnen, nicht mal für eine Minute. Archies Leben, seine Zukunft, stehen auf dem Spiel.

Ergo: die Pillen. Und dieses schreckliche Gefühl, als seien meine Adern elektrisch geladen und als befände sich mein Magen im freien Fall. Weil ich einfach nicht weiß, wie ich das sonst durchstehen soll. Und das muss ich.

Das Komische daran ist, dass meine Mom schon ewig versucht, mich auf Amphetamine zu setzen. Letzten Herbst hat sie mir mehrfach Rezepte besorgt, die ich jedoch nie eingelöst habe. Und trotzdem glaube ich nicht, dass sie es gutheißen würde, dass ich nun schon seit Monaten Rezepte von einem erfundenen Psychiater fälsche.

Seit Dad verhaftet wurde.

Ich habe keine Ahnung, wie ich schon so lange damit durchkomme, aber so ist es. Und es ist mir auch gelungen, die Sache geheim zu halten. Bis jetzt.

Veronica. Sie hat es gesehen. Sie weiß zwar vielleicht nicht, was genau, aber sie weiß, wie die Dose eines verschreibungspflichtigen Medikaments aussieht. Außerdem kennt sie mich. Und wenn ich mich schon innerlich nicht mehr wie ich selbst fühle, dann muss sie es auch von außen erkennen. Was wiederum bedeutet, dass es nur noch eine Frage der Zeit ist, bis ich alles gestehen muss.

»Erde an Betty.« Ich hatte die komplette Fahrt von Reggies Haus zum Pop's in meiner eigenen Welt verbracht. Jughead stieg von seinem Motorrad und lächelte mich an. Er nahm mir vorsichtig den Helm ab und streichelte sanft mit dem Finger über meine Wange. »Bist du da drin? Du warst für 'ne Weile richtig in Trance, total Westworld-mäßig.«

»Tut mir leid.« Ich küsste ihn. »In Gedanken, nicht in Trance. Archie war wegen Reggie richtig durch den Wind. So als würde er wirklich glauben, er könnte V verlieren, während er ... na ja, ich meine, falls ... er fortmuss.« Ich brachte es nicht über mich, das Wort »Gefängnis« auszusprechen. Es auszusprechen bedeutete fast, es zu akzeptieren. Aber so weit waren wir noch nicht. Durften wir nicht sein.

Jughead zuckte mit den Schultern. »Du kennst sie besser. Sie ist ganz offensichtlich in ihn verliebt, aber wer weiß? Er könnte ... na ja, er könnte für eine ganze Weile weg sein. Und Dinge passieren nun mal.«

»Sag so was nicht! Dinge ›passieren‹ nicht einfach, Juggie. Und Veronica liebt Archie – sie wird ihn nicht betrügen. Und das wüsste er auch, wenn er nicht all diese anderen Sachen im Kopf hätte.«

»Ich will damit ja nur sagen, dass ich verstehe, warum er so überreagiert, das ist alles. Ich finde, es ist sein gutes Recht, ein wenig angespannt zu sein, angesichts der Umstände«, erwiderte Jughead. Er legte einen Arm um meine Schultern und steuerte mit mir auf die Eingangstür des Pop's zu.

»Okay. Aber für uns gilt das nicht. Auch wenn wir uns so fühlen. Wir müssen stark bleiben.« Dafür nahm ich schließlich diese Pillen. Sie gaben meinen Herzschlägen ihren eigenen Herzschlag.

»Nenn mich Iron Man.« Er spannte seinen Bizeps so stramm an, dass ich ihn auf meinem Rücken spürte.

»Mein Held. Und ich bin liebend gern deine Pepper Potts.« Gott sei Dank konnte ich mich darauf verlassen, dass Jughead die Nerven behielt.

Im Augenblick war ich mir nämlich nicht sicher, ob ich mir selbst noch vertraute.

Im Pop's war nicht viel los. Wahrscheinlich waren immer noch alle auf Reggies Party. Veronica und Archie hatten es sich an unserem üblichen Tisch gemütlich gemacht, direkt neben der Tür, und Veronica plauderte mit Pop. Genau genommen war er ihr Angestellter, seit ihr das Diner gehörte. Daran würden wir uns alle erst noch gewöhnen müssen, auch wenn Veronica in dieser Hinsicht sehr rücksichtsvoll war.

»Betty! Jughead!« Veronicas Miene hellte sich merklich auf, als sie uns durch die Tür kommen sah. Die Glocke darüber klingelte und fiel hinter uns wieder ins Schloss. »Ich hab keine Ahnung, wie wir's vor euch hierher geschafft haben. Wir hatten unterwegs eine totale seltsame Begegnung mit Ethel Muggs.« Sie verzog das Gesicht, als sei sie immer noch verwirrt. »Aber wie dem auch sei, wir haben uns gerade Milchshakes bestellt. Wollt ihr auch einen?«

»Ich würde lieber was essen«, antwortete Jughead und rutschte auf die Sitzbank ihnen gegenüber. »Vielleicht einen Cheeseburger, medium. Und Zwiebelringe.« Er machte ein nachdenkliches Gesicht. »Und vielleicht ein paar eingelegte Gurken. Süß-sauer.«

Pop lachte. »Darf's sonst noch was sein?«

»Fritten«, antwortete Jug blitzschnell. »Extra knusprig.«

»Das hätte ich mir auch denken können«, erwiderte Pop. »Und für dich, Betty?«

Ich blickte auf die hohen Milchshake-Gläser vor Archie und Veronica. Sie hatte ihren Lieblingsshake bestellt: Double Chocolate. Archies war leuchtend rosa: Erdbeere. Als er durch den Strohhalm trank, drehte sich mir der Magen um. Noch so eine Nebenwirkung der Aufputschmittel: Es schien sich dauerhaft ein Bienenschwarm in meinem Magen eingenistet zu haben. Würde das immer so weitergehen, bis Archie endgültig außer Gefahr war?

»Ehrlich gesagt hab ich keinen großen Hunger, Pop.« Das entsprach nicht hundertprozentig der Wahrheit. »Ich klaue mir einfach ein paar Fritten von Jug.«

»Das glaubst du vielleicht«, scherzte Jughead, und ich knuffte ihn in die Seite.

»Ehrlich, gar nichts?«, fragte Veronica und sah mich mit

hochgezogener Augenbraue an. Sie und ich gehörten normalerweise nicht zu den »Dressing bitte auf einem Extrateller«-Mädchen.

»Ehrlich. Ich hab vor der Party noch was gegessen. Hab beim Abendessen richtig zugeschlagen.«

In Wahrheit hatte ich das Hühnchen und Gemüse auf meinem Teller nur hin und her geschoben, bis Mom es akzeptabel fand, mich aufstehen zu lassen. Ehrlich, ich konnte mich gar nicht mehr daran erinnern, wann ich zum letzten Mal eine richtige Mahlzeit zu mir genommen hatte. Allein bei dem Gedanken daran wurde mir übel. Der Bienenschwarm hatte Besseres zu tun, als Essen zu verdauen. »Höchstens einen Kaffee«, sagte ich schließlich. »Koffeinfrei«, fügte ich hinzu, als ich die Blicke sah, mit denen die anderen mich bedachten. Du leidest sowieso schon unter Schlaflosigkeit, Betty, ermahnte ich mich selbst. Schon vergessen? Ich war schließlich schon aufgeputscht genug.

»Ein Koffeinfreier, kommt sofort.« Pop steckte seinen Bleistift wieder hinters Ohr, schob den Notizblock in seine Hemdtasche und kehrte hinter die Theke zurück, um sich um unsere Bestellungen zu kümmern. Ich konnte die Augen der anderen immer noch auf mir spüren. Meine Handflächen schmerzten, weil ich die Fäuste zu fest geballt hatte, wie immer, wenn ich unter Stress stehe.

Wie ich es in letzter Zeit permanent tue.

»Also: Ethel?«, fragte ich und stützte mich mit den Ellenbogen auf dem Tisch ab. »Was war mit ihr los?«

Veronica wedelte mit der Hand durch die Luft. »Es war …

Ach, vielleicht war es auch gar nichts. Ich hoffe, dass es gar nichts war. Aber sie war ganz allein unterwegs, mitten auf der Straße, in dieser vollkommen unbeleuchteten Kurve. Sie wirkte ziemlich neben der Spur. Wir mussten ausscheren, um sie nicht umzufahren.« Sie kniff bei der Erinnerung daran die Augenbrauen zusammen.

»Oh, mein Gott! Aber es geht ihr gut?«

»Ja, ihr ist nichts passiert. Es war nur der Schreck. Wir haben ihr angeboten, sie mitzunehmen, aber sie hat dankend abgelehnt.« Veronica zuckte mit den Schultern. »Wie ich schon sagte: très seltsam. Aber es kam mir auch nicht so vor, als könnten wir irgendwas für sie tun.«

»Sie hat gesagt, dass sie Dilton sucht. Oder sich mit ihm treffen wollte«, warf Archie ein.

»Hoffentlich hat sie ihn gefunden«, erwiderte ich. »Oder jemand anderen.«

Pop stellte einen dampfenden Teller mit Pommes frites vor Jughead auf den Tisch, der sie sofort in Ketchup ertränkte und sie zu verschlingen begann. Den Mund voller Fritten, erinnerte er sich: »Bei Reggies Party hat sie ihn auch schon gesucht. Es kam mir ziemlich merkwürdig vor. Dilton, auf einer wilden Highschool-Party?«

»Ah, Riverdale – wo alles immer total merkwürdig sein muss«, seufzte Veronica.

»Er war heute Abend hier«, sagte Pop und füllte meinen kaum angerührten Kaffee nach.

Jughead blickte auf. »Dilton war hier?«

Pop nickte. »Mit einem anderen Jungen. Der, der mit dir im

Twilight gearbeitet hat, Jug.« Er zeigte auf ihn, und erst jetzt fiel uns auf, dass wir nicht die einzigen Gäste im Diner waren.

Jughead schluckte. »Ben. Stimmt ja. Ethel hat gesagt, dass sie sich mit beiden treffen wollte.« Er winkte, aber Ben saß auf einem Hocker am hinteren Ende der Bar und schien völlig in Gedanken versunken. »Ich wusste gar nicht, dass die beiden Freunde sind.«

»Ich schätze, wir denken normalerweise wohl einfach nicht darüber nach, mit wem Dilton befreundet ist«, warf ich ein. »Abgesehen von den Pfadfindern.« Aber natürlich musste er auch andere Leute um sich haben. Leute wie Ethel und Ben, eben.

»Sie haben sich über irgendein Spiel unterhalten. Gargoyles und ... Könige?« Pop zuckte mit den Schultern. »Sie haben ziemlich geheimnisvoll getan.«

Was zum Teufel? Wir wechselten alle einen Blick. Das war ... neu. Und anders.

»Dungeons and Dragons?«, fragte Jughead. »Jetzt wo du es erwähnst, könnte ich mir gut vorstellen, dass Dilton auf so was abfährt.

Pop dachte darüber nach. »Vielleicht. Aber ich bin mir ziemlich sicher, dass ich das Wort ›Gargoyles‹ gehört habe. Ihr kennt es also nicht?«

»Ich nicht«, antwortete Jughead. Wir hatten alle denselben ratlosen Ausdruck im Gesicht.

»Bei euch Kindern gibt's doch immer irgendwas Neues«, sagte Pop und zuckte erneut mit den Schultern. »Ich versuche noch nicht mal, da mitzuhalten.«

Jughead grinste ihn an. »Ich auch nicht, Pop. Ich auch nicht.«

^^^

Polly:

Betty, wo bist du? Mom meinte, du bist mit Jughead auf irgendeiner Party?

Polly:

Edgar und ein paar Freunde wollten heute Abend zu einer Neumondzeremonie vorbeikommen. Mom hat so gehofft, dass du auch hier bist.

Polly:

Ich weiß, dass die Farm nicht dein Ding ist, aber du musst dich doch auch nicht völlig davor verschließen.

Betty:

Nein, danke. Tut mir leid, dass Mom enttäuscht ist, aber ich bin mir sicher, dass sie drüber wegkommt. Ich komme später nach Hause.

Polly:

Betty, ich glaube wirklich, wenn du der Farm nur mal eine Chance geben würdest ...

Betty:

Nein, danke. Mein Akku ist fast leer.
Wir sehen uns dann später zu Hause.

Polly:

Tut mir leid, sie kommt definitiv nicht.

Alice:

Du hast es versucht, Schatz.

Alice:

Und wir müssen es eben weiter versuchen.
Nächstes Mal noch entschlossener.

Polly:

Was meinst du denn bitte mit »noch entschlossener«?

Alice:

Ich schätze, das wissen wir, wenn es so weit ist.

Polly:

Sie meinte, ihr Akku sei fast leer. Ich bin mir ziemlich sicher, dass das gelogen war. Oder nur eine Ausrede, um mich abzuwimmeln.

Alice:

Tja, ich hab versucht, ihr Handy zu orten, aber es ist ausgeschaltet. Ob sie es nun absichtlich getan hat oder nicht, im Moment kann ich sie nicht im Auge behalten.

Polly:

Du weißt schon, dass das nicht okay ist, Mom!

Alice:

Mach dir keine Sorgen, Polly. Es ist NICHT okay ... Aber das wird es bald wieder sein. Das verspreche ich dir.

POP TATE

Ich verstehe diese Kids einfach nicht, sosehr ich es auch versuche. Gerade wenn man denkt, man sei durchgestiegen, passiert wieder irgendwas anderes, irgendeine andere Modeerscheinung, ein anderes Drama oder eine andere Boshaftigkeit.

Ich schätze, das ist die einzige Konstante in dieser Stadt. Die Boshaftigkeit. Obwohl diese Bezeichnung vielleicht nicht gefährlich genug klingt. Sie wirkt zu harmlos.

Dieser Jones-Junge war hier schon Stammkunde, lange bevor er auf die Idee kam, sein Buch zu schreiben. Und er wäre der Erste, der zugibt, dass man ihn nicht unbedingt als Sonnenschein bezeichnen kann. Aber erst nach dem Tod von Jason Blossom hat Jughead beschlossen, wirklich tief in Riverdales dunkle Vergangenheit einzutauchen und zu versuchen, sie zu verstehen.

So als könnte man sie ganz systematisch untersuchen und jemals wirklich begreifen.

Jughead und seine Freunde haben diese Boshaftigkeit akzeptiert. Die Dunkelheit. Aber sind sie damit zu weit gegangen?

Manche Orte *sind* schlichtweg böse. Das lässt mich vielleicht wie einen abergläubischen alten Irren klingen, aber ich stehe dazu. Mein eigener Vater behauptete von sich selbst, er hätte das »zweite Gesicht« und könnte über die Grenzen dessen hinausschauen, was sich hier in unserer Welt abspielt. Er hätte jederzeit sofort bestätigt, dass über Riverdale ein ganz eigener Schatten liegt.

Vom ersten Mord unter Blossom-Brüdern bis zu den düsteren Geheimnissen des Ahornsirupgeschäfts. Vom Riverdale Reaper über Sugarman bis hin zu Black Hood. Von den Geraldine Grundys dieser Welt über die Sichtungen des »Sweetie«-Ungeheuers im Sweetwater River, jeden Sommer aufs Neue …

Bis hin zu den Todesfällen durch Ertrinken. Allesamt plötzlich. Allesamt ungeklärt. Zu viele, um es zu begreifen.

Von den ursprünglichen Serpents, den amerikanischen Ureinwohnern, die damals von ihrem Land vertrieben wurden, bis zur – von Cheryl persönlich – bis auf die Grundmauern niedergebrannten Blossom-Villa. Von den am Devil's Hand Tree lebendig Begrabenen bis zu all den Geschichten, die die Kinder erzählen, wenn – *falls* – es ihnen gelingt, den Schwestern der Stillen Gnade zu entkommen.

All diese traurigen, schrecklichen Dinge bilden die Glieder der mächtigen Kette, die Riverdale tief in den Abgrund des Bösen zieht.

Und nun wurde auch Archie Andrews von Riverdales Übel beschmutzt. Der einzige durch und durch gute Junge der Stadt ist ins Kreuzfeuer des Bösen geraten.

Ich sehe diese Kinder, tagein, tagaus. Ich erlebe die Hochs und Tiefs ihrer Freundschaften mit. Die Freuden und Leiden ihres Liebeslebens. Ich kenne sie, manche vielleicht ebenso gut wie ihre Eltern. Andere vielleicht sogar noch besser. Ich würde so gut wie alles für sie tun. Mein Leben für sie opfern, wenn ich es könnte. Aber ich kann Archie Andrews nicht retten.

Nicht, wenn Riverdales Dunkelheit ihn bereits für sich beansprucht hat.

KAPITEL 8

FP:

Jug, bist du mit Betty unterwegs?

Jughead:

Wir sind im Pop's, nen Happen essen. Warum?

FP:

Hast du was von Penny Peabody gehört?

Jughead:

Schon ewig nicht mehr. Ich rechne auch nicht damit. Warum?

FP:

Gut. Und das soll auch so bleiben.

Jughead:

Das musst du mir wirklich nicht sagen. Gibt's irgendwas, das ich wissen sollte?

FP:

Ich hoffe nicht. Aber sag mir Bescheid, falls sie sich aus IRGENDEINEM Grund bei dir meldet. Und wenn sie es tut – egal, was sie will: Du sagst Nein.

Jughead:

Verstanden. Und: Bonuspunkte für die kryptische Ausdrucksweise. Sehr geheimnisvoll.

FP:

Das ist kein Spaß, Junge. Halt den Kopf unten und deine Weste sauber.

Jughead:

Pfadfinderehrenwort.

FP:

Du bist kein Pfadfinder, Sohn. SERPENTS-Ehrenwort.

Jughead:

Alles klar.

JUGHEAD

Ich wusste, dass es nicht ganz koscher war, Dad mein Pfadfinderehrenwort zu geben, wenn ich seit Grundschul-Baseballzeiten kein Mitglied der Adventure Scouts mehr war und auch damals schon nicht unbedingt durch rege Teilnahme geglänzt hatte. Doch was immer er auch gehört hatte, er machte sich ganz offensichtlich echte Sorgen, dass ich in irgendetwas hineingezogen werden könnte. Ihm zu versprechen, mich aus sämtlichen Schwierigkeiten rauszuhalten, kam mir in dem Moment wie die einzige Möglichkeit vor.

Auch wenn ich dieses Versprechen vielleicht nicht würde halten können.

Sich aus Schwierigkeiten herauszuhalten, war sowieso relativ. Und es war auch viel leichter gesagt als getan, sobald die Serpents in eine Sache involviert waren. Sie waren vertrieben worden und ich war ihr Anführer. Ich würde Penny Peabody mit Vergnügen aus dem Weg gehen, aber es gab eben nie eine Garantie, dass die Schwierigkeiten mir auch aus dem Weg gingen.

Was immer Dad auch gehört hatte, früher oder später würde es sowieso bei mir ankommen. Das war bei diesen Dingen immer so, letzten Endes.

Aber im Moment war ich mit Betty, Archie und Veronica zusammen, wir waren sehr zu meiner Freude von Reggie Mantles Party geflohen, und der Dampf meiner Fritten stieg mir in die Nase und verbreitete einen salzig-scharfen Duft, von dem mir richtig der Magen knurrte.

Ich griff erneut zu der Ketchupflasche und ertränkte auch den Rest meiner Fritten, bevor ich mir eine Handvoll in den Mund stopfte. Zugegeben, es war ein bisschen neandertalermäßig, und als ich aufblickte, sahen mich meine drei Freunde mehr oder weniger amüsiert an.

»Ich hab Hunger«, schmatzte ich und zuckte mit den Schultern. Ich meine, sie kannten mich. Sie hatten schließlich schon Schlimmeres gesehen.

»Wann hast du jemals *keinen* Hunger?«, neckte mich Veronica und trank einen großen, aber dennoch zivilisierten Schluck von ihrem Milchshake. »Wie dem auch sei, wir starren dich hauptsächlich so an, weil wir schwer beeindruckt sind.«

»Ja, wenn aus der Sache mit dem grüblerischen Schriftsteller doch nichts wird, kann ich immer noch professioneller Wettesser werden«, erwiderte ich. »Es ist immer gut, sich ein paar Möglichkeiten offenzuhalten.«

»Ich wollte wirklich, dass wir uns heute Abend endlich mal alle eine Auszeit gönnen, aber die Party war eindeutig die falsche Wahl.«

Ich nickte in Richtung des Burgers, den Pop gerade wie aufs Stichwort vor mir abstellte. »Ende gut, alles gut?«

»Da kann ich dir nur zustimmen. Aber wo wir gerade von Möglichkeiten sprechen ...« Eine sehr elegante Überleitung. »Wie es aussieht ...« Sie rutschte unbehaglich auf der Bank hin und her. »Wie es aussieht, sind uns die Optionen endgültig *ausgegangen*. Was Archies Rettung angeht.« Ihr ganzer Körper spannte sich vor Sorge an.

Wir saßen schweigend da, niedergedrückt von der schweren Stille dieser Wahrheit.

»Tut mir leid. Ich *hasse* es, die Unheilsbotin zu sein, Leute«, ergriff Veronica erneut das Wort, auch wenn ihre Stimme brach. »Es ist nur ... Ich weiß auch nicht. Ja, Reggie hat sich wie ein Höhlenmensch aufgeführt, als er angedeutet hat, dass er mich dir ausspannen will, Archiekins –«

»Als ob er das jemals könnte!«, warf Betty ein.

Veronica nickte und fuhr fort: »Aber trotz seines ganzen Imponiergehabes hatte er recht: Uns droht nun mal tatsächlich die düstere Realität, dass Archie ins Gefängnis muss. Und ich schätze ... ich schätze, ich dachte einfach, eine Partynacht würde diesen ganzen Druck ein wenig lindern. Aber stattdessen hat sie uns nur umso deutlicher vor Augen geführt, dass sich uns wirklich keine Möglichkeiten mehr bieten.«

Archie nahm ihre Hand. »Ich liebe dich dafür, dass du es versucht hast, Ronnie.« Er sah uns an. »Ihr alle. Verdammt, Jughead hat sich tatsächlich auf eine *Highschool-Party* gewagt. Das ist wahre Freundschaft.«

Ich verbeugte mich scherzhaft. »Wie ein echter Krieger. Ein König.« Ich hielt kurz inne. »Ein Gargoyle-König, wenn ihr es so ausdrücken wollt.«

Aus der Ecke des Diners, in der Ben saß, hörte ich ein Klappern. Als ich zu ihm hinübersah, versuchte er hektisch, seinen verschütteten Milchshake aufzuwischen. Wenn ich es nicht besser gewusst hätte, hätte ich beinahe geglaubt, dass seine Hände ein wenig zitterten ...

Betty erschauderte und Veronica zog ihre kurze Strickjacke fester über die Schultern. »Das will ich nicht«, sagte Veronica scharf. »Vielen Dank.«

»Jug, das ist nicht komisch«, stimmte Betty ihr zu. »Mir gefällt die Vorstellung, dass Dilton Doiley in irgendein Rollenspiel mit düsterem Unterton abtaucht, ganz und gar nicht.«

»Sie würde dir sogar noch weniger gefallen, wenn du heute Abend den Ausdruck in Ethels Augen gesehen hättest«, entgegnete Veronica. »Der war randvoll mit düsteren Untertönen.« Sie legte einen Arm um Archie und schmiegte sich noch enger an ihn, so als könnte sie damit ihn und sich selbst beschützen.

Schön wär's.

»Nein.«

Der Tisch wackelte und ich zuckte zusammen. Betty hatte wütend eine Hand auf die Tischplatte geknallt. Es war, als sei sie eben erst aufgewacht oder als hätte sie schlagartig eine Erkenntnis getroffen.

»Nein«, wiederholte sie, diesmal lauter. »Ich werde

das nicht akzeptieren. Und ich meine nicht die Sache mit Dilton und Ethel, obwohl das Ganze schon ziemlich eigenartig und überraschend ist«, fügte sie hinzu, als sie die Verwirrung in unseren Gesichtern erkannte. »Ich meine das, was du gerade gesagt hast, Ronnie. Wegen Archie. Ich weigere mich zu akzeptieren, dass uns keine anderen Möglichkeiten mehr bleiben.«

»Betty, das will ich doch auch nicht. Aber das Einzige, was noch fehlt, sind die Schlussplädoyers«, erwiderte Archie mit angespannter Stimme. »Und du weißt vielleicht besser als jeder andere, dass meine Mom so gut vorbereitet ist wie möglich, aber …«

»… aber sie steht dem Teufel in Menschengestalt gegenüber«, vollendete Veronica den Satz. »Alias mein Vater, Hiram Lodge. Der nicht zögern wird, miese Tricks anzuwenden, wenn er dadurch bekommt, was er will.«

Bettys Augen füllten sich mit Tränen. »Das ist mir egal. Wir müssen *irgendetwas* tun. Wir müssen mehr tun, meine ich. «

»Mehr, als du ohnehin schon getan hast? Du hast rund um die Uhr geackert. Du hast Sommerferien, Betty«, entgegnete Archie. »Und du hast sie mit meinem Fall verschwendet.« Mit sanfterer Stimme fügte er hinzu: »Ehrlich, du hast alles getan, was du tun konntest. Du hast mehr getan, als irgendjemand jemals von dir hätte verlangen können. Du bist eine unglaubliche Freundin. Ein unglaublicher Mensch. Aber vielleicht hat Ronnie recht. Vielleicht sind uns jetzt wirklich die Möglichkeiten ausgegangen. Vielleicht können wir jetzt wirklich nur noch abwarten.«

In jenem Moment spürte ich es – dieses leise Kribbeln, das jedes Mal über meine Wirbelsäule huscht, wenn Betty und ich einer Sache auf der Spur sind. Es mag vielleicht nicht besonders romantisch sein, wenn ich meine Freundin und mich mit zwei Bluthunden auf der Jagd vergleiche. Aber es gehört zu den Dingen, die ich an uns beiden am meisten mag. Wir sind wie Holmes und Watson. Oder – wie Betty es vermutlich ausdrücken würde – wie Nancy Drew und Ned Nickerson.

Und wir geben *nicht* auf, bevor wir den Fall gelöst haben.

Unter dem Tisch nahm ich Bettys Hand. Sie war zu einer verkrampften Faust geballt. Ich wusste, dass sie heute Abend Abdrücke von ihren Fingernägeln in den Handflächen haben würde. Sanft öffnete ich ihre Faust und legte sie auf mein Knie. Ihre Finger strahlten Hitze aus, so als würde ihr Puls in meinem eigenen Blutkreislauf pochen.

»Keine Optionen mehr ist *keine* Option«, sagte sie mit wilder Entschlossenheit. »Es gibt immer eine Möglichkeit. Es gibt immer noch mehr. Und ich werde dich nicht aufgeben, Archie.«

»Hört, hört«, sagte Veronica und hob ihren beinahe leeren Milchshake. »Und woran hattest du gedacht?«

»Shadow Lake. Dort wurde Cassidy getötet. Das ist der Ort des Verbrechens, im wahrsten Sinne des Wortes.«

»Die Lodge Lodge … oder besser gesagt, die Wälder ringsum«, ergänzte Veronica nickend. Es war der clevere Name, den ihre Familie ihrem Ferienhaus am See gegeben hatte – einst der Ort idyllischer Familienurlaube, nun die Stätte von Archies potenziellem Untergang.

»Und was glauben wir, wer Cassidy getötet hat?«, fragte Veronica. »Nachdem Archie ihn aus dem Haus gejagt hat?«

Es war ein fehlgeschlagener Einbruch gewesen, der in einer Katastrophe geendet hatte. Vier maskierte Schlägertypen hatten beschlossen, die reichen Ferienhausbesitzer auszurauben, die ihre Stadt finanziell unterstützten, sie jedoch gleichzeitig wie trendige Kakerlaken verseuchten, mit großer Überzeugungskraft und immun gegen sämtliche Versuche, sie in ihre Schranken zu weisen. Ich weiß nicht, warum sich Cassidy und seine Kumpels in jener Nacht ausgerechnet die Lodge Lodge aussuchten. Vielleicht hatten sie uns ja einfach nur im Supermarkt in der Stadt gesehen, als wir uns mit Vorräten eindeckten. Vielleicht sahen wir für sie wie bilderbuchmäßige privilegierte Schnösel auf Wochenendurlaub aus. Als sie einbrachen und uns terrorisierten, blieb uns keine Zeit, ihnen Fragen zu stellen. Irgendwann hat Veronica dann den stillen Alarm ausgelöst, und Archie hat die Typen bei ihrer Flucht aus dem Haus verfolgt … und dann ertönten die Schüsse. Zwei. Wir haben sie alle gehört, aber wir haben nicht gesehen, wer geschossen hat.

»Archie, du hast Andre im Wald gesehen, richtig?«, fragte Veronica. Sie sprach vom Chauffeur und gelegentlichen Leibwächter ihres Vaters, der immer zur Stelle war, wenn bei einer Aufgabe etwas mehr Muskelkraft gefragt war.

»Ja«, antwortete Archie knapp und runzelte die Stirn. »Ich weiß nicht … genau, was passiert ist. Ich habe die Schüsse gehört, genau wie ihr, und dann hab ich Andre gesehen. Er hat mir nur gesagt, dass sich das Problem erledigt hat.«

»Aber was hat er damit *gemeint*?«, hakte Betty nach. Genau diese Frage hatten wir uns alle stundenlang immer wieder durch den Kopf gehen lassen. »Dass er Cassidy getötet hat?«

»Vielleicht. Wahrscheinlich. Es würde mich jedenfalls nicht im Geringsten entsetzen, wenn die Bereitschaft, einen Mord zu begehen, eine Voraussetzung dafür wäre, für Daddy zu arbeiten. Es würde zumindest erklären, warum ein so gutherziger Mensch wie Smithers nicht mehr bei uns ist.«

»Okay, Andre tötet also Cassidy …«

»Und Daddy hängt Archie den Mord an. Ein erschreckend simples falsches Spiel – aber mit üblen Machenschaften kennt Daddy sich nun mal aus.«

»Wir können es aber nicht beweisen«, entgegnete Archie und fuhr sich mit der Hand durchs Haar, das ihm in dicken Büscheln vom Kopf abstand.

»Wir können es *noch* nicht beweisen«, korrigierte

Betty ihn und drückte meine Hand unter dem Tisch. »Das bedeutet aber nicht, dass wir es nicht tun werden. Komm schon, es ist doch durchaus möglich, dass wir irgendetwas Entscheidendes übersehen haben.«

»Die Polizei hat den Tatort fein säuberlich durchkämmt«, sagte Archie.

»Hat sie das?«, konterte Betty. »Wir wissen nur, dass Mr Lodge das behauptet hat. Aber wir wissen auch aus erster Hand, dass man Polizisten bestechen kann. Und wenn es eines gibt, was wir inzwischen gelernt haben, dann, dass Mr Lodge nicht ...« Sie warf Veronica einen zögerlichen Blick zu.

»Dass er nicht unbedingt die vertrauenswürdigste Quelle ist«, beendete sie den Satz mit starrem Blick. »Um es vorsichtig auszudrücken.« Sie trommelte mit den Fingernägeln auf den Tisch. »Ehrlich, Jungs, ich glaube, B hat recht. Es ist unwahrscheinlich, ja, aber es ist *nicht* ausgeschlossen. Und wir müssen es versuchen.«

»Und was soll das genau heißen?«, fragte ich, obwohl ich bereits eine ziemlich gute Vorstellung davon hatte, wie die Antwort lautete.

»Wir fahren noch mal hin«, antwortete Veronica. »An den Ort des Geschehens. Wir werden diese Wälder auf den Kopf stellen, bis wir irgendetwas finden. Irgendetwas, das zweifelsfrei beweist, dass Archie unschuldig ist. Wir fahren zurück nach Shadow Lake.«

ETHEL

Das Heiligtum befindet sich, natürlich, unter der Erde, wie es all diese heiligen Orte tun – abgeschieden, versteckt vor den unglückseligen Unschuldigen. Vor all jenen, die dort eindringen würden. Jenen, die sich uns in den Weg stellen würden.

Evelyn sagt, dass auch Betty Cooper zu diesen potenziellen Eindringlingen gehört. Und obwohl sie und ihre Freunde mir gegenüber in der Vergangenheit stets loyal waren … liegt meine Loyalität woanders, wenn es um das Spiel geht.

Dilton hat eine Kammer gebaut, einen Zufluchtsort für unseren Kreis, für all jene von uns, die den Wunsch hegen, ins Königreich aufzusteigen. Und auch wenn die Schriften des Königs dies gar nicht von uns, seinen treuen Untertanen, verlangen, so macht uns unser geheimes Versteck doch umso einzigartiger. Es hebt uns empor.

Ich werfe einen Blick auf mein Handy. Noch immer nichts Neues von Dilton. Er hat mir geraten, unter der Erde zu bleiben, in Sicherheit. Und das werde ich auch tun. Ich werde diesen Ort für ihn vorbereiten, für Ben. Und für all die anderen, die wir – nach gewissenhafter Auswahl – in unserem Kreis willkommen heißen werden.

Ich ziehe mich um, lege meine gewöhnliche »Zivilkleidung« ab und schlüpfe in Prinzessin Ethelines himmlisches Gewand. Es ist leicht, luftig, handbestickt voller Sorgfalt und Hingabe. Ich zünde die Kerzen an. Rauchig-süßer Zederduft. Der Bunker glüht in der flackernden Wärme des Lichts. Ich flechte mein Haar zu einer zarten Krone aus Zöpfen.

Das erste Spiel markiert den Einstieg. Das Portal ins Reich der Griffins und Gargoyles. In das magische Königreich von Eldervair.

Wähle deinen Avatar: glänzender Ritter, Mysteriöser Beschwörer, Höllenbringer.

Wir drei haben bereits gewählt. Ich bin die Prinzessin. Ben ist der Höllenbringer. Wir wollten gemeinsam aufsteigen. Aber dieses ständige Flüstern zwischen ihm und Dilton in letzter Zeit … haben sie eigene Pläne?

Ich spüre diese quälende Klaue der Sorge in meinem Bauch, wie einen stechenden Dorn. Ich versuche, ihn zu verdrängen, den Glauben nicht zu verlieren. Aber dennoch frage ich mich …

Werden sie mich allein zurücklassen?

Nein. Das würden sie nicht tun. Ich muss darauf vertrauen. Dieses Spiel, dieses Königreich – es gehört uns, gemeinsam.

Ich lege die Aufgabenkarten wie einen Fächer auf dem kleinen Klapptisch aus.

Ich fülle die Kelche auf. Fresh-Aid. Blau, natürlich. Schlägt heute Nacht unsere Stunde?

Ich setze mich. Ich atme tief durch. Ich warte.

TEIL II:
DAS HAUS AM SEE

KAPITEL 9

Willkommen in Shadow Lake!

Mit Ihrer Mitgliedschaft in unserer exklusiven Gemeinschaft ist Ihnen nicht nur friedliche Gelassenheit, sondern auch die beruhigende Gewissheit garantiert, die sich mit dem Wissen einstellt, in Qualität und Sicherheit investiert zu haben.

Die individuellen Anwesen unserer Gemeinde verfügen nicht über Hausnummern. Ihre Postanschrift geht Ihnen mit Ihrem Willkommenspaket für neue Mitglieder zu und sollte nur an Vertrauenspersonen weitergegeben werden, um die uneingeschränkte Privatsphäre unserer Gemeinschaft zu schützen.

Unsere großzügigen, intelligent angelegten Grundstücke bieten Ihnen Abgeschiedenheit und Diskretion, aber seien Sie dennoch versichert, dass die Anlage rund um die Uhr durch unser kompetentes Sicherheitspersonal unter Überwachung steht. Ihre Sicherheit ist unsere höchste Priorität!

Als Hausbesitzer in Shadow Lake sind Sie verpflichtet, eine Stillschweigevereinbarung zu unterzeichnen, mit der Sie Ihre Zustimmung zu unserer Gemeindeverordnung bestätigen. Sie sind verpflichtet, diese Gemeindeverordnung einzuhalten; jegliche Form der Zuwiderhandlung zieht eine unmittelbare Überprüfung durch die Kommission der Hauseigentümer nach sich. Übertretungen können mit einem sofortigen Ausschluss aus der Gemeinde geahndet werden. Mit der Unterzeichnung des Dokuments verzichtet der Hauseigentümer auf das Recht, im Falle einer Vertragskündigung potenzielle zukünftige Schadensersatzansprüche geltend zu machen.

Die Geschichte von Shadow Lake ist ebenso reich wie vielfältig. Gegründet in den 1920ern, wurde Shadow Lake für Städter aus dem Nordosten schon bald zum Inbegriff von Sommerfrische und Bergluft und machte den nahen Regionen Berkshire und Catskill den Rang streitig, mit denen es um die hart verdienten Dollars der Luxustouristen wetteiferte. Was Shadow Lake jedoch von der Konkurrenz abhob, war sein Boutique-Resort, The Overlook Lodge, auf dem Gipfel des Mount Phoenix. Das Resort versuchte, sich von den übergroßen All-inclusive-Hotels abzugrenzen, indem es mit intimer Atmosphäre und nur zehn Zimmern lockte, die alle über ein eigenes Bad, einen Kamin und auf Wunsch Gourmet-Zimmerservice verfügten. Innerhalb kürzester Zeit machte sich die Lodge einen Namen als erstklassige Alternative zu einem Bergurlaub in einer gewöhnlichen Bungalow-Anlage.

Tragischerweise wurde die originale Lodge 1977 zerstört, als ein labiler Hausmeister eine Explosion der Heizungsanlage des Gebäudes verursachte. Der Vorfall wurde offiziell als Unfall eingestuft, doch zahlreiche Spekulationen halten sich bis heute hartnäckig. Die örtliche Jugend erzählt sich Geschichten über den Geist des Hausmeisters, der angeblbich noch immer am Ufer des Sees lauert. Halten Sie selbst um Mitternacht Ausschau nach »Grady«!

Unser großer Dank für die Wiederauferstehung der Gemeinde Shadow Lake geht an Lodge Industries. Das Unternehmen kaufte nach dem Brand die Ruine des Resorts sowie sämtliche umliegende Grundstücke auf, renovierte die noch erhaltenen Wohnhäuser für den Privatverkauf und erweckte auch die Overlook Lodge selbst in all ihrer früheren rustikalen Pracht wieder zum Leben. Heute nutzt der Präsident und Vorstandsvorsitzende, Hiram Lodge, das ehemalige Hotel als private Familienresidenz. Sollten Sie ihm oder seiner bezaubernden Frau und Tochter zufällig in der Stadt begegnen, sagen Sie doch Hallo! Hiram ist ein Familienmensch mit starkem Gemeinschaftssinn. Zu wissen, dass er diesen so besonderen Ort mit sicherer Hand leitet, bedeutet uns viel.

VERONICA

»B, dein Handy hyperventiliert ja förmlich, seit wir in den Wagen gestiegen sind. Deine Mom?«

Betty nickte flüchtig, aber schuldbewusst, tippte noch ein paar Sekunden auf ihrem Handy herum und steckte es dann zurück in ihre Handtasche. Sie sah mich vom anderen Ende der Rückbank an. »Sie ist verrückt, ehrlich. Sie und Polly machen mir die ganze Zeit nur Stress. Sie können einfach nicht akzeptieren, dass ich nichts mit der Farm und Edgar Evernever zu tun haben will.«

Ich verdrehte die Augen. »Ich verstehe, was du meinst, Süße. Ich kenne mich schließlich mit verrückten Eltern aus. Ich kann das wirklich gut nachvollziehen. Du hast ihr gesagt, dass du heute bei mir übernachtest, richtig? Ich meine, du hast das Ferienhaus und den Rest nicht erwähnt, oder?«

Betty lächelte. »*Ich* bin ja nicht verrückt, V. Keine Sorge. Moms Nerven liegen immer noch total blank. Und wenn sie schon so durchdreht, nur, weil ich ›bei dir übernachte‹, dann stell dir nur mal vor, was los wäre, wenn sie herausfinden würde, dass wir stattdessen zum Seehaus fahren.« Sie verzog das Gesicht zu einer »Nein, danke«-Grimasse, so als hätte sie gerade etwas Bitteres geschmeckt.

Ich tätschelte Bettys Knie. »Keine Angst, Süße. Sie wird es nicht herausfinden. *Niemand* wird es herausfinden. Wir haben unsere Spuren verwischt wie echte Profis. *Richtig*?« Ich lehnte mich nach vorne, damit mich Jughead und Archie auf dem Vordersitz hören konnten.

Jughead war über irgendeinen Typen von den Serpents an ein Auto gekommen und fuhr uns nach Shadow Lake. Archie saß auf dem Beifahrersitz, angeblich, um zu navigieren – obwohl Lodge Lodge das Ferienhaus *meiner* Familie war, nicht seiner.

Es ist so süß, wenn Archie auf Macho macht. War es sexistisch, dass die Jungs vorne saßen und wir Mädchen auf dem Rücksitz? Vielleicht. Aber ich saß sowieso lieber neben meiner besten Freundin. Ich fand, dass Girl Power auch bedeutete, dass ich im Auto sitzen konnte, wo immer ich verdammt noch mal wollte, auch wenn ich in diesem Fall diejenige mit den tatsächlichen Schlüsseln zum sprichwörtlichen Paradies war.

»Richtig«, bestätigte Jughead. »Ehrlich gesagt, war mein Dad sowieso etwas abgelenkt. Es schien ihm ziemlich egal zu sein, dass ich – in Anführungszeichen – bei Archie übernachte.«

»Und mein Dad hätte zu allem Ja gesagt, was man als – in Anführungszeichen – normales Teenagerverhalten einstufen kann«, fügte Archie hinzu. »Er ist meinetwegen total gestresst, und wegen der Verhandlung, natürlich. Wenn ich ehrlich bin, fühle ich mich deswegen irgendwie schuldig.«

»Das solltest du aber nicht«, erwiderte ich. »Außerdem ist das *unsere* Chance, Beweise für deine Unschuld zu finden, Archiekins. Und falls wir wirklich finden, was wir suchen, werden deine Eltern begeistert sein, dass wir sie angelogen haben – wenn auch nur dieses eine Mal. Das verspreche ich dir.« Ich machte eine kurze Pause. »Der Zweck heiligt die Mittel. Wahre Worte.«

»Das ist von Machiavelli, das weißt du, oder?«, fragte Jughead. »Vielleicht nicht unbedingt das beste Beispiel für ein Vorbild.«

»Verzweifelte Situationen erfordern verzweifelte Maßnahmen«, widersprach ich unbeirrt. Scheinbar gab es für jede Gelegenheit das passende Sprichwort. Und manchmal musste man eben mit schmutzigen Tricks arbeiten, um zu gewinnen – das hatte ich von meinem Daddy nur allzu gut gelernt.

»Tja, unsere Situation ist definitiv verzweifelt«, sagte Betty. Sie hatte die Hände im Schoß gefaltet. Ich kannte ihre Körpersprache inzwischen fast genauso gut wie meine eigene – sie war gefährlich nahe dran, auf die dunkle Seite zu wechseln. Und sie war nicht die Einzige. Das ganze Auto stand so unter Spannung, dass man damit den kompletten Las Vegas Strip hätte versorgen können. Ich wollte gar nicht erst darüber nachdenken, was vielleicht passieren würde, wenn unsere »verzweifelten Maßnahmen« fehlschlugen.

»Und *wonach* suchen wir genau?«, fragte Jughead und warf einen flüchtigen Blick über die Schulter. Der Wagen scherte kaum merklich in die Richtung aus, in die er den Kopf drehte.

»Augen auf die Straße!«, ermahnte ich ihn.

»Ja, Miss Daisy«, gehorchte er. Wieder sah er hoch konzentriert durch die Windschutzscheibe. »Gott, es ist wirklich stockfinster hier draußen«, grummelte er. »Ich sag nur: *Zwischen Nacht und Dunkel.*«

»Komisch«, sagte ich, »genau daran hab ich auch gerade gedacht.« Obwohl es alles andere als komisch war. Aber zumindest war es ein wenig tröstlich, dass wir offensichtlich alle dasselbe dachten.

»Arch«, fügte Jughead hinzu, »das ist dieselbe Straße wie in jener Nacht. Bei unserer … äh, du weißt schon … bei der Lieferung für Penny Peabody.«

»Ja«, erwiderte Archie, und ihm war deutlich anzuhören, dass er die Erinnerung daran nur äußerst ungern heraufbeschwor. »Die Abzweigung nach Greendale ist gleich da drüben.« Er deutete mit dem Daumen nach rechts. »Was hat Penny noch mal gesagt? *Greendale gehört nicht zu den Orten, in denen man sich nach Einbruch der Dunkelheit aufhalten sollte.*«

»Ja. Und sie hatte damit vollkommen recht.« Jughead ließ den Blick über die Umgebung schweifen. »Das hier könnte auch gut die Anfangsszene von mindestens einem halben Dutzend Horrorfilme sein. *Joy Ride. Wrong Turn. Texas Chainsaw Massacre.*«

Ich erschauderte. Der Himmel wirkte dunkler, tintiger als noch vor ein paar Minuten. Unheimlicher. Und obwohl wir Riverdale noch nicht sehr weit hinter uns gelassen hatten, war es hier draußen vollkommen ruhig –

noch ruhiger als in unserer verschlafenen kleinen Stadt. Die Art von ruhig, die eine mächtige Katastrophe ankündigt. Ich war vielleicht nicht so ein True-Crime- und Horror-Fan wie Jughead, aber ich kannte den Ausdruck *zu still*. Und genau das war es, trotz unserer nervösen Unterhaltung.

»Wie wär's mit ein bisschen Musik?«, schlug ich vor. »Archie, als Beifahrer bist du der offizielle Roadtrip-DJ.«

Archie beugte sich nach vorne und fummelte an dem uralten Autoradio herum. »Äh, es hat kein Bluetooth oder so«, sagte er »Also nichts mit MyTunes oder Songify. Ich fürchte, wir müssen mit dem Radio vorliebnehmen, falls wir überhaupt Empfang haben.« Er drehte am Regler, und als ein lautes statisches Knistern den Wagen erfüllte, erschraken wir alle.

»Das ist auch nicht weniger unheimlich als die Totenstille, Arch …« grummelte Jughead.

»Ich versuch's ja …«, brummte Archie zurück und beugte sich noch tiefer über das Armaturenbrett. Für einen Moment verschwand das Knistern und eine tiefe, hallende Stimme dröhnte aus dem Radio.

»Und die Rechtschaffenen werden gerichtet werden, doch die Bösen bleiben nicht ungestraft. So steht es geschrieben, und so wird es geschehen.«

»Oh, großartig«, stöhnte Jughead. »*Kinder des Zorns*. Sehr ermutigend.«

»Ungefähr so ermutigend wie deine dauernden Horror-Anspielungen«, erwiderte ich.

»Ich kann mich an diesen Sender erinnern«, sagte Jughead. »Der lief auch bei dem Gruseltypen mit dem toten Reh im Pick-up, als uns ein Reifen geplatzt ist und ich per Anhalter weiterfahren musste, um meinen Auftrag als Drogenkurier in Teilzeit gewissenhaft zu Ende bringen zu können. Die guten alten Zeiten … Auch bekannt als ein typischer Dienstagabend in Riverdale.«

»War es ein Dienstag?«, fragte Archie.

»Nimm doch nicht immer alles so wörtlich, Arch«, erwiderte Jughead. »Ich wollte damit nur sagen, dass ich gern anfange, an einem sonnigeren Gemüt zu arbeiten, wenn Riverdale nicht mehr so … *Riverdale* ist.«

»Okay, also sobald die Hölle zufriert«, gab Archie zurück.

»Genau das ist es ja, Archie«, sagte Jughead. »Hörst du denn gar nicht zu?« Er zeigte auf das Radio. »Das *ist* die Hölle. Wir sind längst da.«

»Wenigstens sind wir alle zusammen«, sagte Betty und ihr Blick huschte durch den Wagen. Sie wirkte besonders nervös und angespannt, noch mehr als wir anderen.

Die orange Pillendose. Hatte Bettys Nervosität vielleicht etwas damit zu tun? Was erzählte sie mir nicht?

Wir hielten nichts voreinander geheim.

Außer wenn wir es doch taten.

Wahrscheinlich gab es auch ein machiavellistisches Sprichwort, das dazu passte, aber ich wollte lieber nicht darüber nachdenken. Hin und wieder beschlich mich das ungute Gefühl, dass ich meinem Vater ähnlicher war, als ich es mir eingestehen wollte. Ich verdrängte den Gedanken, noch tiefer als das mächtige schwarze Loch, auf das wir direkt zuzusteuern schienen.

»Wie dem auch sei, wir sind nicht mehr in Riverdale, Leute. Wir sind in Greendale«, sagte Betty.

»Vielleicht die einzige Stadt, die noch durchgeknallter ist als Riverdale«, ergänzte Jughead. »Ich habe da so einige Geschichten gehört. Und nicht nur von Penny Peabody.«

»*Da* ist sie, die optimistische Seite, auf die wir alle so sehnsüchtig gewartet haben!«, rief ich aus.

»Jug! *Pass auf!*«, kreischte Betty, als wir erneut ausscherten, diesmal entschieden dramatischer. Der Wagen geriet ins Schlingern und die Bremsen quietschten. Betty knallte mit einem dumpfen Schlag gegen das Seitenfenster. Ich hätte schwören können, dass ich ihn ebenfalls spürte. »Au!« Sie hob eine Hand und tastete vorsichtig ihr Gesicht ab.

»Betty!« Der Wagen schlingerte erneut nach rechts, rauschte über die leuchtende weiße Linie des Seitenstreifens und direkt in ein Feld, wobei er dichten Staub aufwirbelte, der wie Glitter im Licht der Scheinwerfer schillerte.

»Scheiße!« Jughead schob den Schalthebel auf Parken und streckte sich über den Sitz zu Betty. »Geht's dir gut?«

»Alles … okay. Mir geht's gut, Juggie. Nur ein bisschen durchgeschüttelt.«

»Trotzdem.« Er stieg aus und öffnete die Hintertür, um sich selbst davon zu überzeugen. Er legte eine Hand an ihr Kinn und neigte sanft ihren Kopf nach hinten. »Du kriegst einen richtig fiesen blauen Fleck auf der Wange.« Er küsste die Stelle zärtlich, und Betty lächelte, obwohl sie bei der Berührung kurz zusammenzuckte.

»Sonst alle okay?«, erkundigte sich Jughead.

Wir stiegen aus dem Wagen und vergewisserten uns. Archie war mit dem Knie gegen das Armaturenbrett geknallt. Es tat weh, aber er hatte auf dem Footballfeld schon schlimmere Verletzungen davongetragen. Meinen Unterarm würde ein paar Tage lang eine rote Stelle in Form eines altmodischen Fenstergriffs zieren, aber alles in allem hatten wir noch mal Glück gehabt.

»Es hätte viel schlimmer kommen können«, sagte ich und streichelte Bettys Arm. »Bist du wirklich sicher, dass es dir gut geht? Ich glaube, du hast das meiste abgekriegt.«

»Es tut mir so leid, Leute«, entschuldigte sich Jughead. Er wirkte völlig fertig. »Ich hab nur … mir ist irgendwas vors Auto gelaufen.«

»Was denn? Ein Tier oder so?« Was auch immer es war, es musste ziemlich klein gewesen sein, wenn Jughead es erst so spät gesehen hatte. Andererseits war es nur schwer vorstellbar, dass ein kleines Tier solches Chaos auslösen konnte.

»Ja«, antwortete Jughead. »*Dieses* Tier, um genau zu sein.« Er klang überrascht. »Es kam aus dem Nichts.« Er zeigte darauf.

Es war eine Katze, durchschnittlich groß und pechschwarz.

»Kein Wunder, dass du sie nicht gesehen hast«, sagte ich. »In einer solchen Nacht war sie perfekt getarnt.«

Die Katze starrte uns unverwandt an, so als könnte sie uns hören und jedes Wort verstehen, und blinzelte langsam. Normalerweise liebte ich grün-goldene Katzenaugen, aber in der Dunkelheit, mit nichts als dem leisen Brummen des Motors und dem Zirpen der Grillen im Hintergrund, wirkte der Blick der Katze unheimlich, beinahe allwissend.

»Okay, wenn es allen gut geht und das Auto noch fährt, sollten wir uns wohl wieder auf den Weg machen«, schlug ich vor. »Das Letzte, was wir jetzt noch gebrauchen können, ist, dass jemand was gehört oder gesehen hat und die Polizei ruft.«

»Aber wir haben doch gar nichts getan«, protestierte Archie.

Ich betrachtete ihn mit hochgezogener Augenbraue und er verstummte. Ich wollte es nicht laut aussprechen müssen: Wir wussten alle aus erster Hand, dass das nicht unbedingt eine Rolle spielen würde. Es wäre jedenfalls nicht das erste Mal, dass ein Unschuldiger Opfer sogenannter »Gerechtigkeit« wurde.

»Na ja, eins haben wir schon getan«, widersprach

Jughead. »Ich sage das ja nur ungern, aber wir sind im wahrsten Sinne des Wortes in die Anfangsszene eines Stephen-King-Romans gerauscht.« Er scheuchte die Katze weg. »Verschwinde!« An uns gewandt fügte er hinzu: »Und wenn eine Geschichte schon so anfängt, dann kommt auf keinen Fall was Gutes nach.«

Die Katze blinzelte erneut träge, beinahe reptilienhaft. Mir lief ein eiskalter Schauer über den Rücken. Ich wusste noch genau, was ich über Riverdale gesagt hatte, als wir damals in die Stadt gezogen waren: dass es mich an *Kaltblütig* erinnerte. »Okay, du Literaturexperte. Und was würden die Figuren in diesem Horrorroman tun, wenn sie in unseren Schuhen stecken würden?« Ich klapperte zur dramatischen Untermalung mit den Pfennigabsätzen meiner Louboutin-Peeptoe-Stiefel.

»Na ja, was sie tun *sollten*, ist, wieder ins Auto steigen und verdammt noch mal machen, dass sie von hier verschwinden. Nicht über Los gehen und keine zweihundert Dollar einziehen.«

»Aber für uns kommt das nicht infrage«, fügte Betty ernst hinzu.

»Richtig. Und im Buch würde das auch nicht passieren. Ich meine damit ja auch nur, dass das kluge, vernunftbegabte Leute tun würden. Also nicht wir.« Er grinste schief.

Archie war inzwischen zur anderen Seite des Wagens gegangen. »Äh, Leute. Unsere Möglichkeiten sind vielleicht etwas begrenzter, als wir dachten.«

»Was meinst du denn damit?«, fragte Betty besorgt, schien jedoch plötzlich hellwach.

»Der Vorderreifen ist geplatzt.« Archie seufzte. »Wir können erst weiter, wenn das repariert ist.«

»Natürlich.« Jughead zog seine Mütze tiefer über die Ohren, trotz der schweren, schwülen Nachtluft. »Wes Craven hätte sich das auch nicht besser ausdenken können.«

Die Katze gab ein hässliches Zischen von sich und huschte in die Schatten davon.

KAPITEL 10

ARCHIE

Unsere Möglichkeiten sind vielleicht etwas begrenzter, als wir dachten. Das hatte ich gesagt, als ich erkannt hatte, dass uns ein Reifen geplatzt war.

In gewisser Weise war es beinahe logisch, dass es passiert war: die Katze, das Schlingern, der Platten. Es kam mir einfach so vor, als ginge schon eine ganze Weile alles nur noch bergab. Seit ich … na ja … Ich gab es nicht gern zu und dachte auch nicht gern darüber nach … noch nicht mal ganz allein für mich, aber … seit ich den Fehler gemacht hatte, mich bei Hiram Lodge einschmeicheln zu wollen.

Alle hatten mich davor gewarnt, mich mit ihm einzulassen. Verflucht, sogar *Veronica*. Das hätte mich eigentlich überzeugen sollen. Aber er ist ihr *Vater*, und … Na ja, wenn ich ganz ehrlich bin, dann wollte ich, dass der Vater meiner Freundin mich mag. So einfach ist das. So dumm.

Und war es das Schlimmste daran? Vielleicht sogar

noch schlimmer als das, was mit mir passiert war, schlimmer als die Verhaftung und der Prozess, weil das in gewisser, wenn auch ziemlich kranker Weise okay für mich war, eben weil es *mir* passierte. All das waren die Konsequenzen *meines* Verhaltens und diese Last musste ich auf *meinen* Schultern tragen.

Nein, das Schlimmste war, dass ich bei alldem meinen eigenen Vater verraten hatte.

Ich hatte meinem Dad den Rücken zugekehrt. Dem einzigen Menschen auf der Welt, der *mir* immer den Rücken gestärkt hatte, ganz gleich, was passierte. Dem Mann, zu dem ich aufschaute, seit ich alt genug war, Erinnerungen zu bilden. Also, ja: All das Pech, die Konsequenzen, die Rückschläge – alles, was auf mich hereingeprasselt war, seit ich mir Hiram Lodge zum Feind gemacht hatte – war in gewisser Weise nur logisch. Ich hatte es verdient.

Aber nicht meine Eltern. Oder meine Freunde. Auf keinen Fall.

Aber hier waren wir nun, meine Freunde und ich. Gestrandet am Straßenrand, irgendwo in der Nähe von Greendale – Black Hoods ursprünglichem Revier, unter anderem. Und es war ganz allein meine Schuld.

»Mach mal den Kofferraum auf, Jug. Mal sehen, ob ein Ersatzreifen drin ist.«

»Ich steh drauf, wenn du den Autoschrauber raushängst. Das ist so authentisch und cool. Die Fanfiction schreibt sich wie von allein.« Jug zog seine Jeans hoch, öffnete die Fahrertür und tastete nach dem Hebel für den Kofferraumöffner, bis wir ein Klicken hörten und sahen, wie sich die Heckklappe langsam öffnete.

Ich lud das Gepäck aus. Viel war es nicht, wir würden schließlich nur eine Nacht wegbleiben. Aber selbst wenn wir uns entscheiden sollten, länger zu bleiben, wollten wir nicht, dass uns irgendjemand mit haufenweise Gepäck sah und misstrauisch wurde. Alles, was wir hatten, waren mein Rucksack, Jugs Umhängetasche und Bettys lederne Laptoptasche, aus deren Außenfach für das Ladekabel ihre Wechselklamotten herausquollen, sowie irgendeine schwere und teuer riechende, von Monogrammen übersäte Tasche, die Ronnie jedes Mal mitnahm, wenn sie irgendwo über Nacht blieb. Nachdem ich alles auf den Seitenstreifen verfrachtet hatte, wo es möglicherweise vorbeifahrenden Autos nicht im Weg stand, stellte sich Betty neben mich und leuchtete mit der Taschenlampe ihres Handys in den Kofferraum.

»Hier, Arch«, sagte sie und richtete den Lichtstrahl auf das Fach im Boden des Kofferraums. »Bingo. Der Ersatzreifen.«

Ich beugte mich hinein, um die Abdeckung des Fachs hochzuziehen, während Betty sich näher an mich heranschob, als seien wir Chirurg und Krankenschwester im OP.

»Moment, ich muss die Fanfiction doch noch mal umschreiben: Ich steh drauf, wenn meine Freundin auf *Top Gear* macht«, scherzte Jughead. »Tut mir leid,

Archie, aber du musst zugeben, dass du in dieser Sache lieber Betty die Zügel in die Hand geben solltest.«

Ich schüttelte den Kopf über Jugheads spöttisches Grinsen, aber er hatte recht. Ich wich ein Stück zur Seite, um Betty Platz zu machen. »Soll ich die Taschenlampe halten? Wir sollten die Scheinwerfer nicht die ganze Zeit anlassen, sonst ist demnächst die Batterie leer.«

Betty lächelte. »Danke, Archie. Das schaffen wir sowieso nur mit perfektem Teamwork. Wir brauchen alle Mann an Deck.«

»Was du nicht sagst?«, erwiderte Jughead.

Ich hörte einen Unterton in seiner Stimme, einen Anflug von böser Vorahnung, und drehte mich um. Uns näherte sich rasant ein unverwechselbares weißes Fahrzeug mit Blaulicht auf dem Dach.

»Wer hat denn die Polizei gerufen?«, fragte Jug.

»Vielleicht hat irgendein guter Samariter gehört, dass wir ins Schleudern geraten und auf dem Seitenstreifen gelandet sind«, vermutete Betty. »Sehr hilfsbereit.«

»Und natürlich genau in der Situation, in der wir eine helfende Hand am wenigstens gebrauchen können«, ergänzte Veronica. Sie blickte sich um und nahm die Umgebung in sich auf. »Jug, zieh deine Jacke aus.«

»Was?« Jughead blinzelte. Verwirrt streckte er seine in Leder gehüllten Arme aus. *Eine Schlange häutet sich nie*. Das sagte er immer, wenn ich ihn damit aufzog, dass er seine Serpents-Jacke ununterbrochen trug, wirklich *die ganze Zeit*, sogar bei glühender Sommerhitze.

»Ich dachte nur, unser Freund und Helfer tritt uns vielleicht unvoreingenommener gegenüber, wenn –«

»Wenn ihr keinen Gangster in eurer Mitte habt«, vollendete Jug den Satz, als er verstand, worauf sie hinauswollte. »Schon klar.«

»Verzweifelte Situationen«, sagte Betty leise, so als befürchtete sie, er würde wieder von sich niemals häutenden Schlangen anfangen, wie sonst immer. Aber diesmal musste sie sich darüber keine Sorgen machen.

Es war vielleicht das *Einzige*, worüber sie sich keine Sorgen machen musste.

Der Streifenwagen blieb hinter uns stehen. Das Blaulicht blinkte weiter. Ein uniformierter Beamter stieg aus. Er war etwas älter, ungefähr im Alter unserer Eltern, mit dem typischen Bierbauch, der bei ihm bereits über die Gürtelschnalle hing. Ansonsten war er groß und breit gebaut, so als hätte er früher Football gespielt, vielleicht ja sogar für die Bulldogs – allerdings schon seit längerer Zeit nicht mehr. Nicht mit dieser Wampe und den dicken dunklen Ringen unter den Augen. Wer immer unseren Unfall auch gemeldet hatte, der Polizist sah nicht sonderlich besorgt aus, oder so, als wollte er uns helfen. Stattdessen erkannte ich ein leises Funkeln in seinen Augen, als sei er eher wachsam, was uns betraf. Misstrauisch.

»Ist mit euch alles in Ordnung?« Seine Stimme klang tief und schroff. Nichts an diesem Mann wirkte, als sei er bereit, uns im Zweifelsfall einen Vertrauensbonus zu gewähren.

»Uns geht's gut, Officer«, antwortete Jughead hastig. Er hielt den Kopf ein wenig gesenkt und sprach mit leiser, leicht hoffnungsvoller Stimme. Es war sein »Ich will nur helfen«-Tonfall, den ich schon aus der Grundschule kannte, als er immer versucht hatte, gar nicht erst auf dem Radar von Tyrannen wie Reggie und seinen Freunden aufzutauchen.

»Wir haben 'nen Anruf von jemandem gekriegt, der einen Knall gehört hat. Es klang wohl, als sei ein Wagen von der Straße abgekommen.«

Was, wie ich am liebsten bemerkt hätte, kein Verbrechen war, weshalb es auch keinen Grund für ihn gab, uns so anzustarren. Aber ich wagte es nicht. Weil sich hinter allem die eine blanke Wahrheit versteckte: Ich war wegen *Mordes* angeklagt und wartete momentan auf meinen *Prozess*. Also sosehr ich im Moment auch unsere Unschuld beteuern wollte, sosehr ich protestieren und darauf hinweisen wollte, dass wir nichts weiter getan hatten, als irgendeiner dämlichen Katze auszuweichen?

Nun, ich hatte das Gefühl, dass jeder Protest nur auf taube Ohren stoßen würde. Denn auch wenn ich Cassidy Bullock nicht getötet hatte, war ich auch ganz sicher nicht *unschuldig*. Wenn ich es gewesen wäre, dann wären wir überhaupt nicht hier.

»Na ja, wie Sie sehen, sind wir das tatsächlich.« Betty machte einen Schritt auf den Polizisten zu und lächelte ihr Schüchternes-Mädchen-Lächeln, das sie für Erwachsene aufsetzte, wenn es nötig war. Jug, Ronnie und ich kannten sie jedoch gut genug, um zu wissen, dass sie unter diesem Lächeln so wütend war, dass sie innerlich bebte. »Da war eine Katze, sie ist auf die Straße gerannt –«

»Eine *Katze*?«, fragte der Beamte ungläubig, als versuchten wir, ihm einen Bären aufzubinden. »Also, wenn du *Reh* gesagt hättest, dann hätte ich dir vielleicht geglaubt. Aber dass man von der Straße abkommt und einem sogar ein Reifen platzt ... wegen einer *Katze*?« Er kratzte sich langsam und nachdenklich am Kinn. »Ihr seht sicher selbst ein, dass das ein bisschen unglaubwürdig klingt.«

»Was ich *sehe*, Officer, ist, dass Sie viel mehr daran interessiert zu sein scheinen, eine Gruppe unschuldiger Jugendlicher zu drangsalieren – die, wie ich hinzufügen möchte, ganz offensichtlich ein Problem mit ihrem Auto haben –, statt uns Ihre Hilfe anzubieten«, erwiderte Veronica mit scharfer Stimme. Sie starrte den Polizisten herausfordernd an, obwohl ich wusste, dass sie innerlich flehte, er möge uns bitte, bitte in Ruhe lassen.

»Ronnie«, murmelte ich leise. Sie hatte natürlich recht. Er hätte sich vergewissern müssen, ob mit uns wirklich alles in Ordnung war, anstatt zu versuchen, unsere Geschichte als Lüge zu entlarven. Aber dieses Gefühl der Schuld, der bösen Vorahnung, grub sich noch immer tief in meinen Bauch, schwer und prall wie eine Bowlingkugel. Ich wollte einfach nicht negativ auffallen, damit der Typ möglichst schnell wieder verschwand.

Leider gehört Ronnie *nicht* zu den Menschen, die sich alles gefallen lassen oder einfach klein beigeben, nur, um nicht negativ aufzufallen. Vor allem nicht, wenn es dabei um jemanden geht, der ihr etwas bedeutet.

Genau das gehört ja zu den Dingen, die ich so an ihr liebe. Auch wenn ihr Timing im Moment vielleicht nicht das allerbeste war.

»Vorsicht, junges Fräulein, du solltest besser über deinen Ton nachdenken.«

»Veronica –«, begann Betty und streckte eine Hand nach ihr aus.

Veronica schüttelte sie ab. »Ich würde eher sagen, *Sie* sollten darüber nachdenken, welchen Eindruck diese armseligen Einschüchterungsversuche auf die Bürgermeisterin von Riverdale machen werden.«

»Warum lässt du die Bürgermeisterin nicht meine Sorge sein, Kleines? Ich bezweifle, dass sie sich tatsächlich mit etwas so Banalem beschäftigen würde«, erwiderte der Polizist, nun in deutlich bedrohlicherem Ton.

»Sind Sie sich da wirklich so sicher? Weil ich sie nämlich sofort anrufen kann.« Veronica hielt ihr Handy hoch. »Sie steht gleich hier, ganz oben in meiner Anruferliste. Unter *Mom*. Also wenn Sie sich wirklich bei ihr erkundigen wollen, ob sie Ihnen darin zustimmt, was ein *banaler* Vorfall ist und was nicht, kann ich sie gern anrufen. Ich bin mir sicher, dass sie sofort rangehen wird.« Sie strahlte ihn an. »Sie nimmt meine Anrufe *immer* entgegen.«

»Dann bist du also die kleine Lodge, ja?« Der Polizist sah aus, als würde er die einzelnen Puzzleteile langsam im Kopf zusammenfügen.

»Veronica Lodge. Höchstpersönlich.« Sie streckte eine Hand aus und er schüttelte sie widerwillig.

»Und deine Mutter ist Hermione Lodge, die Bürgermeisterin«, fuhr er fort, während die letzten Puzzleteile an ihren Platz rutschten.

Veronica nickte und lächelte ihn immer noch genauso strahlend an. Meine Freundin konnte wirklich charmant sein – wenn sie wollte.

»Und du bist … Hiram Lodges Tochter.«

»Daddy? Ja, genau. Sie kennen meinen Vater? Denn falls ja, haben Sie vermutlich eine ganz gute Vorstellung davon, wie er darauf reagieren würde, dass seine Tochter eine Autopanne hatte und der Polizist, der als Erster am Unfallort eintraf, mehr Interesse daran hatte, sie und ihre Freunde zu verhören, als daran, ihnen seine Hilfe anzubieten.«

Persönlich hatte ich so meine Zweifel daran, wie sehr Mr Lodge die Sache tatsächlich interessieren würde – vor allem zurzeit und wenn er gewusst hätte, dass ich ebenfalls mit im Wagen gesessen hatte –, aber der Beamte schien Veronica ihre Geschichte abzukaufen. *Das ist mein Mädchen*.

»Ich habe euch doch gefragt, ob ihr verletzt seid«,

protestierte er und wirkte ziemlich eingeschüchtert. »Das war das Erste, was ich euch gefragt habe.«

»Stimmt.« Sie tippte mit einem lackierten Fingernagel auf ihr Handy. Sie hatte ihn am Haken. »Aber vielleicht war es ja weniger, *was* Sie gesagt haben, als vielmehr, *wie* Sie es gesagt haben.« Sie zuckte mit den Schultern. »Oder vielleicht bilde ich mir ja auch nur etwas ein. Aber Sie müssen das auch nicht mit mir diskutieren.« Sie hielt ihm neckisch das Handy hin. »Rufen wir Daddykins einfach kurz an. Ich bin mir sicher, dass es ihm nichts ausmacht, am Samstagabend mit so etwas gestört zu werden.«

Der Polizist seufzte und einen Moment lang machte ich mir doch Sorgen. Dieser Typ konnte uns ziemlichen Ärger bescheren. Und ich hatte im Moment wirklich schon genug davon.

Wenn er Veronicas Bluff durschaute und Hiram wirklich anrief, was dann? Ich war mir ziemlich sicher, dass ich es nicht herausfinden wollte.

»Veronica, ich glaube nicht, dass wir deinen Dad anrufen müssen.« Betty trat einen Schritt vor und spielte wieder das supersüße Mädchen von nebenan. »Jemand hat die Polizei gerufen, weil er glaubte, er hätte einen Unfall gehört.« Sie bedachte den Beamten mit einem besonders entzückenden Lächeln. »Und deshalb ist er hergefahren, um nach dem Rechten zu sehen. Er hat sich erkundigt, ob mit uns alles in Ordnung ist.« Sie wandte sich dem Polizisten zu. »Wir wissen Ihre Besorgnis wirklich zu schätzen. Aber wie Sie sehen«, sie deutete Richtung Auto, »haben wir einen Ersatzreifen und alles, was wir sonst noch brauchen.«

»Sie kennt sich mit Autos richtig gut aus«, warf Jughead ein und klopfte Betty auf die Schulter.

»Wir sind auf dem Weg zum Ferienhaus der Lodges in Shadow Lake«, fügte Betty bedeutungsvoll hinzu. »Wir erzählen Mr Lodge auf jeden Fall, wie … *hilfsbereit* Sie waren, wenn wir ihn sehen.«

Verdammt, Betty war wirklich gut. Das süße Mädchen von nebenan … wenn auch mit einer dunklen Seite. Veronica nickte zustimmend.

Der Polizist kaute auf seiner Unterlippe herum. Dann machte er den Mund auf, als wollte er etwas sagen, schloss ihn jedoch sofort wieder und seufzte stattdessen nur. »Und ihr seid wirklich sicher, dass es euch gut geht? Soll ich bestimmt keinen Abschleppwagen für euch rufen oder so?«

Betty schüttelte hastig den Kopf und blickte ihn dankbar an. »Es ist alles in Ordnung«, antwortete sie. »Wir kommen klar.«

Und damit überließ uns der Polizist unserem Schicksal. Wie es aussah, konnten wir unseren Weg zum See endlich fortsetzen.

Erst als wir wieder im Wagen saßen – Jughead hinter dem Steuer, nun jedoch mit Ronnie auf dem Beifahrersitz, damit sie ihm sagen konnte, wo er hinmusste –, ging uns ein Licht auf. Oder besser gesagt: *Betty* ging ein Licht auf. Vermutlich lag es daran, dass sie sämtliche *Nancy-Drew*-Romane auswendig kannte. Sie ist einfach viel wachsamer als wir anderen.

Wir waren gerade losgefahren, als sie sich plötzlich kerzengerade aufsetzte und rief: »Hey, Leute!«

Jughead schreckte aus seinem Sitz hoch. »Ich liebe dich, aber bitte erschreck mich nie wieder so, Betty«, sagte er. »Ich würde meine Nahtoderfahrungen in diesem Fahrzeug gern auf das eine Mal beschränken.«

»Er macht nur Spaß«, sagte Veronica, obwohl Betty das natürlich selbst wusste. »Ich meine, was die Nahtoderfahrung angeht, nicht, dass er dich liebt. Klar. Also, was ist los?«

»Ich hatte gerade eine Erkenntnis. Der graue Lieferwagen.«

»Welcher graue Lieferwagen?« Ich hatte keine Ahnung, wovon sie sprach, und wie es aussah, ging es den beiden anderen genauso.

»Ich glaube … Er wäre mir beinahe selbst nicht aufgefallen, weil wir abgelenkt waren, als wir uns mit dem Polizisten unterhalten und uns seine Scheinwerfer geblendet haben. Aber ich sage euch, er war da: Ein grauer Lieferwagen ist an uns vorbeigefahren. Es kam mir schon in dem Moment irgendwie komisch vor, weil ansonsten nämlich genau *null* andere Autos an uns vorbeigefahren sind. Außerdem war er total langsam.«

Veronica dachte darüber nach. »Es ist durchaus möglich, dass ich so sehr damit beschäftigt war, uns Officer Krupke vom Leib zu halten, dass mir der Wagen gar nicht aufgefallen ist. Andererseits hast du recht: Ist ziemlich verlassen hier draußen. Das hätte doch sogar *uns* auffallen müssen, oder?«

Jughead zuckte mit den Schultern. »Keine Ahnung. Ich wäre mir da nicht so sicher.«

»Eben«, sagte Betty. »Die Scheinwerfer des Streifenwagens waren an und wir waren abgelenkt. Und der Lieferwagen war grau, also nicht besonders auffällig. Und ... ich weiß auch nicht ... ihr dürft mich gern als verrückt bezeichnen, aber ich könnte schwören ... Wenn ich sage, dass er langsam vorbeigefahren ist, dann meine ich *langsam* – im Schneckentempo, mit ausgeschalteten Scheinwerfern.«

»Langsam ... so als wollte er die Szene beobachten?«, fragte ich.

Betty setzte eine finstere Miene auf. »So als wollte er *uns* beobachten. Aber sicher bin ich mir natürlich nicht.«

Veronica hob eine Hand. »B, du weißt, dass ich deine unglaubliche Beobachtungsgabe nicht infrage stellen will – du hast uns bisher noch nie in eine Sackgasse geführt. Aber *niemand sons*t hat ihn gesehen. Es kommt mir einfach ... komisch vor. Ich weiß auch nicht. Ich glaube, wir haben alle unseren eigenen Horrorstreifen im Kopf.«

»Na ja, das war schließlich genau die Anfangsszene in *Get Out*: Sie kommen von der Straße ab und werden von einem Polizisten schikaniert«, erwiderte Jughead. »Das mögen ja alles nur große Zufälle sein, aber es sind ganz sicher keine Ausgeburten unserer Fantasie.«

Veronica zuckte mit den Schultern. »Okay. Ich sage ja auch gar nicht, dass du *keinen* Lieferwagen gesehen hast. Aber ich schätze, das Einzige, was wir jetzt tun können, ist, die Augen offen zu halten. Im übertragenen *und* wörtlichen Sinne.«

Betty runzelte die Stirn. »Die waren sowieso schon offen«, erwiderte sie. »Aber ab jetzt gilt Alarmstufe Rot.«

»Roger«, sagte Jughead. »DEFCON 1: Augen offen, extrem vorsichtige Vorgehensweise. Operation *Hütte im Wald* läuft.«

Es sollte nicht wirklich ein Witz sein, aber näher kam Jughead auch nie an einen Witz heran.

Und außerdem war das Ganze sowieso alles andere als komisch.

Reggie:

Verdammt, Süße, was ist mit der Party?

Josie:

Sorry, Mantle. Ich hab doch gesagt, dass ich nur kurz reinschneie. Meine Kätzchen und ich haben heute Abend noch was vor.

Reggie:

Ne andere wilde Party?

Josie:

Was soll ich sagen?
Wir sind nun mal Wildkatzen.

Reggie:

Oder Raubkatzen. Gefällt mir. Okay, aber halt mich auf dem Laufenden. Vielleicht können wir uns später noch treffen.

Josie:

... Vielleicht. Aber hast du nicht 'ne Party zu schmeißen?

Reggie:

Für dich würde ich sie sausen lassen.
Und diese ganzen Loser nach Hause schicken.

Josie:

¯_(ツ)_/¯

Reggie:

Danke?

Josie:

OK, ich muss los. Bis später.
Feier schön!

Sweet Pea:

Hab gar nicht gesehen, wie du von
Reggies Party abgehauen bist.

Josie:

Sorry, du hast telefoniert, und ich will nicht,
dass alle die Sache mit uns spitzkriegen,
okay? Deshalb hab ich nicht auf dich gewartet.
Und überhaupt: Du hast getippt wie ein Irrer.
Was ist denn los?

Sweet Pea:

Vergiss es, nicht der Rede wert.

Josie:

👀

Sweet Pea:

Vertrau mir.

Josie:

Wenn du meinst … Ich hab auch so schon mehr als genug Drama in meinem Leben. Bis später!

ʌʌʌ

PP:

Wenn du's nicht machst, dann solltest du besser eine andere Lösung für mein Problem finden.

Sweet Pea:

…

PP:

Betrachte das als deine letzte Warnung.

KAPITEL 11

JOSIE

Wir mögen vielleicht in einer Kleinstadt leben, aber das bedeutet nicht, dass auch unsere Ambitionen klein sind. Eins solltet ihr wissen: Josie und die Pussycats sind zu Großem bestimmt – gemeinsam oder allein. Ihr *werdet* uns alle schon bald als Headliner in New York City erleben, das kann ich euch versprechen.

Mir ist bewusst, dass es seit Anfang des Jahres nicht mehr so geschmeidig läuft – seit die Mädels mich als Diva bezeichnet haben, weil ich meine Solokarriere vorantreiben will. Und ja, eine Zeit lang hat eine gewisse Veronica Lodge versucht, meinen Thron zu erobern … und meine Katzenohren. Aber ich hege immer noch die Hoffnung, dass wir Kätzchen am Ende zusammenhalten werden.

Aber erst mal bereiten wir uns auf unseren einmaligen Auftritt vor, den großen Showdown morgen Abend gegen unsere Erzrivalen, Venom. Sie pflegen einen ganz anderen Sound als die Cats. Extremer Post-Millennium-

Girlie-Grunge, aber hier in der Gegend gibt's nun mal ein großes Cross-over-Publikum.

Gegen Venom an einem lauen Sommerabend in Centerville anzutreten ist zwar nicht New York City – nicht mal annähernd –, aber das bedeutet nicht, dass wir den Gig nicht ernst nehmen. Wir nehmen *alle* unsere Gigs ernst. Darum rocken wir auch jede Bühne.

Und es mag vielleicht nicht zu den allseits bekannten Kätzchen-Fakten zählen, aber wir rocken auch jede Party. Ich weiß, ich weiß – unsere Stimmen sind unsere Instrumente, und wir sollten uns eigentlich mit einer Tasse Kamillentee mit Honig am Abend vor einem Auftritt zu Hause ins Bett kuscheln. Aber das wäre nun wirklich nicht sehr rockstarmäßig von uns, hab ich recht?

Soll heißen: So sind wir nicht.

Wir rocken jeden Gig und vor jedem Gig rocken wir ab. So richtig.

Der heutige Abend bildete da keine Ausnahme.

Nachdem wir unsere Pflicht erfüllt und uns kurz auf Reggies Party hatten blicken lassen – es ist schließlich wichtig, mit unseren Fans regelmäßig auf Tuchfühlung zu gehen –, wagten wir uns auf Venom-Territorium – in die Southside.

»Haltet eure Katzenohren fest, Ladys«, warnte ich Val und Melody, als wir in meinem roten Cabrio – dem inoffiziellen Pussycat-Mobil – den Highway hinunterrasten.

Es fühlte sich an wie in alten Zeiten, aber ich versuchte, mich von der Nostalgie nicht überwältigen zu lassen.

»Süße, du bist mehr als nur *un poco loco*«, erwiderte Melody. Sie saß neben mir auf dem Beifahrersitz, und einen Moment lang glaubte ich schon, sie würde mich ermahnen, langsamer zu fahren, aber stattdessen warf sie die Hände in die Luft und jubelte wie eine Irre.

Es hatte sie gepackt – das Wildkatzenfieber. Auch wenn es vielleicht nur vorübergehend war.

»Das wisst ihr doch, Mädels«, sagte ich. »Miau!«

BETTY

Liebes Tagebuch,
ich bin nicht blöd.

Ich meine, vielleicht stempeln mich die Leute manchmal als das »perfekte« Mädchen ab. Vielleicht denken sie ja automatisch, das süße, nette Mädchen von nebenan könnte nur vollkommen ahnungslos sein. Aber selbst wenn ich nicht schon zwei Mordfälle hier in Riverdale gelöst hätte, könnte ich eines immer noch schwören: Mir entgeht nichts.

Ich bin nicht das dämliche Blondchen von nebenan. Ich hatte recht, was das Video im Innenfutter von Jason Blossoms Jacke anging. Ich hatte recht, was den wahren Black Hood anging. Und wenn ich sage, dass ein schäbiger Lieferwagen die Straße entlanggekrochen ist, als wir von diesem Polizisten befragt wurden, dann weiß ich, wie sich das anhört. Ich weiß, dass es merkwürdig klingt, unwahrscheinlich. Und dass es seltsam ist, dass ich die Einzige war, die ihn gesehen hat – ohne ihn in dem Moment überhaupt bewusst wahrzunehmen.

Aber so ist unser ganzes verfluchtes Leben. Unsere Stadt. Merkwürdig. Unwahrscheinlich. Seltsam.

Ich bin nicht blöd. Ich habe die Blicke gesehen, die mir Veronica, Archie und, wenn ich mir selbst gegenüber wirklich ehrlich bin, sogar Jughead zugeworfen haben, als ich den Lieferwagen erwähnt habe. Sie haben zwar behauptet, dass sie die Augen offen halten wollen, aber in Wahrheit glauben sie, dass ich nur überreagiere.

Vielleicht haben sie ja recht. Vielleicht stellt sich am Ende wirklich heraus, dass es nichts zu bedeuten hat.

Aber das glaube ich nicht. Ich glaube, dass ich mich im Augenblick auf mein Bauchgefühl verlassen sollte.

Bei diesem Roadtrip geht es darum, nach Beweisen zu suchen, um Archies Unschuld zu beweisen, und auch wenn wir sowieso schon alle auf Alarmstufe zehn sind – ich drehe auf elf hoch. Für weniger steht einfach zu viel auf dem Spiel.

SHADOW LAKE SUPERMARKT stand draußen auf dem Schild. Es erstrahlte in leuchtend roter Farbe auf der Holzfassade des rustikalen Gebäudes. Alles in Shadow Lake war im selben Lodge-Stil erbaut, mit dunklem Holz, Kunstpelzen und Kamin.

Eigentlich war es total gemütlich, der perfekte Zufluchtsort in den Bergen, idyllisch und charmant. Genauso hatten wir es auch empfunden, als wir das erste Mal hierhergekommen waren.

Aber dann sind diese Typen eingebrochen, Cassidy wurde getötet, und alles hat sich für immer verändert.

Ich war nicht die Einzige, die sie spürte, als wir vor dem Laden vorfuhren – diese dunkle Wolke der Erinnerung, die über uns hinwegkroch wie schwerer Nebel. Jug parkte den Wagen und stellte den Motor ab. Im Inneren des Autos klang das Knarren der Handbremse durchdringender als ein Donnergrollen. Ich spürte ein erdrückendes Gefühl der Enge in meiner Brust, und mir wurde bewusst, wie verkrampft ich den Atem anhielt. Ich seufzte leise und die anderen taten es mir nach.

»Gibt's in der Stadt denn überhaupt keinen anderen Laden, Ronnie?«, fragte Archie.

»Glaub mir, Archiekins, wenn es einen gäbe, wäre ich längst dort. Das Letzte, worauf ich Lust habe, ist, an den sprichwörtlichen Ort des Verbrechens zurückzukehren.« Veronica biss sich auf die Lippe und schien darüber nachzudenken, was sie gerade gesagt hatte. »Oder um genauer zu sein«, fügte sie dann hinzu, »an den Ort, an dem das Verbrechen seinen Lauf nahm. Wenn Betty und ich an dem Morgen nicht in die Stadt gegangen wären und ich mich nicht mit einem dieser dämlichen Typen unterhalten hätte –«

»Du wolltest nur nett sein, V«, unterbrach ich sie. »Du konntest schließlich unmöglich wissen, dass er ein Einbrecher und Psychopath ist.« Ich meinte, was ich sagte. Natürlich hatte sie keine Ahnung gehabt. Sie durfte sich dafür nicht die Schuld geben.

Es war so einfach, anderen Leuten zu sagen, dass sie sich nicht selbst fertigmachen sollten. Zu dumm nur, dass ich meinen eigenen Rat nicht befolgen konnte.

»Schon komisch. Man sollte doch meinen, dass wir inzwischen besser darin sind, Psychopathen zu erkennen – nach all der Übung, die wir in letzter Zeit damit hatten«, scherzte Jughead. Dann sah er mein Gesicht. »Okay, das war nicht besonders komisch«, gab er zu.

»Hier ist überhaupt nichts komisch«, fand Veronica und zog mithilfe des Spiegels in der Sonnenblende ihren Lippenstift nach. »Aber es ist notwendig. Genau wie essen. Für eine Mission wie diese braucht man eine vernünftige Grundlage. Und das hier ist nun mal die einzige Möglichkeit, uns mit Vorräten einzudecken, wenn wir nicht auf einer einspurigen Landstraße dreißig Kilometer nach Norden fahren wollen. Oder den ganzen Weg zurück nach Riverdale.«

»Es wird schon nicht so schlimm werden«, sagte ich, obwohl ich spürte, wie mir das Herz in der Kehle pochte, als ich auf die Schaufenster des Ladens blickte. »Diese Typen arbeiten schließlich nicht mehr hier. Wir holen uns einfach, was wir brauchen, und sind dann ganz schnell wieder draußen.«

Auch das meinte ich so.

Ich glaubte wirklich, dass es so einfach sein würde.

Eine Glocke über der Tür klingelte laut, als wir den Laden betraten. Noch so ein Detail, das unter anderen Umständen nur altmodischen Charme versprüht hätte. Aber stattdessen rasselte das Läuten schrill in meinem Brustkorb und traf mich wie eine Pistolenkugel. Das war gar nicht gut. Wie war das noch gleich mit hyperwachsam und Alarmstufe elf?

Ich ließ den Blick durch den Laden schweifen: Regalreihen mit Gourmetmarmelade, Bündeln mit Feuerholz, Insektenspray, Taschenlampen und Tüten mit Popcorn, das man auf altmodische Art in der sich dabei aufplusternden Aluverpackung über dem Kaminfeuer zubereiten konnte.

Wir waren allein, aber ich hörte es trotzdem: ein Flüstern, ein leises Murmeln, geheimnisvoll und unheilschwanger. Dieser Ort war mir unheimlich. Angespannt ballte ich die Fäuste. Ich erlebte eine Kampf-oder-Flucht-Reaktion, und jede Zelle meines Körpers brüllte mich an, davonzulaufen.

»Alles okay, Betty?«, fragte Jug. Seine Stimme klang weit entfernt. Der Laden schien sich in einen Tunnel verwandelt zu haben, und alles, was ich noch sehen konnte, war ein winziger Lichtpunkt.

Reiß dich zusammen, Betty.

»Mir geht's gut. Alles okay«, antwortete ich. »Ich muss nur mal auf die Toilette. Ich, äh, glaube, ich spritz mir ein bisschen Wasser ins Gesicht.«

»Die Toilette ist da drüben.«

Ich stieß unwillkürlich ein leises Kreischen aus, was mir unglaublich peinlich war. Aber die Stimme war aus dem Nichts gekommen. Wie ein Geist.

Sie gehörte einer jungen Frau mit plattem, breitem Gesicht und rotblondem Haar, das zu einem dünnen, fettigen Zopf geflochten war. Ihre kleinen Augen saßen tief über den teigigen Wangen. Sie sah alles andere als begeistert über unsere Anwesenheit aus, obwohl wir die einzigen Kunden weit und breit waren.

»Danke.« Ich versuchte mich an einem Lächeln. Sie lächelte nicht zurück. Stattdessen bedachte sie mich nur mit starrem, leicht mürrischem Blick, während ich in den hinteren Teil des Ladens und auf die Tür zusteuerte, auf die sie zeigte.

Die Toilette war klein und die Neonröhre an der Decke brummte und flackerte. Der Wasserhahn war verrostet und tropfte in stetem Rhythmus in das gesprungene Keramikwaschbecken. Ich wollte so schnell wie möglich wieder hier raus, aber meine Hände wollten einfach nicht aufhören zu zittern und weigerten sich, zu kooperieren. Ich angelte die Pillendose aus meiner Handtasche und fummelte hektisch an dem kindersicheren Deckel herum. Meine Hände zitterten so stark, dass es ein paar Sekunden dauerte, aber schließlich gelang es mir, ihn zu öffnen.

Ich schüttete ein paar der kleinen blauen Pillen in meine Hand und suchte nach einer halben. Ein kleiner Schub war alles, was ich im Moment brauchte. Ich musste wachsam bleiben – wachsam<u>er.</u> Und allmählich gingen mir die Möglichkeiten aus.

Ich schluckte die Pille trocken und sie blieb eine Sekunde lang in meinem Rachen kleben. Eigentlich schmeckte sie nach nichts, aber ich hatte trotzdem einen schalen, bitteren Geschmack im Mund. Ich drehte den Wasserhahn auf, ließ etwas Wasser in meine hohlen Hände fließen und nippte daran. Es war kalt und schmeckte metallisch. Ich musste an totes Laub denken, an nasse Blätterhaufen im Herbst, die langsam verrotteten. Bei der Vorstellung drehte sich mir der Magen um.

Ich machte den Wasserhahn wieder zu und erhaschte im Spiegel darüber einen Blick auf mein Gesicht. Er war von verschmierten Fingerabdrücken übersät und mit einer Schmutzschicht bedeckt, aber ich konnte meine Augen trotzdem erkennen, die mich leuchtend grün anstarrten. Sie wirkten überrascht. Nachdenklich. Besorgt.

Aber sie wirkten auch wütend.

Es waren die Augen meines Vaters, die mich aus dem Spiegel ansahen.

Ich hob die Hände, band meinen Pferdeschwanz wieder fester zusammen und kehrte zu meinen Freunden zurück.

Ich hatte nicht das Gefühl, sehr lange auf der Toilette gewesen zu sein, aber als ich wieder herauskam, stand Veronica bereits an der Kasse und hielt ihren Geldbeutel in der Hand. Die düster dreinblickende blonde Verkäuferin befand sich hinter der Theke, aber irgendwie hatte sie sich vermehrt: Neben ihr stand ein Junge, der einfach ihr Zwilling sein musste. Es war beinahe komisch – die beiden sahen aus wie durchgepaust. Wie Ms Pac-Man, die eine perfekte Kopie von Pac-Man ist, nur eben mit einer Schleife auf dem Kopf. Das Haar des Bruders war an den Seiten kurz geschnitten, fiel jedoch in einer Locke über ein Auge. Abgesehen von der Frisur hätten die beiden auch als Tweedledee und Tweedledum durchgehen können.

Aber es war eben nur beinahe komisch. Tatsächlich war es unheimlich. Sie hatten dasselbe platte, wütende Gesicht. Dieselben kleinen, anklagenden Augen. Und denselben abschätzigen Ausdruck, mit dem sie meine Freunde und mich von oben bis unten begutachteten … und ganz offensichtlich gefiel ihnen nicht, was sie sahen.

»Ihr seid die Typen, die was mit Cassidys Mord zu tun hatten, stimmt's?«, fragte der Junge schließlich. »Ich erkenne dich wieder.« Er zeigte mit seinem Wurstfinger auf Archies Gesicht. »Aus der Zeitung. Du bist der, der's getan hat. Du hast ihn erschossen.«

»Ich habe niemanden erschossen«, widersprach Archie und sah dabei gleichzeitig wütend und völlig verängstigt aus.

»Lass gut sein, Arch«, sagte Jughead, zog ihn ein paar Schritte zurück und versuchte, ihn ein wenig zu beruhigen.

Aber irgendwann kam der Punkt, an dem man einfach nicht mehr ruhig bleiben konnte. Ich jedenfalls nicht. Ich spürte, wie meine eigene Wut in mir hochkochte.

»Cassidy ist in ihr Haus eingebrochen!« Ich zeigte auf Veronica. »Er und seine Freunde waren bewaffnet. Sie hätten uns vielleicht Gott weiß was angetan, wenn sie nicht den Alarm ausgelöst hätte. Ich bin nicht froh, dass er tot ist –«, ich schluckte schwer, »aber euer Freund war auch ganz sicher nicht unschuldig. Und wenn er nicht tot wäre … Na ja, die Wahrheit ist, dass wir es dann vielleicht wären. Deshalb fällt es mir verdammt schwer, Mitgefühl für ihn zu empfinden.«

Ich hielt inne und keuchte heftig. Mir schnürte sich die Kehle zu. Im Laden war es mit einem Mal viel zu heiß. Alle starrten mich an ... schockiert, entsetzt, vielleicht sogar angewidert. Ich hatte gerade nicht wirklich, wenn auch indirekt, erklärt, dass ich über den Tod eines anderen Menschen froh war, oder? So hatte ich es ganz sicher nicht gemeint.

Aber ich konnte einfach nicht länger ruhig bleiben. In mir tobte ein mächtiges Feuer. Vielleicht hatte ich es in gewisser Weise ja doch so gemeint?

Und vielleicht war das ja auch okay. Vielleicht sogar längst überfällig.

Ich dachte wieder an mein Spiegelbild auf der Toilette zurück, an die Augen meines Vaters, die mich aus meinem eigenen Gesicht anfunkelten. An die Dunkelheit, die er in sich trug, genau wie ich. Ich hatte geglaubt, ich hätte gelernt, sie zu akzeptieren.

Aber konnte ich auch den Ausdruck in den Gesichtern der Menschen akzeptieren, die mich in diesem Moment anstarrten?

»Wie lange wollt ihr denn diesmal hier oben bleiben?«, fragte die Schwester mit tonloser Stimme. »Vielleicht sollten wir unsere Freunde dann lieber warnen ... dass die Killer zurück sind.« Das Wort, Killer, kam wie ein Zischen über ihre Lippen, und Archie zuckte erneut zusammen. Jughead packte seinen Arm noch fester. Die Atmosphäre im Laden glich einem Pulverfass.

Veronica atmete tief ein, bereit, die Situation zu entschärfen, falls das überhaupt möglich war. »Ich kann euch versichern, dass Archies Unschuld bewiesen werden wird und dass wir schneller wieder aus Shadow Lake verschwunden sind, als ihr gucken könnt. Glaubt mir, wir wollen nicht länger hierbleiben als unbedingt nötig. Wir sind über unsere Anwesenheit auch nicht glücklicher als ihr.« Selbst in dem Versuch, sie zu beschwichtigen, gab sie nicht klein bei. Die Zeiten, in denen sie klein beigegeben hatte, waren lange vorbei.

»Tatsächlich?« Der Junge hob herausfordernd eine Augenbraue.

»Zweifellos«, erwiderte Jughead. »Obwohl ich total auf die ›Komm und spiel mit uns, Danny‹-Masche stehe, die ihr hier abzieht.«

»Okay, gut.« Der Bruder schüttelte den Kopf. Die Anspielung auf Shining hatte er offensichtlich nicht kapiert – was wahrscheinlich auch gut war –, aber anscheinend war er trotzdem erst mal zufrieden. Er hielt uns die Papiertüte mit unseren Einkäufen hin. Sie knisterte wie lodernde Flammen und das Geräusch machte mir Gänsehaut. Veronica nahm die Tüte und drückte sie schützend an ihre Brust.

»Kommt, wir gehen«, forderte sie den Rest von uns auf.

»Wir wünschen euch einen schönen Aufenthalt«, rief die Schwester uns mit einem Anflug von Gehässigkeit nach, der jedoch auch als erschöpfte Gleichgültigkeit hätte durchgehen können.

Doch dann, als die Tür bereits hinter uns zuschwang, fügte sie noch etwas hinzu, so leise, dass ich eine Minute brauchte, bevor ich ihre Worte wirklich begriff: »Und versucht, uns nicht in die Quere zu kommen.«

Draußen vor dem Laden leuchtete das Mondlicht grell. Riverdale ist eine Kleinstadt, aber selbst unser Sternenhimmel kann es mit dem auf dem Land nicht aufnehmen. Ich vergesse das immer, bis ich mich wieder an einem vollkommen abgeschiedenen Ort befinde und der Himmel von funkelnden Lichtern übersät ist. Normalerweise finde ich es einfach nur magisch.

Heute Abend erinnerte es mich allerdings nur daran, dass wir vier in dieser Sache wirklich und wahrhaftig allein waren, wenn auch wenigstens zusammen.

»Tja, ich schätze es sollte uns nicht überraschen, dass wir in Shadow Lake die Staatsfeinde Nummer eins bis vier sind. Trotzdem muss ich zugeben, dass das eben ziemlich nervenaufreibend war«, durchbrach Veronica die Stille. »Ich schätze, du hattest recht, Betty. Zu paranoid gibt es gar nicht. Wir müssen wirklich auf der Hut sein, mehr denn je.«

»Man ist nicht paranoid, wenn es wirklich alle auf einen abgesehen haben«, warf Jughead ein.

»Und, passt die Szene auch wieder in deinen geliebten Horror-Kanon?«

Ich wusste, dass Veronica nur Spaß machte. Sie versuchte, die Stimmung zu lockern, indem sie unsere Unterhaltung von vorhin wieder aufnahm.

»Cabin Fever.« Jughead zuckte mit den Schultern. »Und fang mir gar nicht erst von den Grady-Zwillingen da drinnen an.«

Plötzlich schnappte Archie so laut und unerwartet nach

Luft, dass ich mich richtig erschreckte. Eine Sekunde lang glaubte ich, er würde über Jugheads Bemerkung lachen. Aber dann sah ich den Ausdruck in seinem Gesicht.

»Was ist denn, Arch?« War er wegen der Gruselzwillinge aus dem Laden immer noch durcheinander? Ich war es jedenfalls.

Er kniff die Augen zusammen, als versuchte er, etwas in der Ferne zu erkennen. »Ich weiß nicht. Ich bin mir nicht sicher.«

»Wobei?« Veronica stellte sich neben ihn und nahm seine Hand.

»Gerade eben ... Ach, ich weiß auch nicht. Es ist schon spät. Ich bin hundemüde, und diese Freaks da drin haben mich ein bisschen aus der Fassung gebracht, das gebe ich zu, aber ...« Er verstummte.

»Aber was? Sag es uns, Archie. Wir sind auf deiner Seite.«

»Bei uns bist du sicher«, fügte Jughead hinzu, und ausnahmsweise klang er dabei kein bisschen sarkastisch.

»Ich hätte schwören können, dass ich ihn gesehen habe.« Er drehte sich zu mir um und sah mich entschlossen an. »Einen Lieferwagen. Genau wie du gesagt hast, Betty. Grau. Langsam.

Betty«, Archies Stimme zitterte ein wenig, »ich glaube, wir werden beobachtet. Vielleicht sogar in diesem Moment.«

KAPITEL 12

JUGHEAD

Die Unheil verkündende schwarze Katze, wegen der wir von der Straße abgekommen waren. Der Lieferwagen, den es vielleicht gegeben hatte, vielleicht aber auch nicht, und der uns vielleicht gefolgt war, vielleicht aber auch nicht. Die Gruselzwillinge, die uns definitiv im Visiert gehabt hatten. Das hochherrschaftliche Anwesen hoch oben auf dem Hügel – in Wirklichkeit war es eine Lodge hoch oben in den Bergen, aber das fällt unter schriftstellerische Freiheit … Alles an diesem Roadtrip schrie *Kehrt wieder um*!, in greller Achtzigerjahre-Retroschrift à la *Stranger Things*. Ich versuchte – für mich selbst und die anderen – meine typische ironische Distanz zu der ganzen Situation zu wahren, aber selbst ich war ziemlich verunsichert.

Und Archie … Er hätte zwar niemals zugegeben, wie sehr ihn das alles mitnahm, aber er war dieses Jahr wirklich durch die Hölle gegangen. Angefangen damit, dass sein Vater von Black Hood angeschossen worden war, woraufhin er sich dem Roten Kreis angeschlossen und sich im Namen der Selbstjustiz in einen Krieger verwandelt hatte. Und dann der ganze dubiose Mist, zu dem Hiram Lodge ihn angestiftet hat. Archie war Milchshakes, Football und seine Gitarre. Archie war nicht für dieses Film-noir-Antiheldendasein geschaffen. Das alles forderte allmählich seinen Tribut. Seine Augen wirkten müde, seine Gesichtszüge angespannt, und seine Hände krallten sich so verkrampft ans Lenkrad – er hatte mich für das letzte Stück am Steuer abgelöst –, dass seine Knöchel ganz weiß waren.

Ich stellte mir uns alle in einer typischen Hitchcock-Einstellung vor – aufgenommen von oben, verfolgt von der Kamera, während wir uns den Berg hinaufschlängelten und der Blickwinkel immer wieder von einer Seite auf die andere wechselte, um dem Zuschauer die Orientierung zu nehmen und ihm zu zeigen, wie desorientiert, wie durcheinander *wir* waren.

Wenn ich mich richtig anstrengte, konnte ich sogar den Soundtrack von *Psycho* hören, die kreischenden, beharrlichen Streicher, die in der hintersten Ecke meines Hirns zu der Szene spielten.

Als wir um den Berg herumfuhren, standen die Häuser immer weiter voneinander entfernt, spitze Dachgipfel aus Baumstämmen, die in den Himmel aufragten und sich eng an den dichten Nadelwald schmiegten. Ganz oben stand die Lodge Lodge und thronte über Shadow Lake – über der Stadt und dem See, dem sie ihren Namen verdankte und der wie flüssiges Quecksilber am Grund des Tals schimmerte wie ein geheimnisvolles Portal.

Schön wär's, dachte ich. Wenn es doch nur so einfach wäre, aus dieser Dimension in eine andere Realität zu fliehen, die sicherer war. Ungefährlicher.

Gargoyles und … Könige? Plötzlich fiel mir wieder ein, was Pop im Diner gesagt hatte. Über dieses seltsame Rollenspiel, in das Dilton eingetaucht war. Genau wie Ethel und Ben. Dilton hatte alle möglichen komischen Sachen am Laufen, deshalb war es leicht, ihn als Freak abzustempeln – er war sogar noch seltsamer und befremdlicher als ich. Aber im Moment konnte ich gut nachvollziehen, was er an einem Spiel wie diesem so anziehend fand. Warum er seinem Leben dadurch ein kleines bisschen entfliehen wollte.

Verdammt, vielleicht machte er es ja sogar genau richtig.

»Da vorne kommt die Abzweigung, Archiekins.« In Veronicas Stimme lag immer noch dieser übertrieben fröhliche, zuversichtliche Unterton, so als würde dieser Ausflug wirklich zu etwas führen – und vielleicht sogar Spaß machen –, koste es, was es wolle. Selbst wenn es uns umbrachte.

Wäre es um irgendwelche anderen Teenager, eine andere Stadt oder ein anderes Leben gegangen, dann wäre das natürlich eine schamlose Übertreibung gewesen.

Aber Übertreibungen waren ein Luxus, den wir uns

nicht leisten konnten. Unser bloßes Dasein hatte sich in die reinste Übertreibung verwandelt.

Archie setzte den Blinker und schaltete das Fernlicht ein. Je abgeschiedener die Gegend rund um den Gipfel des Bergs wurde, desto mehr war es, als steuerten wir direkt auf eine mächtige Leere zu.

»Na also«, sagte Veronica und zeigte nach draußen, »wir sind heil angekommen.«

Gerade so, dachte ich.

Zu unserer Rechten befand sich die Abzweigung für die Auffahrt, so fachmännisch und diskret angelegt, dass wir sicher daran vorbeigerauscht wären, wenn sie den Weg nicht gekannt hätte: zwei Bäume, gerade weit genug auseinander, dass ein Auto hindurchpasste; kleine aufblitzende Katzenaugen auf dem Boden und kugelförmige Leuchten am Fuß jedes Baums. Was auf den ersten Blick aussah wie nur noch mehr finsterer Wald war tatsächlich eine kiesbedeckte Einfahrt. Direkt hinter dem rechten Baum stand ein Holzpfosten, der nur durch ein aufwendig geschnitztes großes *L* gekennzeichnet war.

Archie bog ab.

Auf dem Gipfel war es kalt. Obwohl wir schon einmal hier gewesen waren – und obwohl wir an einem Ort aufgewachsen waren, an dem es eisiger sein konnte als bei einem Thanksgiving-Essen der Blossoms –, war es ein Schock, vor allem nach der klebrigen, feuchten

Spätsommerhitze in Riverdale. Als wir aus dem Wagen stiegen, zitterten wir alle. Ich schwöre, dass wir unseren Atem sehen konnten. Er schwebte durch die Luft wie kleine Schnörkel aus Morsecode.

»Ich hol das Gepäck«, bot Archie an und machte sich sofort daran, den Kofferraum auszuladen. Er sah aus, als sei er froh, eine konkrete Aufgabe zu haben, irgendetwas, das er *tun* konnte. Wir alle hatten dieses Gefühl, wie ein Déjà-vu, und auch wieder nicht. Schließlich waren wir *tatsächlich* schon einmal hier gewesen und kämpften noch immer Tag für Tag damit, das Trauma zu überwinden, das wir hier erlebt hatten.

Nein, es war kein Déjà-vu, das klang zu beschönigend. Wir litten unter kollektiver PTBS. Man konnte förmlich spüren, wie sie zwischen uns schwebte, wie ein fünftes Rad am Wagen und so diesig wie die Wolken unseres Atems im Wind.

Ich blickte auf die Haustür der Lodge – schweres, dunkles Holz in einem aufwendig gearbeiteten Türbogen aus Granit –, und mir wurde eiskalt. Plötzlich war dort hineinzugehen das Letzte, was ich wollte.

Betty hakte sich bei mir unter. »Bist du bereit?«, fragte sie, als hätte sie meine Gedanken gelesen.

»Nicht mal annähernd«, gestand ich.

»Ich schließe die Tür auf, und dann muss ich sofort runter in den Keller, Alarmanlage und Kameras ausschalten«, sagte Veronica. »Das komplette System ist an einen Timer angeschlossen, also entschuldigt bitte, wenn ich gleich einfach davonrenne. Aber ich bin in einer Minute wieder da.«

»Du willst die Alarmanlage und die Kameras *ausschalten*?«, fragte Archie verwirrt und schien damit nicht unbedingt einverstanden zu sein. »Warum?« Er fasste sich wieder ein wenig und fügte hinzu: »Ich meine, wollen wir denn nicht wenigstens ein *paar* Sicherheitsmaßnahmen? Nach allem, was beim letzten Mal passiert ist?«

»Ich versteh dich ja, Archiekins, aber du musst dir deswegen keine Sorgen machen. Die Haustür verriegelt automatisch. Und wie gesagt, die Übeltäter sitzen hinter Gittern.« Veronica wirkte außergewöhnlich positiv und zuversichtlich.

Abgesehen von dem, der tot ist, dachte ich, sagte jedoch nichts.

»Sie werden heute Nacht nicht zurückkommen. Wir sind hier in Sicherheit – das weißt du.« Sie ging auf Archie zu und stellte sich auf Zehenspitzen, um die Hände auf seine Schultern legen zu können. »Das weißt du doch, oder?« Sie küsste ihn, flüchtig, aber zärtlich. »Keiner von uns *will* wieder hier sein, und ich kann mir gar nicht vorstellen, wie *du* dich im Augenblick erst fühlen musst. Wenn ich nur in den Wald hineinschaue und das Rascheln der Blätter höre, fühle ich mich sofort wieder in jene Nacht zurückversetzt. Ich hab schon eine richtige Gänsehaut.«

»Ja«, erwiderte Archie knapp. Er senkte den Blick, als sei er von sich selbst enttäuscht.

»Aber wir haben hier eine Mission zu erfüllen und wir werden sie kurz und schmerzlos erledigen. Wir sind hier oben vollkommen sicher, versprochen.« Sie drehte sich um, um uns alle ansehen zu können.

»Ich muss die Alarmanlage ausschalten, sonst kann Daddy uns über die Kameras von überall aus beobachten, wann immer er will. Und das ist das Letzte, was wir jetzt gebrauchen können. Selbst wenn er uns nicht in die Quere kommen würde, würde ich ihm diese Genugtuung niemals geben.«

»Schon okay, V. Wenn du sagst, dass wir auch ohne Alarmanlage sicher sind, dann vertrauen wir dir.« Betty lächelte – oder versuchte es zumindest. Das Lächeln erreichte ihre Augen nicht ganz. »Aber wird es dein Dad denn nicht bemerken, wenn sich das System abschaltet?«

»Wahrscheinlich schon«, gab Veronica zu. »Aber vermutlich nicht sofort. Das hoffe ich jedenfalls. Wenn er herausfindet, dass wir hier oben und vom Netz gegangen sind, haben wir hoffentlich längst gefunden, wonach wir suchen, und sind bereits wieder von hier verschwunden.«

»Die Hoffnung stirbt zuletzt«, sagte ich.

Archie nickte, schnappte sich wortlos das Gepäck und ging mit entschlosseneren Schritten auf die Haustür zu. Wir anderen folgten ihm.

Veronica zog einen schicken Schlüsselanhänger aus Leder aus ihrer Handtasche und ließ ihn hin und her baumeln, bis sie den Schlüssel fand, den sie suchte. Es war ein schwerer, antik aussehender Messingschlüssel, der wie ein Requisit aus einem Krimi-Dinner aussah. Ich unterdrückte ein Lachen.

»Ich weiß«, sagte Veronica und musste selbst grinsen. »Wir Lodges wissen eben nicht, was dezent bedeutet.«

Sie steckte den Schlüssel ins Schloss.

Danach ging alles ganz schnell. Trotzdem fühlte es sich so an, als verginge die Zeit nur noch im halben Tempo.

Ich spürte, wie sich Bettys Finger in meinen Unterarm krallten, bevor ich begriff, was passierte. Sie hielt mich wie in einem Schraubstock gepackt.

»Was zur Hölle …?«, stammelte Archie.

Und dann begann Veronica zu schreien.

Sweet Pea:

Ich hab jemanden. Du kannst dich entspannen.

PP:

Nein, DU kannst dich entspannen. Dann mach schon. Wir müssen das erledigen. Schick mir die Infos.

Sweet Pea:

Alles klar. Bis gleich.

KAPITEL 13

VERONICA

Zuerst war alles, was ich hörte, das durchdringende Kreischen eines markerschütternden Schreis. Es fühlte sich an, als würde er von überall kommen und nie wieder verstummen.

Dann wurde mir bewusst, dass er von *mir* stammte.

Ich schrie – vollkommen hysterisch, so als hätte ich völlig den Verstand verloren –, während Archie die Arme um mich schlang und mich ganz fest an sich drückte. Ich nahm den holzigen Geruch seines Shampoos wahr, so unaufdringlich sexy und tröstlich. So *normal*. Es holte mich in die Realität zurück, wenn auch nur mit Mühe.

Vor uns auf der Fußmatte lag, wie der grauenvollste Willkommensgruß der Welt, ein Haufen toter Vögel.

Als ich mich wieder ein wenig gefasst und zu schreien und zu zittern aufgehört hatte, zwang ich mich, genauer hinzusehen. Mir drehte sich der Magen um. Es war nicht einfach nur ein Haufen Vögel. Nein, sie sahen aus wie gigantische, böse Raubtiere, mit scharfen, spitzen Krallen und Flügeln, die kräftig genug erschienen, einen Menschen zu Boden zu werfen.

Ihre Hälse waren gebrochen.

Nicht nur gebrochen – brutal *zerstört*.

Ihre Köpfe waren komplett herumgedreht, und unter dem Kadaverhaufen hatte sich eine kleine Pfütze aus Blut gebildet, das über die Steinplatten floss und den Eingang befleckte. *Wie konnten wir das nur übersehen? Weil es so dunkel ist, darum.*

»Was *ist* das?«, schrie Betty, obwohl es offensichtlich war. Sie konnte – wie wir alle – einfach nicht glauben, was sie mit eigenen Augen sah.

»Krähen, glaube ich«, antwortete Jughead.

»Nein«, widersprach ich ihm. »Dafür sind sie zu groß. Sind sie dafür nicht zu groß?«

»Sie sind definitiv riesig«, stimmte Jughead mir zu. »Aber ich bin mir ziemlich sicher, dass es Krähen sind. Wer auch immer sie hier für uns abgelegt hat, hat sie allem Anschein nach anhand ihrer Größe ausgesucht. Hoffentlich hat er pro Stück bezahlt und nicht nach Gewicht.«

»Jemand … hat sie hier abgelegt?«, fragte Betty mit weit aufgerissenen Augen und ignorierte Jugheads Scherz. »Aber … wer? Warum? *Wie*?«

»Leider haben wir keine Antwort auf irgendeine dieser Fragen – noch nicht«, sagte er. »Aber ja, irgendjemand muss sie absichtlich hier abgelegt haben. Wie sollten sie denn sonst hierhergekommen sein? Die Vögel haben hier wohl kaum gemeinsam rituellen Selbstmord begangen. Es kann nur eine vorsätzliche Tat gewesen sein.«

»Eine *extrem* aggressive vorsätzliche Tat«, ergänzte ich. Mein Herz schlug beinahe wieder in seinem normalen, langsameren Rhythmus, und auch meine Haut kühlte wieder ab, während die schreckliche, unkontrollierte Angst nach und nach verflog. Ich erlangte allmählich die Fassung wieder, Gott sei Dank.

Meine Reaktion war zugegebenermaßen ziemlich extrem ausgefallen. Aber andererseits galt das auch für dieses kleine Präsent von … wem auch immer.

»Glaubt ihr, das könnten diese seltsamen Zwillinge aus dem Laden gewesen sein?« Der Gedanke war ernüchternd. Ich konnte mich nicht entscheiden, ob es besser oder schlechter gewesen wäre, als keine Ahnung zu haben, woher die Vögel kamen.

Nein, entschied ich dann. *Beide Optionen sind gleich schrecklich.*

»Sie haben uns jedenfalls deutlich zu verstehen gegeben, dass sie nicht unbedingt unsere größten Fans sind«, antwortete Jughead.

»Aber trotzdem«, erwiderte Betty und setzte ihr Nancy-Drew-Gesicht auf. »Denkt doch mal nach. Wenn es wirklich die Zwillinge waren … dann *wann*? Wann haben sie es getan? Sie wissen doch erst seit etwa einer halben Stunde, als wir im Laden waren, dass wir überhaupt in der Stadt sind. Sie hätten den Laden zur selben Zeit verlassen müssen wie wir, um uns damit überraschen zu können. Und selbst wenn sie richtig Gas gegeben hätten, wäre ihnen nicht besonders viel Zeit geblieben. Ganz davon zu schweigen«, sie zeigte mit einer winkenden Geste auf die Berge rundum, »dass es ziemlich schwierig ist, auf den Straßen hier richtig Gas zu geben. Man kann nicht einfach so um die Kurven rasen. Das ist zu gefährlich.«

»Außerdem sind die Straßen hier oben nicht nur kurvig, sie sind auch *schmal*«, fügte ich hinzu. »Wir hätten sie irgendwann vor uns sehen müssen – oder sie hätten uns irgendwann eingeholt. Hier oben gibt's keine Nebenstraßen. Es führt nur ein Weg hierher. Das hier ist eine private Wohnanlage, was bedeutet, dass die Sicherheit an erster Stelle steht. Soweit ich weiß, kann man sich hier unmöglich reinschleichen.«

»Die Einbrecher haben es damals aber getan«, bemerkte Jughead. »Ich meine, wir waren zu dem Zeitpunkt zwar im Haus und vielleicht nicht in höchster Alarmbereitschaft, aber Andre hätte sie trotzdem kommen sehen müssen, wenn es stimmt, was du sagst. Soll heißen: Wir sind hier vielleicht doch nicht so sicher, wie du dachtest.«

»Schon möglich«, gab ich zu. »Aber ich glaube trotzdem nicht, dass die Zwillinge es vor uns hier hoch geschafft hätten. Wie Betty schon gesagt hat: Es war einfach nicht genug Zeit.« Wir schwiegen alle für einen Moment, während wir diese Tatsache sinken ließen.

»Außer …«, begann Jughead nachdenklich.

»Was, Juggie?«, fragte Betty.

»Außer wir irren uns. Was die Zeit angeht, meine ich. Es könnte doch sein, dass sie wussten, dass wir kommen, *bevor* sie uns im Laden gesehen haben. Es könnte doch sein, dass sie nicht allein arbeiten.« Seine Augen huschten hin und her, so als hoffte er, dass ihn die Erkenntnis irgendwann treffen würde, wenn er sich nur genug konzentrierte.

Betty schürzte grübelnd die Lippen. »Der Lieferwagen.« Sie wirkte richtig aufgeregt, obwohl die zusammengesetzten Puzzleteile kein besonders erfreuliches Bild ergaben.

Jughead nickte. »Der Lieferwagen.«

»Wenn ich recht hatte …« Betty begann auf und ab zu tigern, völlig in ihre nun immer schneller Gestalt annehmende Theorie versunken.

»Was, auch wenn ich das aufgrund der damit einhergehenden grauenvollen Schlussfolgerungen nur ungern zugebe, ganz offensichtlich der Fall ist«, unterbrach ich sie.

»Dann wusste irgendjemand – entweder die Zwillinge oder ihre potenziellen Komplizen –, wo wir hinfahren. Und das schon lange, bevor wir hier waren.«

»Das ist doch verrückt, Leute. Wir selbst haben doch erst vor ein paar Stunden beschlossen, nach Shadow Lake zu fahren.« In Archies Stirn gruben sich tiefe Sorgenfalten, als ihm bewusst wurde, was dies wirklich bedeutete.

»Wir haben es im Pop's beschlossen«, fügte ich leise hinzu. »Einem unbestreitbar öffentlichen Ort, auch wenn wir ihn vielleicht als unseren persönlichen Zufluchtsort betrachten.«

»Aber das Diner war völlig leer.« Archie fuhr sich mit einer Hand durchs Haar.

»Nicht ganz. Ben war da«, widersprach Betty ihm vorsichtig.

»Er saß viel zu weit weg, um uns zu hören«, erwiderte Archie.

»Vielleicht. Aber wer weiß? Wer weiß das *mit Sicherheit*, meine ich? Schließlich waren wir beide uns noch nicht mal sicher, dass wir diesen grauen Lieferwagen wirklich gesehen haben. Vielleicht können wir uns also auch in diesem Fall nicht wirklich sicher sein. Nicht hundertprozentig.«

»Das *ist* es«, warf ich ein. »Der Lieferwagen! Okay, ich weiß, dass ich gesagt habe, ich hätte ihn nicht gesehen. Und dabei bleibe ich auch. Aber wie ich vorhin schon sagte: Das bedeutet nicht, dass er nicht trotzdem da war. Vor allem, wenn Archie ihn auch gesehen hat.« Der Gedanke daran, dass selbst in diesem Moment der Blick eines Eindringlings auf uns ruhte, jagte mir einen eiskalten Schauer über den Rücken.

»Vor dem Laden«, sagte Archie. »Dort hab ich ihn gesehen. Dachte ich jedenfalls. Ich dachte, dass uns jemand folgt.« Er schluckte. »Aber ich war mir nicht sicher und hab gehofft, dass ich mich irre.«

»Angesichts … dieses … *Massakers* …« Ich warf einen widerwilligen Blick auf die toten Vögel vor der Haustür, die wie eine Opfergabe an eine dämonische Macht dort abgelegt worden waren, und erschauerte erneut, »fürchte ich, dass wir uns eingestehen müssen, dass es naiv wäre, sich weiter an diese Hoffnung zu klammern.«

Wir sahen einander an. Die Nacht war still. In der Ferne krächzte ein Vogel, eine schaurige Erinnerung an die lautlosen Kreaturen vor unseren Füßen.

»Und was jetzt?«, fragte Jughead.

Ich stemmte die Hände in die Hüften und richtete mich kerzengerade auf. »Es hat sich nichts verändert«, antwortete ich. »Wir haben einen Plan und daran halten wir uns. Wir suchen nach Beweisen. Wir finden die Beweise. Wir fahren mit den Beweisen wieder nach Hause. Nur …«

»Was?«, fragte Betty.

»Jetzt, da wir wissen, dass wir hier womöglich alles andere als sicher sind, schlage ich vor, dass wir es so schnell wie möglich tun.«

UNBEKANNTE NUMMER (1):

Sie sind gerade angekommen.

UNBEKANNTE NUMMER (2):

Haben sie es gesehen?

UNBEKANNTE NUMMER (1):

Ja. Ich schick dir Fotos.
Die kannst du nach oben weiterleiten.

[1.jpg] [2.jpg] [3.jpg]

KAPITEL 14

ARCHIE

Ronnie hatte recht – zumindest so viel war sicher. Wir würden auf keinen Fall einfach wieder umkehren. Zu wissen, dass wir möglicherweise in Gefahr waren und dass uns vielleicht *genau in diesem Moment* jemand beobachtete, bedeutete nur, dass wir schneller vorgehen mussten, cleverer.

»Die Kameras?«, fragte Betty, als Veronica wieder zur Haustür ging, um sie aufzuschließen. »Bist du sicher –«

»Inzwischen bin ich mir bei überhaupt nichts mehr sicher«, unterbrach Veronica sie angespannt. »Vielleicht sollten wir lieber doch nicht *sämtliche* Sicherheitsvorkehrungen deaktivieren. Es ist sicher kein Fehler, angesichts dieser neuen – und verstörenden – Entwicklungen noch mal über alles nachzudenken. Aber ich muss aber auf jeden Fall sofort runter in den Keller, um wenigstens die Alarmanlage auszuschalten. Wenn ich den Code nicht sofort eingebe, wird automatisch die Polizei alarmiert. Und das wollen wir ganz sicher nicht. Aber wenn ich schon mal unten bin, sehe ich mir auch gleich die Einstellungen der Überwachungskameras an. Dann können wir uns entscheiden, welche wir eingeschaltet lassen und welche nicht. Ich bin mir sicher, dass wir eine Lösung finden.«

Alle nickten. »Ich komme mit dir«, sagte ich. »Ein zweites Paar Hände – und Augen und Ohren – kann sicher nicht schaden.«

Hinzu kam die Tatsache, dass ich, seit wir an der Lodge Lodge angekommen waren, jedes Mal, wenn ich blinzelte, Gauner mit Skimasken vor mir sah. Ich konnte sie förmlich hören, die Schritte der Einbrecher, die das Wohnzimmer betraten, mit schwingenden Baseballschlägern, während ihre Augen in den Löchern der Masken glühten … genau wie bei Black Hood.

Ja, ich wollte selbst sehen, auf welche Sicherheitsmaßnahmen wir zählen konnten. Wenn wirklich jemand dort draußen war und uns beobachtete, dann würde ich ihn mithilfe der Kameras einfangen. Und dann würde ich ihn mir schnappen.

Ich stand ohnehin schon für den Mord an Cassidy vor Gericht. Was hatte ich also noch zu verlieren?

»Ein zweites Paar Hände wüsste ich sehr zu schätzen, Archiekins. Vor allem, wenn es deine sind«, sagte Veronica. »Um diese Sauerei hier können wir uns auch anschließend noch kümmern.«

Alle holten tief Luft. Jeder von uns versuchte, mutiger

zu wirken, als er sich fühlte, das wusste ich. Schließlich öffnete Veronica die Tür.

Ich erwartete eine laute Sirene, ein Piepsen oder irgendetwas, das uns sagte, dass der Alarm ausgelöst worden war. Aber das Innere der Lodge wirkte vollkommen friedlich, so als hätte sich hier niemals eine Gewalttat ereignet. Natürlich war das Durcheinander nach dem Einbruch inzwischen beseitigt worden – ich meine, die Lodges beschäftigten mit Sicherheit einen Reinigungsservice, der regelmäßig vorbeikam. Aber dass hier an der Oberfläche alles so vollkommen unschuldig und gelassen wirkte, war mir trotzdem unheimlicher, als ich zugeben wollte – auch mir selbst gegenüber.

»Kommst du, Archie?« Veronicas Stimme riss mich aus meiner Trance.

»Ich folge dir unauffällig.« Ich zwang mich, mich zu konzentrieren. *Du hast keine Zeit, abzudriften.*

Bleib wachsam.

Bei unserem letzten Besuch war ich nicht mit Veronica im Keller gewesen. Allein bei dem Wort, *Keller*, musste ich an Jugheads Horrorfilme denken: nackte Glühbirnen, die von der Decke baumelten, schmutzige Fußböden, winzige fensterlose Kammern. Aber selbst der Keller war bei den Lodges ein wenig luxuriöser als bei normalen Leuten und selbstverständlich perfekt ausgebaut. Ich folgte Veronica die Steintreppe hinunter, deren Baustil sich im Türbogen und im Kamin im Wohnzimmer widerspiegelte.

Es war dunkel hier unten, obwohl Veronica im Vorbeigehen sämtliche Lichtschalter umlegte. Das Licht leuchtete jedoch hauptsächlich auf dunkle Wandvertäfelungen aus teurem Holz. Einen Moment lang staunte ich über die Handwerkskunst, die überall im Gebäude zu erkennen war – nachdem ich so lange für Andrews Construction gearbeitet hatte, war ich wohl tatsächlich der Sohn meines Vaters und hatte ein oder zwei Dinge gelernt. Aber dann war der Moment auch schon wieder vorbei. Ich musste stark bleiben – für Veronica, für uns alle. Aber ich *fühlte* mich nicht stark, nicht wirklich. In jeder dunklen, schattigen Ecke versteckte sich vielleicht der nächste Eindringling. Jede knarrende Bodendiele bedeutete womöglich, dass wir nicht allein waren.

Ich fürchtete mich nicht vor der Dunkelheit. Das hatte ich noch nie, noch nicht mal als kleines Kind. Aber in dieser Welt gab es so viele andere Dinge, vor denen man sich fürchten konnte. Und wir alle hatten so viele von ihnen selbst erlebt.

»Es ist ein stiller Alarm, Archie«, sagte Veronica, so als hätte sie bemerkt, wie verwirrt ich war, weil es im Haus nach wie vor vollkommen ruhig war. »Aber er ist an einen Timer angeschlossen. Wir haben höchsten zwei Minuten Zeit.«

Sie rüttelte an einem Türknauf, den ich gar nicht bemerkt hatte, und stieß die Tür mit der Hüfte auf. »Hier drin«, sagte sie und winkte mir zu, ihr zu folgen. »Das Tastenfeld ist direkt über dem Safe.«

Ich hörte das Klicken einer Lampe und eine Ecke des Raums erstrahlte in gelbem Licht. Ich blinzelte, bis sich meine Augen an die Helligkeit gewöhnt hatten.

Dann blinzelte ich erneut, aber diesmal vor Überraschung. Wir befanden uns ganz offensichtlich in Hirams Arbeitszimmer. Es war eine kleinere, berghüttenmäßigere Version seines Büros im Pembrooke: ein großer, solider Schreibtisch aus Holz vor der hinteren Wand; ein breiter, luxuriöser Ledersessel und ein weiches Tierfell auf dem Boden. Hinter dem Schreibtisch, dort, wo im Pembrooke das Ölgemälde von Veronica hing, befand sich ein riesiger ausgestopfter Elchkopf mit mächtigen Schaufeln, die eine größere Spannweite hatten als die Stoßstange eines Autos. Seine Augen wirkten glasig, aber er sah trotzdem aus, als würde er uns beobachten … und als gefiele ihm nicht, was er sah.

»Kennst du den Code? Was, wenn er sich regelmäßig ändert oder so?« Dieser Plan enthielt einfach zu viele Variablen. Zu viele Dinge, die schieflaufen konnten.

»Ich kenne den Code«, antwortete Veronica selbstbewusst. Sie tippte mit ihrem glänzend lackierten Finger in schneller Folge auf dem Tastenfeld herum. »Er ändert sich nie. Es war schon immer mein Geburtsdatum.« Sie hörte auf zu tippen.

Ein kleines rotes Licht begann zu blinken.

»Das sieht gar nicht gut aus.« *Mist*. Er änderte sich offensichtlich doch.

Veronica runzelte die Stirn. »Ganz ruhig. Wahrscheinlich hab ich nur eine Zahl falsch eingegeben. Ich dachte eigentlich, ich hätte Nerven wie Drahtseile, aber ich schätze, niemand ist gegen die psychologischen Folgen immun, wenn so viel auf dem Spiel steht.« Sie beugte sich nach vorne und starrte auf die Ziffern des Tastenfelds, bevor sie erneut eine Reihe von Zahlen eintippte.

Wir hielten beide den Atem an, als sie fertig war und sich wieder aufrichtete.

Das Licht wurde grün. Veronica jauchzte. »Ich will ja nicht sagen: ›Ich hab's dir ja gesagt‹, aber …«

Ich nahm sie in den Arm und strich ihr eine Haarlocke aus den Augen. »Du hast es mir definitiv gesagt.«

Sie küsste mich und legte den Kopf auf meine Brust. Ich atmete ihre Nähe ganz tief ein. »Katastrophe abgewendet«, sagte sie. Sie schmiegte sich eng an mich und ihre Stimme klang leicht gedämpft. »Hoffentlich ist das ein gutes Omen.«

Ich versteifte mich. Es fiel mir einfach schwer, das Wort *Omen* zu hören, ohne automatisch an *böses Omen* zu denken.

Und genau in diesem Augenblick ging das Licht aus.

Ich war zwar schon kurz nervös geworden, als Veronica das Wort *Omen* benutzt hatte, aber die plötzliche Dunkelheit gab mir den Rest. Ich schlang die Arme ganz fest um Ronnie, als mich die Angst packte – zu fest, ein reiner Reflex –, und drückte sie noch enger an mich.

»Du bist und bleibst mein edler Ritter«, sagte sie und malte mit ihrer freien Hand zärtlich kleine Kreise zwischen meine Schulterblätter. »Ich glaube, wir leiden alle unter posttraumatischer Belastungsstörung. Schließlich sind wir im wahrsten Sinne des Wortes wieder an den Ort des Verbrechens zurückgekehrt. Aber für dich ist es bestimmt am schlimmsten.«

»Mir geht's gut«, erwiderte ich barsch.

»Vielleicht.« Ihre Lippen fanden meine trotz der Dunkelheit und überraschten mich. »Aber das muss nicht so sein. Archie, ich liebe dich dafür, dass du uns alle beschützen willst. Und du darfst natürlich auch stark sein – für uns, für dich selbst –, wenn du dich wirklich so fühlst. Wenn es das ist, was du willst. Aber du musst nicht *nur* stark sein und keine anderen Gefühle mehr zulassen. Was uns passiert ist, war Furcht einflößend. Grauenvoll.«

Und ganz plötzlich – obwohl ich eigentlich geglaubt hatte, dass ich sie unmöglich noch mehr lieben könnte – wurde mir bewusst, wie recht sie damit hatte. Wie unglaublich und klug sie war. Und wie viel Glück *ich* hatte, dass sie auf meiner Seite stand.

»Ich würde mich schon ein bisschen besser fühlen,

wenn es hier unten nicht stockfinster wäre«, gab ich zu. »Draußen tobt schließlich noch nicht mal was oder so. Also … was ist hier los?«

Ich konnte spüren, wie sie auf meiner Brust mit den Schultern zuckte. »Wir sind ziemlich hoch oben in den Bergen«, antwortete sie. »Ganz egal, wie viel man bezahlt – und glaub mir, Daddy hat weder Kosten noch Mühen gescheut –, Strom, Internet und das ganze Zeug sind eben nicht hundertprozentig zuverlässig. Aber die gute Nachricht ist –«

Dann gab es also tatsächlich auch mal gute Nachrichten? Leider empfand ich diese Tatsache nicht als so aufmunternd, wie mir lieb gewesen wäre.

»– dass Daddy, wie jeder gute Hausbesitzer, auch für diesen Ernstfall vorgesorgt hat. Wir haben einen Notfallgenerator, der automatisch anspringt. Wir müssen nur ein paar Minuten warten.«

Sie nahm meine Hand und führte mich zu einem kleinen Ledersofa in einer Ecke des Raumes. »Deshalb können wir es uns auch erst mal für eine Weile gemütlich machen«, fügte sie hinzu. »Schließlich haben wir möglicherweise noch eine lange Nacht vor uns, wenn der Strom wieder anspringt.«

Ein paar Minuten lang saßen wir einfach da, Seite an Seite in der Dunkelheit. Ich hörte zu, wie Ronnie ein- und ausatmete, und lauschte dem gleichmäßigen Rhythmus. »Glaubst du, Betty und Jug geht's gut?«, fragte ich schließlich.

»Wahrscheinlich sind sie ein bisschen verwirrt«, antwortete sie. »Aber leider können sie nicht zu uns runterkommen, solange der Generator nicht anspringt. Die Kellertür verriegelt automatisch, falls der Strom länger als nur ein paar Minuten ausfällt.«

»Warum?«

»Weil sich der Keller dadurch in einen provisorischen Panikraum verwandelt«, antwortete sie. Sie schwieg einen Moment lang. »Ich weiß. Das ist total seltsam. Verbuch es einfach unter der guten alten Paranoia der oberen Zehntausend. Von der sind wir alle befallen.«

Ich musste lachen. »Wenn du das sagst.«

»Du lachst ja!« Sie stupste mich spielerisch an. »Du warst die ganze Zeit so ernst.«

»Ich bin seit der Party irgendwie in seltsamer Stimmung«, gab ich zu. »Tut mir leid. Ich hätte mir ein bisschen mehr Mühe geben sollen. Das war dir gegenüber nicht fair.«

»Es ist wirklich süß, dass du das sagst. Aber erstens bin ich schon ein großes Mädchen«, erwiderte sie, »und zweitens … habe ich nicht nur von heute Abend gesprochen, und von der Party. Du bist schon den ganzen Sommer so. Seit der Schülersprecherwahl. Seit …« Sie zögerte.

»Seit meiner Verhaftung«, brachte ich den Satz zu Ende.

»Versteh mich nicht falsch, das ist vollkommen in Ordnung. Wie ich schon sagte: Du darfst Gefühle haben. Du *sollst* Gefühle haben. Und das hab ich auch so gemeint. Aber ich hasse es, dich so zu sehen. Ich hasse es, dass es meine Schuld ist.«

»Es ist *nicht* deine Schuld«, erwiderte ich. Jedes Mal, wenn sie so etwas sagte, spürte ich ein Stechen in der Magengegend.

»Er ist *mein* Vater. Und er hätte kein Hühnchen mit dir zu rupfen, wenn du nie etwas mit mir angefangen hättest. Ob er nun aktiv an dieser Katastrophe beteiligt war oder nicht, die über dich hereingebrochen ist, eins steht zweifelsfrei fest: Am Ende läuft alles darauf hinaus, dass wir zusammen sind.«

»Das wissen wir doch gar nicht mit Sicherheit«, widersprach ich ihr. »Dein Vater hat mit einer *Menge* Leute eine *Menge* Hühnchen zu rupfen. Es gibt keine Garantie, dass er es nicht früher oder später sowieso auf mich abgesehen hätte, selbst wenn wir gar kein Paar wären.«

Wir lachten beide über diese traurige Wahrheit. Was konnten wir auch sonst tun?

»Stimmt, es hat durchaus was von einer Shakespeare-Tragödie. Eine gewisse Unvermeidbarkeit«, gab Ronnie zu. Sie strich mit den Fingern an der Innenseite meines Arms hinauf. »Aber ich bereue es nicht, dass wir zusammen *sind*.« Sie unterbrach sich für einen Moment und fuhr dann mit leicht verunsichertem Tonfall fort, den ich von meiner sonst so furchtlosen Freundin gar nicht gewohnt war. »Tust du es?«

»Gott, Ronnie, natürlich nicht.« Ich drückte sie an mich. »Ganz egal, was passiert oder wie diese Sache am Ende ausgeht, eins musst du wissen: Ich liebe dich. Von ganzem Herzen. Und nichts kann daran etwas ändern. Nichts könnte jemals dazu führen, dass ich es bereue, dich gefunden zu haben. Und ich will gar nicht erst daran denken, was passiert wäre, wenn ich es *nicht* getan hätte. Wir sind füreinander bestimmt.« Igitt, wie kitschig. Aber es entsprach nun mal der Wahrheit und ich musste vollkommen ehrlich zu ihr sein.

»Gut«, erwiderte sie. »Weil das nämlich absolut auf Gegenseitigkeit beruht.«

Mein Körper wurde von einer mächtigen Woge meiner Gefühle für sie geflutet. Gott, ich liebte sie so sehr. Ich hielt sie fest und küsste sie. Zuerst ganz zärtlich, während sich unsere Lippen sachte berührten und ihr Haar sanft über meine Wange strich. Dann intensiver, so als könnte ich ihr niemals so nah sein, wie ich es wollte.

Ein paar Minuten lang sagten wir kein Wort mehr.

»Ich hoffe, Betty und Jug machen sich keine allzu großen Sorgen.«

»Okay, ich gebe zu, dass dieser Stromausfall ein bisschen länger dauert, als ich es erwartet hatte. Aber ich bleibe dabei: Er ist nichts weiter als ein harmloser kleiner Zwischenfall. Ich bin mir sicher, dass die zwei sich auch gut eine Zeit lang ohne uns amüsieren.« Ein beinahe teuflisches Grinsen breitete sich auf Ronnies Gesicht aus. »Das haben wir schließlich auch.«

Ich lachte. »Vielleicht ist es ja wirklich nicht so schlimm, wenn der Strom noch eine Weile länger wegbleibt.« Wir hatten auf jeden Fall eine gute Möglichkeit gefunden, uns die Zeit zu vertreiben.

Ronnie musste ebenfalls lachen. »Hört, hört.«

Nach einer Weile klang sie jedoch wieder ernst. Sehnsüchtig.

»Archiekins«, begann sie, »ich bin wirklich froh, dass wir beide hier sind und über diese ganze furchtbare Sache lachen können. Wie gesagt: Das hast du dir mehr als verdient. Aber ... also ... ich weiß, warum dich Reggies dämliche, geschmacklose Bemerkung so aus der Fassung gebracht hat – obwohl es natürlich nichts gibt, weswegen du dir Sorgen machen müsstest. Trotzdem verstehe ich genau, warum es dich so aus der Bahn geworfen hat.«

Ich seufzte. »Ich will wirklich nicht der eifersüchtige Freund sein. Das bin ich eigentlich gar nicht. Und es ist auch nicht so, dass ich dir nicht vertraue«, versicherte ich ihr. »Aber Reggie und ich ... wir waren schon immer Rivalen. Ich kann mich noch nicht mal mehr daran erinnern, wann es angefangen hat, aber es gehört nun mal zu der besonderen Dynamik zwischen uns. Das ist irgendwie unser Ding. Außerdem hat er seit deinem ersten Tag an der Riverdale High ein Auge auf dich geworfen. Genau wie alle anderen Jungs. Nicht, dass ich ihnen deswegen einen Vorwurf machen könnte.«

»Und wenn ich irgendeine Trophäe wäre, die es zu erobern gilt, dann würde ich mich deswegen womöglich durchaus geschmeichelt fühlen«, erwiderte sie. »Aber ich bin nun mal eine starke Frau mit unabhängigem Geist, die durchaus in der Lage ist, ihre eigenen Entscheidungen zu treffen.«

»Er ist hinterhältig.«

»Er ist eine falsche Schlange«, stimmte sie mir zu. »Einige der sogenannten Streiche, die er abgezogen hat, seit ich hier bin, waren wirklich unfassbar. Und ich bin mir sicher, dass sie an deiner momentanen Gefühlslage nicht ganz unschuldig sind. Ich meine, als er uns alle davon überzeugt hat, dass er *sterben* wird? Nur, damit Josie mit ihm zur Homecoming-Feier geht? Diabolisch. Und krank. Aber die Hauptfigur dabei war *Josie*. Sie ist die Einzige, die er wirklich will. Nicht mich. Ganz egal, was er heute auf der Party zu dir gesagt hat. Reggie ist nun mal … Reggie.«

»Trotzdem«, entgegnete ich. »Ein Fünkchen Wahrheit ist immer dabei.«

Sie schwieg eine Weile und dachte darüber nach. In diesem Punkt konnte sie mir nicht wirklich widersprechen.

Josie zu erwähnen war nicht unbedingt der beste

Weg, mich davon zu überzeugen, dass Reggie vollkommen harmlos war. Wenn er nicht so wild entschlossen gewesen wäre, Josie dazu zu bringen, mit ihm auszugehen, wären er und Ronnie niemals …

Gott. Ich hasste es, auch nur daran zu denken. Aber seit er mich bei der Party so provoziert hatte, konnte ich die Erinnerung daran einfach nicht mehr abschütteln.

Die Sache war die: Selbst nach dem verrückten »Letzter Wunsch eines Sterbenden«-Streichs, den Reggie uns allen im vergangenen Jahr gespielt hatte, hatte Josie ihn noch nicht *völlig* abgeschrieben. Sie wollte vielleicht nicht seine feste Freundin sein, aber sie hegte definitiv ziemlich komplizierte Gefühle für ihn. Gefühle, die bedeuteten, dass sie *seine* Gefühle für *sie* genoss. Und dass sie darauf einging, zumindest bis zu einem gewissen Grad, nur hin und wieder. Damit er immer wieder angekrochen kam und nach mehr verlangte. Aber sie tat es nicht auf grausame Art, nicht wirklich. Nur eben auf eine Art, in der sich jemand verhielt, der hin- und hergerissen war.

Wir arbeiteten gerade an der Winteraufführung des Schultheaters, einer Inszenierung von *Hexenjagd* – weil die Riverdale High unbedingt eine Entschuldigung für eine Hexenjagd brauchte. Die Schüler der Theater-AG waren bestens vorbereitet, die Kulissen fertig, und alle fieberten dem Premierenabend entgegen.

Und dann befiel uns die Seuche.

Ich mache natürlich nur Spaß, mehr oder weniger. Es war nicht die Pest oder irgendetwas in der Art – obwohl selbst diese Vermutung vollkommen verzeihlich gewesen wäre, wenn es um Riverdale ging. Aber die ganze Sache war trotzdem ziemlich chaotisch und verworren und brachte die Produktion schließlich zum Stillstand.

Pfeiffersches Drüsenfieber. Die »Kusskrankheit«. Und wie es schien, hatte sich wirklich *jeder* damit infiziert.

Irgendwann waren wir praktisch alle davon betroffen.

Es begann mit einer Durchsage in der Schule. Wir befanden uns mitten in der Kostümprobe, zwei Tage vor der Premiere.

Uns fiel auf, dass nach und nach immer mehr Schüler im Unterricht fehlten. Ein Husten hier, ein Husten da, und am nächsten Tag blieb wieder ein Platz leer. Ich schätze, es war daher keine allzu große Überraschung, als Weatherbees Stimme aus den knisternden Lautsprechern dröhnte.

»Hallo. Hier spricht euer Direktor mit einer wichtigen Nachricht für die komplette Schülerschaft der Riverdale High. Ich muss euch leider mitteilen, dass wir einen potenziellen Ausbruch von Pfeifferschem Drüsenfieber zu beklagen haben, auch bekannt als die ›Kusskrankheit‹.«

Hinter der Bühne lachten alle höhnisch.

»Alle Schüler müssen sich einer Untersuchung durch Schwester Shapely unterziehen.«

Noch mehr spöttisches Gelächter.

»Sämtliche Schüler, bei denen das Virus festgestellt wird, werden bis auf Weiteres in die Turnhalle in Quarantäne geschickt.«

Das Gelächter erstarb urplötzlich, wie bei einer Vollbremsung mit dem Auto. *Quarantäne*?

Aber Weatherbee war noch nicht fertig. Einen letzten zentralen Schlag verpasste er uns noch. »Bis auf Weiteres werden außerdem alle außerschulischen Aktivitäten ausgesetzt. Vielen Dank.«

Cheryl war die Erste, die ausrastete. »Das ist ungeheuerlich!«, brüllte sie, bevor sie mit dem Rest von uns zum Zimmer der Schulkrankenschwester stürmte, um sich untersuchen zu lassen.

Und genau wie der Rest von uns bekam sie ihr Testergebnis sofort – und es war vernichtend.

Positiv. Positive Testergebnisse rundum.

Die Krankenschwester schickte uns direkt in die Turnhalle, die in eine Art Auffangstation für Infizierte verwandelt worden war, mit zahlreichen Feldbetten und elektrischen Wasserkochern, um … ich weiß auch nicht, Wasser für Tee zu kochen? Oder zu Desinfektionszwecken? Es war, als seien wir in einem Kriegsfilm gelandet, nur noch surrealer – die Hälfte der Patienten trug immer noch ihr *Hexenjagd*-Kostüm, Cheryl eingeschlossen. Und wie wir alle wissen, lässt sie sich niemals eine Chance entgehen, einer Situation eine Extraportion Drama zu verleihen.

»Lasst mich hier raus!«, schrie sie und hämmerte gegen die schwere Flügeltür.

In einer Ecke hustete Jughead. Ganz leise, aber Cheryl entging es natürlich trotzdem nicht. »J'accuse!«, brüllte sie. Jughead wirkte verwirrt. Er sah Cheryl fragend an.

»Entspann dich endlich, Cheryl«, sagte er dann. »Das geht jetzt schon eine Stunde so.«

»Oh, entschuldige bitte, du menschliches Pocken-Mutterschiff«, erwiderte sie und baute sich drohend vor ihm auf. »Deinetwegen wurde unsere Aufführung abgesagt. Du hast uns alle mit deinen widerlichen Bazillen verseucht.« Sie zeigte mit einem rasiermesserscharfen, blutrot lackierten Fingernagel auf Betty, die neben Jughead auf seinem Feldbett saß, einen Arm um ihn geschlungen.

»Das macht mich ganz krank. Krank!«, spuckte Cheryl aus, und ich konnte sehen, dass Jug gegen den Drang ankämpfte, sie darauf hinzuweisen, dass sie sowieso schon krank *war* und sie gar niemand krank *machen* konnte, weil es nun mal der Kern ihres Wesens war. »Wenn ich nur daran denke, dass ich bei den Proben deine dünnen, gerissenen Lippen *küssen* musste. Igitt.« Sie holte Lipgloss aus ihrer Kostümschürze und schmierte ihn großzügig auf ihre Lippen.

»Cheryl!«, Josie eilte zu ihr hinüber. »Das ist *mein* Lipgloss.«

Cheryl ließ die Tube auf den Boden fallen, als sei sie radioaktiv.

Jughead lachte. »Siehst du? Du hast dir die ganze Zeit Josies Lippenstift mit ihr geteilt. Vielleicht bist *du* ja diejenige, die *mich* krank gemacht hat!«

Ich glaube nicht, dass er es wirklich ernst meinte oder dass es ihn überhaupt interessierte – er war krank, so oder so. Jug ist der Ansicht: Passiert ist passiert. Es hat keinen Sinn, sich über ein paar infektiöse Keime aufzuregen. Aber es war schon ein bisschen amüsant, zuzusehen, wie Cheryl durchdrehte.

Ihre Augen funkelten förmlich vor Wut. Sie stand in Machtpose da, die Beine gespreizt, die Hände in die Hüften gestemmt. »Das reicht!«, blaffte sie ihn an. »Wir gehen dieser Sache ein für alle Mal auf den Grund und finden heraus, wer Patient null ist – und dann werden wir den Übeltäter aus der Besetzung streichen. Denn wie sagt man so schön? Die Show muss weitergehen!«

»Klingt ganz danach, als wolltest du eine Hexenjagd anzetteln«, sagte Jug in Anspielung auf das Theaterstück.

Falls es Cheryl überhaupt auffiel, war sie darüber alles andere als amüsiert. »Du hast es erfasst.«

Niemand war immun gegen Cheryls Zorn. Sie zerrte ihre geliebte Josie in eine Ecke und stellte sie zur Rede. »Josephine McCoy, wen hast du geküsst?«, wollte sie wissen.

Das war lange vor den #Choni-Zeiten. Damals war keinem von uns bewusst gewesen, dass Cheryl womöglich ein ganz besonderes Interesse an Josies Liebesleben hatte.

»Niemand«, antwortete Josie und sah gleichermaßen genervt und besorgt aus. Wenn jemand mit einer hochexplosiven Cheryl fertigwurde, dann Josie. Aber diese Situation war … extrem.

Cheryl glaubte ihr kein Wort. »Keine schmuddeligen Roadies? Keine geheimen Showmanzen?«

»Ich war mit niemandem zusammen«, beharrte Josie, aber ihre Stimme zitterte ein wenig.

Veronica, Reggie und ich beobachteten sie aus einiger Entfernung, so unauffällig wie möglich. Ich konnte mir eine Bemerkung jedoch nicht verkneifen. »Das ist nicht wahr«, flüsterte ich Veronica zu.

Leider hatte ich jedoch nicht so leise geflüstert, wie ich es wollte.

Cheryl wirbelte zu mir herum und richtete all ihre Wut auf mich. »Hast du irgendwas zu sagen, Archie?«, forderte sie mich heraus.

Reggie bohrte mir einen Finger in die Seite. »Halt die Klappe, Andrews«, warnte er mich.

»Nein, es ist nichts«, antwortete ich und blickte von Cheryl zu Reggie. Beide sahen mehr als bereit aus, mir den Schädel einzuschlagen, wenn ich mich ihrem Befehl widersetzte.

»Spuck's aus!«, brüllte Cheryl. Eine Sekunde lang

kam sie mir im Vergleich zu Reggie als die größere Bedrohung vor.

Ich schluckte. »Es ist nur … Ich hab Josie und Reggie gesehen. Im Musikzimmer.« Manchmal nutzte ich es immer noch, um Gitarre zu spielen oder an meinen Songs zu arbeiten, auch wenn meine Musik im Moment bei all den anderen Dingen ziemlich ins Hintertreffen geraten war. *Normalerweise* war das Zimmer leer. Aber nicht an jenem Tag. »Sie waren allein«, fuhr ich fort und ignorierte Reggies durchdringenden Blick. »Aber … zusammen.«

Josie senkte die Augen Richtung Boden und wich Cheryls anklagendem Blick aus. Für Cheryl war das wahrscheinlich vernichtender, als wenn sie einfach alles gestanden hätte.

Jetzt sah Cheryl wirklich *krank* aus. Ihre Haut verfärbte sich von »blass« zu »leichenblass« und auf ihrer Stirn bildeten sich Schweißperlen. »Reggie Mantle?«, fragte sie Josie, und ihre Stimme brach beinahe. Sie verzog das Gesicht, riss sich dann jedoch wieder zusammen.

»Siehst du, was passiert, wenn du dich mit einem so obszönen, primitiven Trottel wie Mantle einlässt?«, blaffte sie sie an. »Er ist wie Pop Tates Käse-Fritten – ganz lecker, aber hinterher ist einem schlecht.«

Josie sah tatsächlich aus, als sei ihr schlecht – und das nicht nur wegen des Pfeifferschen Drüsenfiebers. »Wir haben versucht, es unter der Decke zu halten.«

»Oh, darauf möchte ich wetten.« Cheryl schnaubte verächtlich.

Josie hob den Blick wieder. Sie wirkte zittrig. »Ich brauche frische Luft. Und ein Halsbonbon.«

Reggie funkelte mich an. »Ich bin noch nicht fertig mit dir, Andrews«, drohte er mir. Aber dann ging er zu Josie und packte sie am Arm. »Warte, Baby. Können wir reden?«

»Ich muss Val anrufen und ihr sagen, dass ich krank bin«, erwiderte sie. Sie holte ihr Handy heraus und tippte frustriert darauf herum. »Wir müssen unseren Auftritt dieses Wochenende absagen –«

»Ehrlich«, unterbrach Reggie sie, »es tut mir leid, dass es so peinlich für dich ist, mit mir zusammen zu sein.«

Josie schloss verkrampft die Hand um ihr Smartphone und ließ es an ihre Seite sinken. »Du glaubst, dass ich *deswegen* so fertig bin?« Ihre Augen verfinsterten sich. »Weil alle über uns Bescheid wissen? Nein, nein, nein …« Sie schüttelte den Kopf, so als könnte sie sich nicht entscheiden, ob sie amüsiert oder angewidert sein sollte. »Es liegt daran, dass du mich jedes Mal hängen lässt, wenn ich mich dir gegenüber wirklich öffne, Mantle. Es ist jedes Mal dasselbe. Ich weiß wirklich nicht, warum ich meine Lektion nicht längst gelernt habe.«

»Okay, da war dieser Streich«, warf Reggie hastig ein. »Das war nicht cool, das weiß ich. Aber ich hab es nur getan, weil du mich total verrückt machst. Ich *musste* einfach mit dir zur Homecoming-Feier gehen ...« Er redete ohne Punkt und Komma und schwitzte auffallend. Ich war nicht daran gewöhnt, Mantle so nervös zu sehen.

Vielleicht bin ich deswegen ja ein schlechter Mensch, aber wenn ich ehrlich bin, gefiel es mir ganz gut.

»Ich bin total fertig, weil ich mich bei dir mit Pfeifferschem Drüsenfieber angesteckt habe, was bedeutet, dass du auch noch irgendwelche anderen Leute geküsst hast. Wahrscheinlich irgendeine dieser lebendigen Leichen.« Sie machte eine ausladende Geste durch die gesamte Turnhalle und über die zahlreichen Feldbetten hinweg, auf denen zitternde Schüler lagen. »Wer war es? Becky mit den schönen Haaren?«

Reggie zuckte zusammen. »Ich schwöre, dass ich außer dir mit niemandem zusammen war.«

»Aha«, erwiderte sie, wenig überzeugt. »Und warum haben wir uns dann beide angesteckt? *Ich* hab sonst mit niemandem rumgemacht. Und jetzt muss ich wegen dir zwei bezahlte Auftritte absagen.«

»Aber –«

Josie schnitt ihm das Wort ab. »Schon gut«, sagte sie. »Wir hatten unseren Spaß. Aber ich kann mich nur auf *eine* Sache konzentrieren – ein Star zu sein. Fakt ist: Wir wissen beide, dass ich mich im Moment nicht ernsthaft binden kann. Das verstehst du doch.« Der Blick, den sie ihm zuwarf, bestand aus purem Eis.

Und damit stolzierte Josie davon, das Smartphone in

der Hand, ohne Reggie auch nur noch eines letzten Blickes zu würdigen. Er ließ seine Knöchel knacken und sah aus, als wollte er ihr hinterherrennen, aber Cheryl war noch nicht mit ihm fertig.

»Hier geblieben, Loverboy.« Sie packte ihn an den Schultern und schob ihn auf einen Klappstuhl hinunter. Er schabte über den Holzboden der Turnhalle, laut und unangenehm. »Wir müssen reden.«

»Mach schon, Cheryl.« Er seufzte. »Bringen wir's hinter uns.«

»Es geht das Gerücht um, dass Jen Clancy dir auf dem Tennisplatz gezeigt hat, wie man richtig durchschwingt«, sagte sie. Sie hatte die Augenbrauen wütend zusammengekniffen und ihre Wangenknochen wirkten scharf wie Rasierklingen.

»Das ist eine Lüge, die sie nur in Umlauf gebracht hat, um sich an ihrem Ex zu rächen«, verteidigte sich Reggie.

»Und was ist mit dir und Donna Foley im Computerraum?«, konterte Cheryl.

»Ha! Davon träumt sie wohl. Ich war überhaupt noch nie im Computerraum«, erwiderte er. »Ich bin allergisch gegen Nerds.«

»Kelly Thompson?«

Reggie machte ein ungläubiges Gesicht. »*Du* hast dieses Gerücht doch selbst in die Welt gesetzt, nachdem sie sich über deine trockenen Ellenbogen lustig gemacht hat!«

»Meine Ellenbogen sind hier nicht das Thema!«,

brüllte Cheryl. »Du wirst mir jetzt sofort sagen, wen du geküsst hast!«

Jughead, Betty, Ronnie und ich standen an der Seitenlinie und genossen die Show. Wir konnten einfach nicht anders.

»Sollten wir dazwischengehen?«, fragte Betty.

»Bist du verrückt?«, erwiderte Veronica. »Das ist wie Schokolade ohne Kalorien. Himmlisch.«

Ich machte mir jedoch ganz andere Sorgen. »Glaubst du, Reggie wird mir den Arsch aufreißen, weil ich ihn und Josie verraten habe?«, fragte ich Jughead.

»Reggie lässt freiwillig keinen Kampf aus«, antwortete er und rieb sich den Nacken. »Ich fürchte also, das ist unausweichlich.«

»Wie oft muss ich dir das noch sagen?«, rief Reggie und hob beide Hände. »Ich war nur mit *Josie* zusammen! Seit wir bei Kevins Kostümparty im Waschkeller rumgemacht haben.«

Veronica spannte sich an und riss die Augen auf. Sie schnappte erschrocken nach Luft und klatschte sich eine Hand auf den Mund. »Im Waschkeller?«, stammelte sie. »Oh, nein …«

»Was ist denn, Ronnie?«, fragte ich argwöhnisch und hatte ein ganz ungutes Gefühl im Magen.

»Ich glaub, mir wird schlecht.« Sie sah wirklich richtig blass aus.

»Tatsächlich? Interessant«, sagte Cheryl. Sie scheuchte Reggie aus dem Klappstuhl auf. »Beweg dich, Reggie.

Du bist für den Moment entschuldigt. Aber bleib trotzdem in der Nähe. Jetzt gehört dieser Platz allerdings erst mal Veronica.«

Ronnie ließ sich auf den Stuhl fallen. Sie wirkte nervös.

»Das ist jetzt nicht der richtige Zeitpunkt für eine elegante Ohnmacht, Prinzessin«, zischte Cheryl. »Du reißt dich jetzt zusammen und erzählst mir alles, Typhus-Mary.«

Veronica seufzte und sah wirklich aus, als müsste sie sich gleich übergeben. Ich wusste nicht, ob es am Pfeifferschen Drüsenfieber lag oder an der Erinnerung, die sie ganz offensichtlich lieber wieder verdrängt hätte. So oder so, ich fühlte mit ihr. Mir gefiel ganz und gar nicht, worauf das hinauslief – diese Geschichte konnte überhaupt kein glückliches Ende nehmen, wenn man sich nur mal ansah, wo wir uns alle im Moment befanden.

»Na schön, ihr erinnert euch sicher alle noch an diese Party«, begann Ronnie leise. »Unsere Rollen waren gerade verteilt worden. Kevin hat uns alle zu sich eingeladen, um das Eis ein wenig zu brechen. Damit wir uns besser kennenlernen, ihr wisst schon.«

Betty nickte und erinnerte sich: »Weil er der Regisseur war, konnte er die komplette Garderobe der Theater-AG plündern.«

»Und Reggie und ich trugen beide –«

»Ja«, unterbrach mich Veronica, weil sie genau wusste, was ich sagen wollte und dass ich es mir offensichtlich ersparen wollte, die Worte tatsächlich auszusprechen. »Wie es der Zufall so wollte, wart ihr beide als Romeo verkleidet.« Sie zwang sich zu einem müden Lächeln. »In Reggies Fall wirkte das wie pure Ironie, vor allem, weil er versucht hat, Josie rumzukriegen, und trotzdem ständig die Zweitbesetzung losschickte, um seinen Drink wieder aufzufüllen.«

»Richtig. ›Du bist mir ein schöner Romeo‹, hat sie zu ihm gesagt. Sie war nicht sonderlich begeistert.«

»›Aber was für eine Julia du doch sein könntest, wenn du mir nur eine Chance geben würdest‹«, zitierte Cheryl ihn. Auch sie hatte die beiden an jenem Abend beobachtet.

»Wir standen ganz in Josies und Reggies Nähe und konnten gar nicht anders, als ihre Unterhaltung zu belauschen«, fuhr Veronica fort. »Und dann kam irgendwann Kevin an. ›In euren Drinks ist doch wohl kein Alkohol, oder? Mein Dad ist oben.‹ Ich hab ihm versichert, dass er sich keine Sorgen machen muss. Und ich glaube auch nicht, dass irgendjemand was getrunken hat, jedenfalls nicht zu diesem Zeitpunkt. Dann ist er wieder verschwunden, um Dilton zu sagen, dass er die Musik leiser machen soll.

Und, na ja, ich will ja nicht das New Yorker Partygirl raushängen lassen, aber die Feier war ziemlich lahm, und mir war einfach nach ein bisschen Spaß. Also hab ich Archie zugeflüstert, dass er mich in fünf Minuten im Waschkeller treffen soll.«

»Und ich nehme an, du warst sofort damit einverstanden«, warf Cheryl ein. Ich nickte. »Männer sind doch nichts weiter als testosterongesteuerte Tiere.« Sie schniefte verächtlich.

»Es war Ronnies Idee!«, verteidigte ich mich. Nicht dass ich Cheryl Blossom eine Erklärung schuldig war – oder eine Entschuldigung –, weil ich ein paar Minuten allein mit meiner Freundin genießen wollte.

»Na, wenn dich das mal nicht zum glücklichen Neandertaler an ihrer Seite macht«, zog Cheryl mich auf. »Ich hab übrigens genau gesehen, wie Moose Reggie und Josie mit Drinks versorgt hat. Frag mich aber nicht, wie Reggie Mantle es geschafft hat, Moose als seinen persönlichen Diener einzuspannen. Allerdings ging das ziemlich nach hinten los. Wenn man einem so graziösen und ausgeglichenen Menschen, der noch dazu auf den Spitznamen *Elch* hört, einen übervollen Plastikbecher anvertraut, dann ist eine textile Katastrophe vorprogrammiert. Er ist gestolpert und hat Josie komplett übergossen.

Natürlich hat unser geschätzter Regisseur und Aufpasser, Kevin Keller, diesen jähen Fall sofort bemerkt und die Gelegenheit für einen eigenen dramatischen Auftritt genutzt. ›Wir müssen das Kostüm sofort reinigen, sonst ist meine Karriere als Regisseur vorbei, bevor sie überhaupt begonnen hat.‹ Er hatte ein richtig irres Lächeln im Gesicht.«

»Die Kostüme«, rief Betty aus. »Kein Wunder, dass er so durchgedreht ist.«

»Das ist noch stark untertrieben, meine Liebe«, erwiderte Cheryl. »Kevin hat Josie ins Badezimmer gezerrt.«

»Während ich geduldig im Waschkeller auf Archie gewartet habe«, sagte Veronica.

In meinem Kopf drehte sich alles, als ich die Puzzleteile zusammensetzte.

Ronnie biss sich auf die Unterlippe. »Ich hätte es wissen müssen, Archie. Ich hätte seine Stimme erkennen oder zumindest wissen müssen, dass es nicht *deine* ist. Aber der Partylärm war so laut, und ich hatte schließlich keinen Grund, misstrauisch zu sein. Und ich habe so sehnsüchtig auf dich gewartet. Als es dann endlich an der Tür geklopft und jemand gerufen hat: »›Meine holde Julia, bist du da drin?‹ …«

»Da hast du angenommen, dass ich es bin«, brachte ich den Satz für sie zu Ende. Mein Hirn hatte die Lücken ohnehin längst gefüllt. Ich hatte das Gefühl, ich hätte eine ganze Handvoll Nadeln verschluckt, die sich in meinen Magen bohrten. »Ich habe währenddessen oben an die Badezimmertür geklopft habe, auf der Suche nach irgendjemandem, der mir sagen kann, wo der Waschkeller ist. Aber Kevin und Josie waren viel zu sehr damit beschäftigt, ihr Kostüm wieder sauber zu kriegen.«

»Moment mal kurz.« Bei Reggie schien der Groschen eindeutig langsamer gefallen zu sein, aber dafür war er über die neu gewonnene Erkenntnis entschieden erfreuter als ich. »Moment. Moment.« Er begann zu lachen.

»Okay, nur, damit ich das richtig verstehe: Als ich dachte, ich würde Josie küssen, war es in Wirklichkeit *Veronica*?« Er krümmte sich vor hysterischem Lachen.

Josie wirkte in einer anderen Ecke unserer Quarantänestation weit weniger amüsiert.

»Es tut mir so leid, Archiekins«, sagte Veronica und sah wirklich am Boden zerstört aus. »Ich kann nicht glauben, dass ich es nicht bemerkt habe. Dafür gibt es keine Entschuldigung. Es ist nur … es wäre mir nie in den Sinn gekommen, dass so etwas überhaupt passieren könnte.«

Ronnie war vielleicht am Boden zerstört, aber für das, was ich empfand, gab es keine Worte. Allein bei der Vorstellung, dass Reggie Veronica küsste, hätte ich mich am liebsten wieder in einen selbst ernannten Krieger des Roten Kreises verwandelt – oder noch Schlimmeres. Das Einzige, was mich davon abhielt, war, dass sich Veronica deswegen ganz offensichtlich furchtbar elend fühlte. Das Ganze war ein unvorhersehbares Missverständnis gewesen. Sie fühlte sich furchtbar deswegen, und ich konnte den Gedanken nicht ertragen, es für sie noch schlimmer zu machen.

»Alter!«, grölte Reggie. »Da hab ich dir glatt dein Mädchen ausgespannt!« Er boxte mit den Fäusten in die Luft und die nächste Welle der Wut jagte durch meinen Körper. Betty legte eine Hand auf meinen Rücken, um mich zu beruhigen.

»Wahnsinn«, sagte Jughead. »Tolle Leistung, ehrlich. Darauf kannst du wirklich richtig stolz sein.«

Betty machte einen Schritt nach vorne. »Das reicht jetzt, Cheryl! Hör auf. Du verursachst damit nur unnötige Schmerzen. Und wir wissen immer noch nicht, wer Patient null ist.« Sie holte tief Luft. »Wir haben bei Kevins Party alle aus der Bowleschüssel getrunken. Wenn damals jemand krank war, dann ist es kein Wunder, dass jetzt *alle* krank sind.«

»Betty hat recht«, sprang Jughead ihr bei. »Ich glaube nicht, dass wir überhaupt herausfinden können, mit wem es angefangen hat.«

Die Last dieser Erkenntnis lag schwer auf meinen Schultern. All die Wut und Unsicherheit, die Cheryl in mir ausgelöst hatte, weil ich mir Reggie und Veronica in inniger Umarmung hatte vorstellen müssen … Auch wenn es keine Absicht gewesen war und selbst wenn Ronnie wirklich keine Ahnung gehabt hatte, wurde mir allein bei dem Gedanken daran flau im Magen, und die Wut kochte erneut in mir hoch.

Trotzdem wussten wir immer noch nicht, wer den Ausbruch verursacht hatte. Also was hatte das alles für einen Sinn, außer, dass ich mich mit einer meiner größten Ängste überhaupt auseinandersetzen musste?

Während wir dastanden und darüber nachdachten, was in den letzten Minuten alles ans Licht gekommen war und wie sehr wir dennoch weiter im Dunkeln tappten, begannen die Lautsprecher mit Neuigkeiten von Weatherbee zu knistern.

»Hallo, hier spricht Direktor Weatherbee mit einer

Durchsage«, hallte seine laute Stimme in der Turnhalle wider. »Ich freue mich, euch mitteilen zu können, dass wir den Ausbruch eindämmen konnten. Alle schulischen Aktivitäten können ab sofort wieder planmäßig durchgeführt werden, einschließlich der Aufführung von *Hexenjagd* heute Abend. Vielen Dank.«

In der Halle wurde es still.

»Das Stück wird doch aufgeführt?« Ich hatte gar nicht bemerkt, dass sich Josie zu uns gesellt hatte.

»Wie ist das möglich?«, wollte Cheryl wissen.

Betty ging einen Schritt auf sie zu. »Die Zweitbesetzungen«, zischte sie.

Sie streckte Cheryl eine Hand hin, die damit beschäftigt war, Selfies mit Josie zu knipsen. Von Cheryls emotionalen Achterbahnfahrten konnte man selbst als Außenstehender glatt ein Schleudertrauma kriegen. »Lächeln! Hashtag Überlebt.«

»Cheryl, gib mir mal dein Handy. Ich glaube, ich weiß, wer uns alle krank gemacht hat.«

Am Ende war es wieder mal unsere ganz eigene Nancy Drew, die den Fall löste. Beim Scrollen durch Cheryls Fotoalbum fand sie heraus, dass uns die Zweitbesetzungen sabotiert hatten. Es war die einzige Erklärung, die Sinn ergab. Wir tranken aus roten Bechern – sie tranken aus blauen. »Es war ein von langer Hand geplanter Anschlag«, wie Betty es formulierte.

Die Zweitbesetzungen hatten eine Million Gründe, sauer auf uns zu sein. Sie standen praktisch immer auf der Verliererseite. Midge, bei jeder Pyramide der Vixens ganz unten. Moose, stets das Ziel von Reggies Scherzen und Streichen. Ethel, deren *Blue and Gold*-Artikel jedes Mal weichen mussten, wenn Betty und Jughead glaubten, sie hätten eine bessere Story.

Ja, sie hatten ein Motiv. Und wenn man alle ihre individuellen Motive zusammennahm, war ich überrascht, dass sie so eine Aktion nicht schon viel früher geplant hatten.

Aber zu diesem Zeitpunkt war das Pfeiffersche Drüsenfieber wirklich das Letzte, worüber ich mir Gedanken machte. Geschwollene Drüsen, Erschöpfung … Quarantäne. Von mir aus. Damit konnte ich umgehen. Aber dass Reggie und Veronica miteinander rumgemacht hatten, wenn auch unabsichtlich? *Diese* Vorstellung würde mich ewig verfolgen.

Und es gab nichts, was irgendjemand hätte tun können, um die Zeit zurückzudrehen oder diesen Moment für immer zu löschen. Das Ganze lag in der Vergangenheit. Es war passiert. Es war eine meiner größten Ängste und nun war sie real.

Wenn man also unsere Geschichte bedenkt, ist es durchaus verständlich, dass ich ein wenig empfindlich darauf reagiere, wenn Reggie mit Ronnie flirtet oder irgendwelche Bemerkungen fallen lässt, dass er sie mir ausspannen will. Das Problem war, dass Reggie genau wusste, dass Ronnie mein Kryptonit war, und er reizte mich absichtlich. Das Letzte, was ich tun durfte, war daher, mir anmerken zu lassen, wie sehr er mich damit tatsächlich traf. Andererseits war ich auch nur ein Mensch. Ich hatte auch meine Fehler. Ich reagierte spontan. Und wenn sowieso alles in sich zusammenbrach, dann war schon die Vorstellung einfach unerträglich, dass auch meine Beziehung mit Veronica in Gefahr war – das Beste in meinem Leben. Die Vorstellung, dass sie mich doch ins Gefängnis schicken würden und deswegen nichts unternehmen konnte. Oder wegen irgendetwas anderem.

»Archiekins, dieser unabsichtliche Kuss mit Reggie Mantle war mehr als nur unglücklich«, sagte Veronica. »Und natürlich macht es dich wütend, dass er darauf anspielt, dem Ganzen eine Zugabe folgen zu lassen.« Sie nahm meine Hand und küsste sie. »Aber du musst dir deswegen wirklich keine Sorgen machen. Wenn sich über diesen Tête-à-Tête-Fauxpas der Extraklasse überhaupt etwas Positives sagen lässt, dann, dass ich deine wundervollen Lippen nie wieder mit denen eines anderen verwechseln werde. Das verspreche ich dir.«

»Ich weiß, Ronnie.« Ich meinte es ernst. »Und ich verspreche dir, dass ich nie wieder davon anfangen werde. Aber im Moment –«

»Im Moment ist eben alles ein bisschen viel auf einmal«, brachte sie den Satz für mich zu Ende. »Das verstehe ich doch. Und dein kurzes Abdriften in ritterliche Beinahe-Hysterie ist da nur allzu nachvollziehbar. Aber ich gehöre zu Team Varchie, komme, was wolle.«

Sie küsste mich in der Dunkelheit, ein Versprechen stärker als Worte.

Doch bevor wir es uns allzu gemütlich machen konnten, ging plötzlich das Licht wieder an.

Veronica lächelte und strich sich eine Locke zurück hinters Ohr. »Keine Müdigkeit vorschützen, mein einzig wahrer Romeo«, sagte sie. »Wir haben noch viel zu tun.«

KAPITEL 15

BETTY

Liebes Tagebuch,
seit Jason Blossoms Tod haben meine Freunde und ich schon viel Unheimlicheres durchgemacht als einen albernen Stromausfall. Als die Lichter ausgingen, fiel es Jug und mir deshalb auch nicht schwer, Ruhe zu bewahren. Es dauerte vielleicht eine Minute, bis uns klar wurde, was passiert war.

»Wir sind hier in den Bergen«, sagte Jughead. »Mitten in der Kulisse von Beim Sterben ist jeder der Erste. Ganz egal, wie viel Geld man hier oben in die Infrastruktur steckt, wenn der Wind aus der falschen Richtung weht oder die Temperaturen auch nur einen Hauch zu tief sinken, wird's brenzlig.«

»Wir sprechen hier von Hiram Lodge«, erwiderte ich. »Selbst wenn er kein Nonstop-WLAN garantieren kann, hat er ganz bestimmt einen Megagenerator im Keller, der in Situationen wie dieser anspringt.«

»Und in der Zwischenzeit …« Jugs Gesicht erstrahlte, als er mit der Taschenlampe seines Handys vor mir herumfuchtelte.

»Du solltest deine Batterien nicht vergeuden«, tadelte ich ihn. »Nur für den Fall, dass das hier länger dauert als gedacht.«

Er nahm meine Hand. »Ich schalte es aus, sobald wir unten sind und wissen, wie es Veronica und Archie geht. Hoffentlich konnten sie den Alarm deaktivieren, bevor der Strom ausgefallen ist.«

»Ich denke, wenn der Alarm nicht ausgeschaltet wäre, dann wüssten wir es inzwischen. Stromausfall hin oder her.«

Ich ließ mich von Jug den Flur hinunterführen. Unsere Schritte wurden von den dicken, in tiefen Erdtönen gehaltenen Webteppichen gedämpft. »Ich hatte gerade 'nen Flashback von diesem Horror-Dienstag im Twilight, als wir Warte, bis es dunkel wird gesehen haben.

»Bitte, Jug«, flehte ich ihn an. »Findest du nicht, dass das hier ohne deine Filmanspielungen schon gruslig genug ist?«

»Wo du recht hast«, gab er zu.

Das Erdgeschoss der Lodge war riesig: ein luftiger, offener Raum mit Profi-Küche und Insel, die zu einem langen, soliden Esstisch führte. Dahinter standen gemütliche Sofas und plüschig-weiche Sessel vor einem gigantischen steinernen Kamin, der von zwei Körben mit frisch gehacktem Feuerholz flankiert war. Oben, wo sich die Schlafzimmer befanden, erstreckte sich eine Galerie über die komplette Länge des Zimmers, aber davon abgesehen war der Keller der einzige kleine, schmale Raum im ganzen Haus.

Er fühlte sich auch klein an, beengt und klaustrophobisch, obwohl er trotzdem fast so breit war wie die Korridore in der

Riverdale High. Aber vielleicht war es auch nur die Angst, die langsam über mich hinwegkroch, ganz gleich, wie sehr ich mir selbst auch einzureden versuchte, dass ich vor etwas so Banalem wie der Dunkelheit keine Angst haben musste – schließlich hatte ich Black Hood kaltblütig ins Gesicht gestarrt, selbst als ich erkannte, dass sein Blut in meinen Adern floss.

Je weiter wir jedoch den Flur hinunterschlichen, der nur vom weichen weißen Licht von Jugheads Handy erleuchtet war, desto schwerer fiel es mir, mich an dieses letzte Quäntchen Mut zu klammern.

»Ich komme mir vor wie auf der Green Mile im Todestrakt«, sagte ich. Es sollte ein Scherz sein, aber in den unheimlichen, stillen Schatten des Stromausfalls kam er nicht besonders gut an, vor allem, nachdem ich Jughead eben noch wegen seiner Horroranspielungen ermahnt hatte.

»Dieser Flur hat definitiv was Dead-Man-Walking-Mäßiges. Ich würde wetten, dass auf der Tür am Ende die Nummer 237 steht. Oder 1408.« Zwei seiner liebsten Stephen-King-Anspielungen. »Tut mir leid, wir wollten ja nicht mehr an Horrorfilme denken.«

»Schon okay«, erwiderte ich. »Ich mag deine gruseligen Hobbys, auch wenn ich im Moment ein ziemlicher Angsthase bin. Aber vielleicht bedeutet das ja auch nur, dass wir das perfekte Paar sind?«

»Diese Interpretation kann ich definitiv nur unterstützen. Aber … warte! Sieh mal.« Er leuchtete mit dem Handy darauf.

Es war eine Tür, aus dunklem, schwerem Holz, genau wie

alle anderen Türen hier im Haus. Und wie sämtliche Oberflächen. Dank teurer Politur glänzten sie spiegelnd und rochen dank ihres Alters seltsam tröstlich nach Moschus. Trotzdem stand diese spezielle Tür unüberwindbar zwischen uns und Veronica und Archie, wo immer sie auch genau sein mochten. »Ziemlich imposant, das gebe ich zu«, sagte Jughead. »Aber ganz sicher nicht Zimmer 237. Wir müssen also noch nicht in Panik verfallen.«

Er legte eine Hand an die Türklinke und rüttelte daran. Nichts – nicht mal ein leichtes Wackeln.

»Darf ich jetzt in Panik verfallen?«, fragte ich. Der nächste Scherz, der durchfiel.

Jug zupfte am Saum seiner Wollmütze und schüttelte eine wilde Locke frei. Plötzlich machte sich Erkenntnis auf seinem wunderschönen Gesicht breit. »Es ist ein Panikraum!«

»Im Keller ist ein Panikraum?«

»Nein. Oder ja. Irgendwie schon.« Er schüttelte den Kopf. »Tut mir leid. Was ich damit sagen will: Ich bin mir ziemlich sicher, dass der komplette Keller als Panikraum fungiert. Denk doch mal nach – es wäre vollkommen schlüssig. Hiram Lodge ist wahnsinnig reich. Und wahnsinnig reiche Leute sind auch oft wahnsinnig paranoid, was wiederum zu wahnsinnig komplexen, megateuren Sicherheitssystemen in ihren Häusern führt. Ich vermute mal, dass sich die Kellertür automatisch verriegelt, wenn der Strom ausfällt.«

»Und was ist, wenn man sich in dem Moment auf der falschen Seite der Tür befindet?« Dieser Panikraum schien mir ein paar Systemfehler zu haben.

Jughead zuckte mit den Schultern. »Ich bin mir sicher, dass es für genau diesen Fall einen Code gibt, mit dem man die Verriegelung öffnen kann und den nur die Lodges kennen. Aber wir sind nicht die Lodges. Veronica hat sicher nicht mit einem Stromausfall gerechnet und Hiram Lodge nicht damit, dass wir überhaupt hier sein würden, ergo: keine Entriegelung.«

»Sollen wir nach ihnen rufen?« Würden sie uns überhaupt hören können? Dieses Haus wirkte zwar charmant und gemütlich, aber ich wusste nur allzu gut, dass Eindrücke täuschen konnten. Es war wie eine Festung erbaut. Hiram Lodge war ein Mann, der niemals etwas dem Zufall überließ.

»Wir können es versuchen.« Er hämmerte gegen die Tür und rief ein paar Mal: »Archie! Veronica!« Nichts. »Wahrscheinlich ist sie schalldicht.« Auf sein Hämmern und Rufen folgten nichts als eiserne Stille und das Geräusch unserer eigenen vorsichtigen Atemzüge, die seine Vermutung bestätigten.

Es gab doch so etwas wie zu viel Ruhe und Frieden, fand ich.

»Woher weißt du überhaupt so viel über reiche Leute und ihre privaten Sicherheitsanlagen?«, fragte ich, zugegebenermaßen entzückt von diesem unverhofften Einblick in das Innenleben von Mr Jughead Jones, trotz der aktuellen Umstände.

»Hiram Lodge ist im Prinzip Bruce Wayne – also, falls Bruce Wayne böse wäre, jedenfalls.« Er lachte. »Vielleicht auch eher Lex Luthor.«

»Lass das bloß nicht Veronica hören«, warnte ich ihn. »Auch wenn sie dir vielleicht sogar zustimmen würde.«

Das Licht war eigentlich gar nicht lange aus – vielleicht zwanzig Minuten? Anfangs starrte ich die ganze Zeit auf mein Handy und sah zu, wie die Minuten verstrichen. Aber nachdem fünf Minuten in relativer Stille vergangen waren, rutschte Jug an der Wand neben der Kellertür in die Hocke hinunter. Ich setzte mich neben ihn auf den Boden, die Beine unter das Kinn gezogen und in seine Umarmung geschmiegt. Wahrscheinlich wäre es sinnvoller gewesen, wieder ins Wohnzimmer zurückzukehren, oder zumindest gemütlicher. Aber es war dunkel und wir hatten nur unsere Handys als Taschenlampen. Ich schätze, keiner von uns wollte das Risiko eines leeren Akkus eingehen, bevor endlich der Notfallgenerator ansprang.

Wie dem auch sei, aus irgendeinem dämlichen, abergläubischen und unausgesprochenen Grund entfernten wir uns lieber nicht zu weit von der Kellertür, so als sei es wahnsinnig wichtig, dass wir uns genau dort aufhielten, wenn das Licht wieder anging und sich die Tür wieder öffnete.

Jugheads Lachen durchbrach die Stille, erinnerte mich jedoch nur daran, wie totenstill es rund um uns war.

»Was?«, fragte ich, auch wenn ich ein Grinsen nicht unterdrücken konnte, nur, weil ich ihn kichern hörte.

»Betty Cooper«, sagte er und wickelte das Ende meines Pferdeschwanzes um seine Hand. »Ich wette, so hast du dir das nicht vorgestellt, als du zugestimmt hast, meine Serpent-Königin zu sein.«

Ich dachte darüber nach und musste dann ebenfalls lachen. »Ganz ehrlich? Ich glaube, ich habe mir gar nichts Bestimmtes vorgestellt, als du mich gefragt hast. Schließlich ist es nicht gerade leicht, sich auf eine solche Aufgabe vorzubereiten.«

»Ja, es gehört definitiv zu den Rollen, auf die man sich einfach einlassen muss. Mit blindem Vertrauen«, stimmte er mir zu. »So war das jedenfalls bei mir. Mit den Serpents, meine ich.« Er unterdrückte ein Gähnen und erinnerte mich daran, was für ein langer Tag es für uns alle bereits gewesen war. »Wenn du mich, als wir noch klein waren, gefragt hättest, ob wir beide mal irgendwann ein Paar werden würden, dann hätte ich dich für verrückt erklärt.«

»Hey!«, ich knuffte ihn mit dem Ellenbogen in die Seite.

»Nein, ich meine, ich wäre begeistert von der Idee gewesen, dass sich die Betty Cooper überhaupt, na ja, für Jughead Jones interessieren könnte.«

Ich verstand, was er meinte, und zum vielleicht ersten Mal hatte ich das Gefühl, dass wir eine ehrliche Unterhaltung darüber führten, wer wir waren, für uns selbst und füreinander. Und zum ersten Mal war das Phantom von Archie Andrews – dem Wunderknaben von nebenan – dabei nirgends zu sehen.

»Und jetzt sind wir –«

»– wahnsinnig ineinander verliebt«, neckte ich ihn in einem untypisch kitschigen Moment.

»Wahnsinnig ineinander verliebt«, stimmte er mir zu und drückte mich noch fester an sich. »Bei unserem bisher vielleicht seltsamsten Date, wie immer inklusive Observierung, Detektivarbeit und Verbrecherjagd. Und ich würde für nichts auf der Welt etwas daran ändern.«

»Ich auch nicht.« Ich legte meinen Kopf auf seine Brust und nahm den Geruch vom abgenutzten Leder seiner Serpents-Jacke in mir auf. Für mich roch sie nach Zuhause.

Trotzdem … Vielleicht lag es an der Dunkelheit in mir – oder was auch immer es war, das mich davon abhielt, die »perfekte Betty Cooper« zu sein, die alle in mir sahen –, aber ich musste ihn einfach fragen: »Jughead … Was glaubst du, was passiert, wenn Archie wirklich verurteilt wird?«

Er zuckte mit den Schultern. »Ich weiß es nicht, ehrlich. Ich meine, wie könnten wir das? Ich weiß noch genau, wie es war, als mein Dad im Gefängnis saß, nämlich … ziemlich beschissen. Ich meine, abgesehen davon, dass ich ihn einfach nur vermisst habe, hab ich mir auch echt Sorgen um ihn gemacht. Geht's ihm gut? Isst er genug? Ist er in Sicherheit? Ist er ehrlich zu mir, wenn ich ihn danach frage? Und natürlich war die Antwort jedes Mal nein. Mein Dad wollte eben nicht, dass ich mir Sorgen mache.«

»Bei Archie wird es ganz genauso sein …«, murmelte ich, bis mir plötzlich bewusst wurde, was ich da gesagt hatte. »Ich meine … Ich will damit nicht sagen, dass er verurteilt werden wird. Ich habe nur gemeint –«

»Ich weiß, was du gemeint hast, Betty, keine Sorge.« Er seufzte. »Und ja, bei Archie wäre es ganz genauso.«

»Wir dürfen nicht zulassen, dass das passiert, Jughead.« FP war hart, aber Jughead hatte sich trotzdem Sorgen um ihn gemacht, als er im Gefängnis gesessen hatte – natürlich. Archie war stark, sicher, aber er war nicht hart. Im Gefängnis würden sie ihn garantiert bei lebendigem Leib verschlingen und anschließend wieder ausspucken.

»Ich weiß«, sagte er und legte eine warme, tröstende Hand auf meinen Nacken. »Wir werden alles tun, um es zu verhindern.«

Er küsste mich sanft auf den Kopf und brachte mich wieder zum Lächeln. »Du hast doch bestimmt gerade einen ganzen Mundvoll Pferdeschwanz abbekommen, oder?«

»Vielleicht.« Er lachte.

»Tut mir leid wegen des Haarsprays.«

Schweigend saßen wir in der Dunkelheit und versuchten, nicht darüber nachzudenken, was vielleicht passieren würde, wenn Archie wirklich ins Gefängnis musste. Stattdessen ließen wir noch einmal alles Revue passieren, was geschehen war, seit Veronica im letzten Spätsommer in die Stadt gezogen war. In dem Monat, in dem sich alles verändert hatte.

Jughead lehnte sich wieder gegen die Wand. »Hey, erinnerst du dich noch an den Wochenendtrip nach New York, den wir letztes Jahr mit Veronica unternommen haben? Als sie immer noch die Neue war, unsere unverbrüchliche Viererfreundschaft aber schon längst besiegelt war?«

»Na klar.«

Während dieses Trips waren so viele unglaubliche Dinge passiert, an die ich mich gern zurückerinnerte ... aber trotzdem hatte sich während unserer Zeit dort auch ein unterschwelliges ungutes Gefühl ausgebreitet. Es waren einige Dinge an die Oberfläche gedrungen. Nennen wir es den Riverdale-Effekt. Meistens versuchte ich, einfach nicht darüber nachzudenken. Ich versuchte, mich auf das Gute zu konzentrieren.

Und meistens funktioniert das auch.

Veronica hatte uns zu unserem *allerersten* Wochenendausflug eingeladen. Der Trip in die große Stadt lief zwar – natürlich – nicht ohne Drama ab, aber es war nichts im Vergleich zu unserem ersten Wochenende in Shadow Lake. Kleine Gnade, hab ich recht?

Sie organisierte ein gemeinsames Treffen mit uns und ihren alten Freunden, zuerst bei Lexi zu Hause, bevor wir alle gemeinsam zum Abendessen ausgehen wollten. Archie war wir ein kleines Kind. Er hat die ganze Zeit mit weit aufgerissenen Augen auf die Wolkenkratzer und Neonschilder, auf die riesigen Anzeigetafeln und Yellow Cabs gestarrt. Er kam mir vor wie ein aufgeregter Welpe. Im Aufzug zur Wohnung von Vs Freundin hat er beim Hochfahren die Stockwerke mitgezählt. »Fünfundfünfzig, sechsundfünfzig, siebenundfünfzig …«

»Ich glaube, in einem so hohen Gebäude war ich in meinem ganzen Leben noch nicht«, sagte Jughead, allerdings ohne die grenzenlose Begeisterung, die Archie aus sämtlichen Poren drang.

»Ich kann nicht fassen, dass deine Freundin wirklich hier wohnt«, sagte ich.

»Sie ist unglaublich«, erwiderte Veronica. »Aber am Anfang vielleicht ein bisschen viel auf einmal. Das nur zur Warnung.«

Die Fahrstuhltür öffnete sich zu einem riesigen, glänzenden offenen Raum, der im selben eleganten, klassisch-modernen Stil erstrahlte wie die Lobby. Alles daran schrie »Cool!« und – etwas leiser zwar, aber nicht weniger deutlich – »Teuer!«.

Plötzlich traf mich mit voller Wucht, was für eine Kehrtwendung Veronicas Leben tatsächlich genommen hatte, als sie nach Riverdale gezogen war. Ich hatte keine Ahnung, ob ich es an ihrer Stelle genauso gut weggesteckt hätte.

»Lexi!«, kreischte Veronica und stürmte auf ihre Freundin zu.

Ein großes dunkelhäutiges Mädchen mit eckigeren Wangenknochen als die Kanten der Wände stolzierte durch den Raum. »Ronnie! O mein *Gott*, das Landleben bekommt dir richtig gut!« Ihre langen Ohrringe streiften über ihre Schultern, wenn sie sich bewegte.

»Und das sind deine Freunde!« Sie betrachtete uns von oben bis unten, und obwohl ich wusste, dass sie sich im Stillen wahrscheinlich bereits ein Urteil über uns bildete, schenkte sie uns ein so strahlendes, breites Lächeln, dass ich völlig vergaß, mich deswegen zu ärgern oder mir Sorgen zu machen. »Ich hab schon so viel von euch gehört«, sagte sie, »und ich freue mich *wahnsinnig*, euch kennenzulernen.«

»Mann, diese Hütte ist *irre*«, stieß Archie aus. Veronica wirkte amüsiert. Archies Aufrichtigkeit war einfach so … *Archie*.

»Na ja, meine Eltern haben das Apartment eigentlich als Zweitwohnung gekauft«, erklärte Lexi. »Aber jetzt hat mein Dad einen Käufer in China, der *weit* über dem Marktpreis bezahlen kann. Na ja, ich meine, wir müssen natürlich zuerst mal sehen, ob er auch wirklich an sein Geld *rankommt*. Dieser Tage ist das ja so eine Sache …« Sie rollte mit den Augen. »Ihr wisst schon, was ich meine, oder?«

Ich wusste es nicht. Ich hatte noch nicht mal den Hauch einer Ahnung. Aber das würde ich natürlich nicht zugeben. »Oh, ja, klar«, stammelte ich und nickte dazu auf – wie ich hoffte – überzeugende Art.

Mir wurde jedoch schnell klar, dass ich mir die Mühe hätte sparen können. Lexi war eher der direkte, offene Typ. Während ich mich zu Jug gesellte und den Blick auf den Central Park West genoss, zog sie Veronica beiseite.

»Ich *wünschte*, du hättest mir gesagt, dass du noch mehr Leute anschleppst«, zischte sie.

»Was meinst du denn damit?« Veronica wirkte aufrichtig verwirrt. »Ich hab dir doch gesagt, dass ich meine Freunde mitbringe.«

»Du hast *gesagt*, dass du deinen heißen, modelmäßigen

Typen mitbringst«, erwiderte Lexi, »aber nichts von einem *Hanni und Nanni*-Verschnitt und einem langweiligen Komparsen aus *Singles*.«

Jughead und ich wechselten einen Blick. Wahrscheinlich hätten wir uns deshalb beleidigt fühlen sollen, aber irgendwie hatte sie den Nagel damit auf den Kopf getroffen.

Veronica verzog das Gesicht. »Wo liegt denn das Problem?«

Lexi verschränkte die Arme auf der Brust. »Das *Problem* ist«, antwortete sie, »dass wir die Collegejungs im Essex treffen und ich den Tisch nur für vierzehn Personen reserviert habe. Und du *weißt*, wie es dort am Samstagabend zugeht. Es ist unmöglich –«

»Äh, Ladys.« Nach einem aufmunternden Nicken von mir wagte Juggie einen Schritt nach vorne. »Betty und ich wissen es ja wirklich zu schätzen, dass ihr euch um unser gesellschaftliches Amüsement sorgt, aber ihr müsst euch unseretwegen wirklich keine Gedanken machen. Ich bin sowieso eher J. D. Salinger als Bret Easton Ellis. Wir hatten nicht vor, uns heute der High Society anzuschließen.«

»Jughead war noch nie in New York und ich zum letzten Mal als kleines Kind«, ergänzte ich. »Wir sind heute einfach mal Touristen!«

Lexi verzog das Gesicht, aber Veronica wirkte unglaublich erleichtert – ein Grund mehr, der mir sagte, dass wir das Richtige taten.

»Ihr müsst dann aber später wieder zu uns stoßen«, erwiderte Veronica, und Archie warf ein beinahe verzweifeltes »Ja, bitte!« ein.

So weit der Plan.

Es war ein wunderschöner Tag, eines der ersten wirklich warmen Wochenenden, seit der Frühling allmählich den Winter ablöste. Die Gehwege waren von Menschen überfüllt, die die buttergelbe Nachmittagssonne und die grünen Knospen an den Bäumen in sich aufsogen. Von Lexis Apartment fuhren wir mit der U-Bahn zum Washington Square und schlenderten anschließend die Houston Street zur Lower East Side hinunter, vorbei an den endlosen Schaufenstern und Lokalen: Pizza auf die Hand, seltene LPs, ein blinkendes Neonschild, das die Dienste einer echten Hellseherin anpries … Diese Stadt bot wirklich für jeden etwas.

»Und wieder ist eines dem Untergang geweiht«, sagte Jughead und zeigte auf ein dunkles Schaufenster auf der anderen Straßenseite.

Ich betrachtete es. »LANDMARK SUNSHINE?«, las ich. »Die sonnigen Zeiten sind wohl vorbei.«

Er seufzte. »Landmark ist der Name des Kinounternehmens. Landmark Cinemas. Das Sunshine war …« Er schien nach den richtigen Worten zu suchen.

»Eine Legende?«, schlug ich vor.

Er nickte. »Na ja, ja. Es wurde 2001 erbaut und hat

viele Independent-Filme gezeigt, nicht nur Popcornkino.« Ich konnte Bitterkeit in seiner Stimme hören.

»Oh, wie dieses andere in der Nähe der NYU – das Angelica?« Der Duft von Popcorn, der aus dem Gebäude gedrungen war, hatte mich beinahe schwindlig gemacht. Aber wir waren nicht nach New York gekommen, um uns einen Film anzusehen. Das konnten wir schließlich überall tun.

»Ja. Aber sollte eine Stadt dieser Größe nicht in der Lage sein, mehr als nur *ein* Programmkino am Leben zu erhalten? Es war schon schlimm genug, dass Hiram Lodge das Twilight gekauft und abgerissen hat.«

Jug zuckte mit den Schultern, aber ich konnte sehen, dass er aufgebrachter war, als er es sich anmerken ließ. Das Twilight war jahrelang ein metaphorisches *und* tatsächliches Zuhause für ihn gewesen. Als es verkauft worden war, hatte ihn das tief getroffen. »Ich weiß nicht, ob es schlimmer ist, wenn es in einer riesigen Metropole passiert oder in einer Kleinstadt«, sagte er.

»Es ist Mist, wo immer es auch passiert«, fand ich und hakte mich bei ihm unter. »Aber, hey!« Ich benahm mich wie ein echter Filmnerd, aber ich war einfach so aufgeregt, weil ich etwas entdeckt hatte, das ich kannte. Außerdem hoffte ich, die Stimmung wieder ein bisschen zu heben. »Katz's! Das ist das Restaurant aus *Harry und Sally*!«

»›Ich will genau das, was sie hatte‹«, zitierte Jug tonlos.

»Gott, ich *liebe* diesen Film«, seufzte ich.

Jughead schnitt eine Grimasse. »Igitt. Nein, der ist viel zu harmlos und zu niedlich. Wenn es *einen* großen New-York-Film gibt, dann *Taxi Driver*.«

»Aber er hat so eine tolle Aussage«, verteidigte ich mich und drückte mich enger an ich. »Ich finde es großartig, dass die beiden zuerst nur Freunde sind.«

Aber Jughead war nicht überzeugt. »Sind sie das wirklich? Will Billy Crystal nicht mit Meg Ryan schlafen, sobald sie sich kennenlernen?«

Ich verstand nicht, warum es ihm so schwerfiel, die romantische Seite des Films anzuerkennen. »Ja, schon«, erwiderte ich, »und ich glaube, dass sie sich auch zu ihm hingezogen fühlt. Aber sie tun es nicht, hab ich recht? Sie sind nur Freunde – *jahrelang*!«

»Okay, ich will dir ja nicht zu nahe treten, aber ich glaube, du hast überhaupt nicht kapiert, worum es bei dem Film geht«, schnaubte er spöttisch.

Tja, es gab »zynisch« – und dann gab es noch »krankhaft allergisch gegen kitschige, aber harmlose Klischees«. »Äh, nein«, widersprach ich ihm ruhig. »Ich bin mir ziemlich sicher, dass *du* es nicht kapiert hast.« Hatten wir etwa … gerade einen echten *Streit* deswegen?

Er sah mich mit hochgezogener Augenbraue an. »Dann glaubst du also *wirklich*, dass Männer und Frauen nur Freunde sein können?«

»Natürlich tue ich das«, antwortete ich und versuchte, neutral zu klingen. »Sieh dir doch nur mal mich und Archie an.«

Er schwieg für einen Moment. »Kein Kommentar.«

Mir drehte sich der Magen um. Der Himmel war strahlend blau und doch schien der Tag eine düstere Wendung zu nehmen. Als wir in der Stadt angekommen waren, waren Jug und ich noch genau auf einer Wellenlänge gewesen, aber je länger wir durch den Großstadtdschungel wanderten, desto mehr schien es, als hätten wir jeder ein anderes Ziel. Gegensätze ziehen sich an, wie man so schön sagt, und in gewisser Weise waren Jug und ich das Paradebeispiel dafür.

Andererseits aber auch wieder nicht.

Ich schleppte Jug mit zu einem unabhängigen Buchladen, Strand, gleich südlich des Union Square. Sein Slogan lautet »Dreißig Kilometer Bücher«, aber als wir durch die engen, übervollen Regalreihen stöberten, erschien mir diese Schätzung doch ziemlich vorsichtig. Jughead war im Paradies. Oder, wie er es formulierte, »in der Noah-Baumbach-Filmversion des Paradieses«, was in Jugs Welt noch um einiges besser war.

»Dieser Laden ist *fantastisch*«, freute er sich. »Ich würde am liebsten sofort nach New York ziehen, nur um jeden Samstag Stunden hier verbringen zu können.«

»Da kann ich dir nur zustimmen«, erwiderte ich. »Aber wir sind wirklich schon ewig hier. Sollten wir nicht mal weiter? Es gibt hier noch so viel zu sehen!«

»Aber ich bin bei ›True Crime‹ erst beim Buchstaben D angekommen.«

Das klang nicht sehr vielversprechend. Ich wusste,

dass ich ihn nicht überreden konnte, zurück in den Central Park oder zum Times Square zu gehen – er hatte seine Verachtung für diese typischen »Touristenfallen« bereits sehr deutlich zum Ausdruck gebracht. Ich musste also kreativ werden.

Ha! Ich entdeckte eine Erstausgabe von Julia Childs *My Life in France* und begann, einige Passagen mit eigenen Worten wiederzugeben. Als ich zu der Stelle mit dem gebratenen Enteneintopf kam, war Jughead plötzlich ganz Ohr. »Lass uns was essen gehen.«

Wir fanden ein ansprechend aussehendes Diner ganz in der Nähe, das sich jedoch als echter Hipstertreff herausstellte, wofür es von Jughead, natürlich, nur Hohn erntete. Auf der Karte stand ein Eisbecher für tausend Dollar. Ich wies Jug darauf hin, dass er echtes Blattgold enthielt, aber auch das konnte ihn nicht beeindrucken. »Und überhaupt, wer sagt mir denn, dass es wirklich unschädlich ist, Gold zu essen?«

Ich versuchte, die Bemerkung wegzulachen, aber er nahm gerade erst richtig Fahrt auf. »Und nur fürs Protokoll: Mein Hamburger ist zu lange gebraten, das Brötchen ist zu brotig, und bei Pop könnte ich mir für das Geld hier VIER Burger kaufen. Warum sind wir noch mal hier?«

»Ich weiß es nicht«, erwiderte ich frustriert. »Weil der Laden eine Institution ist?« TripAdvisor empfahl das Diner wärmstens, was allerdings nicht der wahre Grund war, warum ich es vorgeschlagen hatte.

»Seit wann interessiert es uns, wo andere Leute hingehen? Vor allem, wenn dort auch noch das Essen mies ist?«

Ich schluckte. »Ich war immer mit meiner Familie hier, Jug.«

Er legte seinen Burger auf dem Teller ab und sah mich an.

»Jedes Mal, wenn wir als Kinder mit ihnen in der Stadt waren, haben meine Eltern Polly und mir hier einen Eisbecher spendiert. Nicht die mit Blattgold, einfach nur mit Vanille, aber …« Ich musste lächeln, als ich daran dachte. Polly bestellte immer Schokoladenstreusel, ich bunte Zuckerstreusel, und dann tauschten wir nach der Hälfte.

»Mit Polly ist so viel passiert, seit Jason getötet wurde, und du weißt ja selbst, dass meine Mom auch nur noch am seidenen Faden hängt. Aber ich dachte: Hey, vielleicht hat sich der Laden hier wenigstens nicht verändert. Dann hätte ich zumindest eine schöne Erinnerung. Und vielleicht sogar einen Eisbecher. Und du könntest dir einen echten New Yorker Burger schmecken lassen. Win-win.« Ich senkte den Blick. »Ganz offensichtlich lag ich damit aber total daneben.«

Jughead schwieg und ließ das Ganze erst mal sacken. »Okay, ich bin ein echtes Arschloch«, gab er schließlich zu. »Es tut mir leid.« Er streckte eine Hand auf dem Tisch nach meiner aus. »Wo geht's als Nächstes hin? Ich folge dir, wohin du willst.«

Der Bethesda-Brunnen im Central Park gehörte zwar auch zu besagten »Touristenfallen«, war jedoch alles andere als eine Enttäuschung. Jughead und ich standen auf den Stufen und sahen zu, wie das Wasser über die elegante Skulptur floss und sich die leuchtenden Farben der Natur ringsum in den klaren Becken spiegelten. Unter uns fuhren langsam Ruderboote kreuz und quer über den See. Der Park roch saftig grün und lebendig – so intensiv, dass ich mich selbst wieder hellwach fühlte, fast schon beschwingt. Trotz der Beinahe-Burgerkatastrophe.

»Ist das nicht wunderschön?«, seufzte ich. »Dieser See ist praktisch in jedem Film zu sehen, der jemals in New York gedreht wurde.«

Jughead zuckte mit den Schultern. »Na ja, zumindest in jeder hirnlosen romantischen Komödie.«

Wut stieg in mir hoch. Hatte er sich nicht erst vor dreißig Minuten dafür entschuldigt, dass er mir meinen kompletten New-York-Ausflug vermieste? Und jetzt nörgelte er schon wieder? »Na und? Denkst du, deine Lieblings-New-York-Filme wären besser als meine?«

»*Das* hab ich nicht gesagt«, verteidigte er sich. »Ich meine damit nur, dass du eben die Seite der Stadt magst, die ein bisschen mehr … *glänzt*. Während ich sie ein bisschen schmuddeliger bevorzuge. Echter.«

Jetzt war ich an der Reihe, mit den Schultern zu zucken. »Sicher, Jug.«

Ich wusste jedoch, was er wirklich damit sagen wollte. Ich war nur nicht bereit, es zu hören.

Vom Central Park war es nur ein kurzer Spaziergang zum Dakota Building, dem imposanten und unfassbar schicken neugotischen Gebäude, dessen spitze Türmchen und Giebeldächer den Himmel durchbohrten. Es war wunderschön. Es war bedrohlich. Es passte perfekt zu meiner Stimmung.

»Na, *das* ist doch mal ein echtes Stück New Yorker Geschichte«, befand Jughead. »Das Dakota.«

»Du weißt schon, dass Veronica hier gewohnt hat, bevor ihr Vater verhaftet wurde, oder?« Es fiel mir schwer, es mir tatsächlich vorzustellen, weil das Gebäude so übertrieben wirkte. Aber andererseits … galt das für V in gewisser Weise auch.

»Ja. Aber von größerer kultureller Bedeutung ist doch wohl die Tatsache, dass genau vor diesem Eingang dort John Lennon erschossen wurde. Praktisch vor seiner eigenen Haustür.« Ich konnte es nicht glauben – Jughead geriet angesichts dieses grauenvollen Details amerikanischer Geschichte tatsächlich ins *Schwärmen*.

»O mein Gott«, erwiderte ich. »Das ist so tragisch.«

»Ja, klar. Aber trotzdem … so entsetzlich es auch war … er ist mit intaktem Vermächtnis aus dieser Welt geschieden.« Jughead steckte die Hände in die Hosentaschen. »Die meisten noch lebenden Rockstars seiner

Zeit machen entweder nur noch mittelmäßige Musik oder stecken künstlerisch fest und spielen immer noch die Songs, die sie vor vierzig Jahren geschrieben haben. Es ist beschissen, dass er so jung gestorben ist, aber in gewisser Weise macht es unsere Erinnerung an ihn noch … *unvergänglicher*.«

Ich schwieg und dachte darüber nach.

»Was ist? Zu morbide?«, fragte Jughead.

Ich konnte ihm nicht richtig in die Augen schauen. »Wir sind einfach so … *unterschiedlich*. Wir betrachten die Dinge nicht auf dieselbe Art. Und wir mögen nicht dieselben Dinge.« Ich unterbrach mich. Tränen bildeten sich in meinen Augen. »Ich weiß ja noch nicht mal, ob ich New York wirklich *mag*.« Jetzt war es raus – des Pudels Kern, der springende Punkt, das wild pochende Herz des Problems.

»Was meinst du denn damit, du magst New York nicht?«

»Ich meine, ich finde es okay, sicher. Einen Tag hier zu verbringen ist großartig, wirklich.« Obwohl das eigentlich auch nicht der Wahrheit entsprach – dieser Tag war bisher alles andere als großartig gewesen. »Aber ich weiß auch nicht. Vielleicht hast du recht – ich glaube, die Dinge, die ich mag, die Orte, die ich kenne … sind vielleicht nicht die echte Stadt.« Vielleicht waren die Unterschiede zwischen uns einfach zu groß. Oder sie würden es am Ende sein.

Jughead war schließlich mein erster fester Freund –

und wer blieb schon für immer mit seinem ersten Freund zusammen? Mom und Dad hatten direkt nach der Highschool geheiratet – und waren nicht unbedingt ein leuchtendes Beispiel für diese Lebensentscheidung.

Jughead wirkte aufrichtig alarmiert. »Ich war nur mal wieder ein gemeiner Idiot, Betty«, sagte er. »Ich hab gesagt, dass ich damit aufhöre – und ich hätte mir echt mehr Mühe geben sollen. Ich weiß selbst nicht, was mit mir los ist. Ich weiß nicht –«

»Glaubst du, du wirst irgendwann mal hier leben?«, unterbrach ich ihn.

Er spannte sich an. »Na ja, *irgendwann* mal, ja. Ich hab immer davon geträumt, auf der Lower East Side zu wohnen, oder in Brooklyn. Meine Zwanziger hier zu verbringen, bevor ich in eine Kleinstadt in Maine ziehe, wie Stephen King.« Seine Augen wirkten traurig, nachdenklich. »Glaubst du denn nicht auch, dass du irgendwann mal hier leben wirst?«

Der Moment der Wahrheit, Betty. Es war genau die Frage, die ich nicht beantworten wollte. Aber hier war sie.

»Ganz ehrlich? Nicht wirklich, nein.«

Jetzt *sah* ich ihn an. »Ich muss immer wieder an mein Praktikum letzten Sommer in L. A. denken. Ich habe es dort *geliebt*. Ich hab sogar schon mit dem Gedanken gespielt, vielleicht … dort aufs College zu gehen.« Es kam mir vor wie das vielleicht schlimmste Geständnis, das ich Jughead jemals machen konnte, vor allem hier und jetzt. Ich holte tief Luft und platzte auch noch mit dem Rest heraus.

»Was wird mit uns passieren, Jughead? Du weißt schon … nach der Highschool?«

Da war sie. Eine einfache Frage, auf die es keine treffende, einfache Antwort gab.

Weswegen er auch einfach nur schweigend dastand. Es gab nichts, was er darauf sagen *konnte*, keinen Faden, den er aufnehmen konnte, ohne die perfekte Illusion vollkommen aufzulösen, die wir gemeinsam geschaffen hatten. Die kunstvoll gewobene Fantasie, dass sich die Welt außerhalb von Riverdale niemals in unser Leben einmischen oder zu einer Last für uns werden würde.

Ihm blieb die Antwort darauf erspart. Nicht zuletzt dank einer Autohupe.

Veronica und Archie. Zuerst war ich völlig verwirrt und fragte mich, woher sie gewusst hatten, wo sie uns finden würden. Dann stellte sich jedoch heraus, dass Veronica unbedingt am Dakota hatte vorbeifahren und einen Blick auf ihr altes, grandioseres Revier hatte werfen wollen.

»Aber ehrlich gesagt bereue ich es ein bisschen«, scherzte sie und lehnte sich aus dem offenen Autofenster. »Weil das Pembrooke im Vergleich zum Dakota aussieht, als sei es einem *Schlimmer Wohnen*-Blog entsprungen.« Sie verdrehte die Augen.

Wir beschlossen gemeinsam, dass wir bereit waren, wieder nach Riverdale zurückzufahren. Veronica und

Archie kuschelten sich auf der Heimfahrt innig aneinander, ganz in ihrer eigenen Welt, hielten Händchen und flüsterten sich Insiderwitze zu.

»Weißt du, ich liebe New York irgendwie«, sagte Archie.

»Es ist ein Ort wie kein anderer«, stimmte Veronica ihm zu. »Aber jetzt freue ich mich erst mal wieder auf zu Hause.«

»Euer Tag *kann* gar nicht so gut gewesen sein wie unserer«, sagte Archie.

Er meinte es nicht als Herausforderung oder um anzugeben. Ich kenne Archie. Er war einfach nur total begeistert, und verliebt. Mir kam ein Gedanke: Archie und Veronica kamen sich durch ihre Unterschiede näher. Aber in Jugheads und meinem Fall warfen sie Fragen auf, die zu beantworten keiner von uns bereit war.

»Weißt du was?« Ich klang verbittert, aber ich konnte einfach nicht anders. »Ich bin mir sicher, dass du damit recht hast, Archie.«

Jughead und ich saßen schweigend da, während der Wagen auf den West Side Highway auffuhr. Im Mondlicht wirkte der Fluss schwarz und bodenlos.

Die Welt jenseits von Riverdale rief uns zu sich. Das wussten wir alle. Eines Tages, wenn wir alt genug waren, würde sie unsere Beziehungen bedrohen, unsere Freundschaften … sogar unsere Stadt selbst. Wir wussten, dass dieser Tag kommen würde.

Aber in jenem Moment, obwohl sich unser kleiner

Ausflug zu einem katastrophalen Fehlschlag entwickelt hatte, glaubte ich, dass uns bis dahin noch viel Zeit blieb.

Ich hatte damals schließlich keine Ahnung, wie viel ich in Wahrheit *nicht* wusste.

In der kalten, dunklen Stille von Veronicas Seehaus klammerte ich mich an Jughead, gefangen in der Melancholie dieser Erinnerung. »Der Tag hat uns ein paar wirklich schöne Erinnerungen beschert.« Wie immer versuchte ich, mich darauf zu konzentrieren.

»Ja«, stimmte Jughead mir eilig zu. Auch er musste eben hin und wieder so tun, als sei alles in Ordnung. Aber dann veränderte sich sein Ton, klang wieder echter. »Aber er hat uns auch eindeutig mit einem Gefühl der Unsicherheit zurückgelassen, was … ich weiß auch nicht … das wahre Leben betrifft. Die Zukunft. Darüber, wohin es uns irgendwann mal verschlägt.«

»Ich hab mir deswegen Sorgen gemacht, die komplette Heimfahrt über«, gestand ich. Es fühlte sich gut an, so offen mit ihm zu reden. »Alles, was ich sehen konnte, war unser Ablaufdatum, so als würde es über uns schweben. Und dann waren wir wieder zu Hause und sind in unseren üblichen Rhythmus zurückgefallen. Alles war wieder gut –«

»Alles war großartig«, korrigierte er mich und gab mir einen Kuss.

»Ja. Großartig. Fantastisch. Und jetzt …«

Jetzt löst sich trotzdem alles in Wohlgefallen auf, dachte ich, brachte es jedoch nicht übers Herz, es laut auszusprechen. Jetzt fragte ich mich, ob wir uns von Anfang an nur etwas vorgemacht hatten.

Jughead streichelte mit dem Finger über meine Wange. »Ich weiß.«

Ich war froh, dass ich ihm nichts weiter erklären musste. Jug und ich waren stärker als jemals zuvor, so viel stand fest. Aber das reichte nicht. Es reichte nicht, um zu verhindern, dass unsere Welt ins Schleudern geriet.

Plötzlich war ein scharfes saugendes Geräusch zu hören, so als würde ein Vakuumsiegel durchbrochen, und dann erwachte das Haus mit einem Stöhnen wieder zum Leben. Ich blinzelte gegen das Licht an, das nach dem Stromausfall in meinen Augen brannte.

»Der Strom ist wieder da«, sagte Jughead. »Sollen wir nach den anderen sehen?«

Ich nickte. Wir waren jedoch immer noch dabei, uns aufzurappeln, als die beiden schwungvoll die Kellertür aufstießen. Veronica wirkte erschöpft, aber triumphierend. »Unterschätze nie das todsichere Sicherheitssystem eines Hiram Lodge«, sagte sie. »Alles gut. Es ist überstanden. Was für eine Erleichterung.«

Es war eine Erleichterung. Für den Moment.

Nur dass es nicht wirklich stimmte.

Nichts war überstanden.

Und ich hatte furchtbare Angst, dass nichts je wieder »gut« werden würde.

Zurück im Wohnzimmer war Archie derjenige, der das unschöne Thema ansprach.

»Ich sage das ja nur ungern, Leute, aber diese ... äh, diese Vögel sind immer noch dort draußen.« Er wirkte allein bei dem Gedanken an sie richtig angewidert. »Jug und ich können uns darum kümmern. Wir sind gleich wieder da.«

»Und wenn wir hier im Europa des Mittelalters wären, dann würden Betty und ich dir diese beeindruckende Zurschaustellung als Ritterlichkeit getarnter Frauenfeindlichkeit ganz sicher durchgehen lassen, Archiekins«, erwiderte Veronica. »Aber da wir uns nun mal im einundzwanzigsten Jahrhundert befinden und – Überraschung! – das sogenannte schwächere Geschlecht, genau wie Ginger Rogers, alles tun kann, was ihr Jungs auch tun könnt – sogar rückwärts und auf hohen Absätzen –, stehen wir euch natürlich zur Seite.« Sie warf mir einen kurzen Blick zu und ich nickte. »Acht Hände sind schneller als vier. Und wir haben schließlich noch einiges vor, bevor wir uns schlafen legen können.«

Ich konnte sie auf Archies Gesicht ablesen: diese komplizierte Mischung aus Liebe, Stolz und Kummer. Er wollte nicht, dass Veronica seinen Dreck wegmachte. Aber er missverstand dabei etwas ganz Entscheidendes:

Es war unser Dreck. Nicht nur seiner. Das begriff er einfach immer noch nicht.

Deshalb krempelte ich wortwörtlich die Ärmel hoch. »Komm, Archie. Wir kriegen das schon hin.«

»Ein kleiner Schritt für B und V, ein großer Schritt für

den Feminismus«, fügte Veronica hinzu. Sie wirkte zwar nicht sonderlich begeistert über die Aufgabe, die vor uns lag, aber dafür absolut entschlossen. »Wenn schon nichts anderes, dann gibt mir das hier wenigstens eine Entschuldigung, diese Schuhe hier anschließend durch die bestickten Jimmy-Choo-Stiefeletten zu ersetzen, die ich bei Saks Fifth Avenue erspäht habe.«

»Da ist er, der Silberstreif am Horizont, auf den wir so sehr gehofft hatten«, sagte Jughead.

Wir schafften es tatsächlich alle, kurz darüber zu lachen. Aber nur kurz.

Es war widerlich, aber V hatte recht: Zu viert war es nur halb so schlimm wie zu zweit und das Ganze schnell wieder vorbei – auch wenn es deswegen nicht weniger ekelhaft war. Schon bald schwitzten und keuchten wir alle heftig und eine untypisch zerzauste Veronica hievte triumphierend einen riesigen schwarzen Müllsack auf ihre Schulter. Eine verirrte Locke hüpfte auf ihrer Stirn hin und her und sie schüttelte sie aus dem Gesicht.

»Wisst ihr«, erinnerte sie sich, »als ich letztes Jahr mit Bella Hadid im Ashram auf Mallorca war, hat mir einer der Swamis dort erzählt, dass Krähen Unglück bedeuten. Und ich muss zugeben, dass ich inzwischen wirklich daran glaube.«

»Ich werde dich nicht fragen, was ein Ashram ist«, erwiderte Jughead, »aber du könntest mich sowieso nur schwer davon überzeugen, dass ein Haufen toter Vögel irgendwas anderes als Unglück bedeutet. Außerdem sind sie Aasvögel und symbolisieren den Tod. Das ist immer schlecht fürs Image.«

»Wo du recht hast ...«, murmelte Archie.

Zum x-ten Mal seit seiner Verhaftung sah ich, wie ein Anflug von Panik über Archies Gesicht huschte. »Kommt schon, Leute«, sagte ich, »hier geht's um Archies Leben. Wir werden uns sicher nicht von irgendeinem dämlichen Aberglauben verunsichern lassen.«

»Betty hat recht«, stimmte Veronica mir zu. »Nicht mal die von Gott gegebenen Weisheiten eines Swamis sind unantastbar.« Sie übergab Archie den Müllsack und er schleppte ihn die lange Einfahrt hinunter zu den tiersicheren Abfalltonnen. »Und was jetzt?«

»Ich weiß ja nicht, wie's euch geht, aber ich bin am Verhungern«, sagte Jughead.

Wir starrten ihn beide fassungslos an. »Was denn?«, fragte er grinsend.

»Ist das wirklich dein Ernst?«, fragte Veronica zurück. »Ein toter Haufen den Tod verheißender Krähen regt tatsächlich deinen Appetit an?«

»Hast du das denn immer noch nicht mitgekriegt, Veronica? Mein Appetit muss nicht erst angeregt werden – er ist immer da. Genauso allgegenwärtig wie Goop – sehr zu meinem Leidwesen.«

»Na dann«, erwiderte V. »Ich kann zwar nicht behaupten, dass das auf meiner Liste ganz oben stand, aber wir könnten wahrscheinlich alle eine kleine Energiezufuhr gebrauchen. Sind dieselben Schlafzimmer wie beim letzten Mal okay?«

Alle nickten.

»Prima. Dann bringen wir jetzt unser Gepäck rein, machen uns frisch und gönnen uns einen Mitternachtssnack.«

Jughead ließ mich zuerst duschen. Gentlemanlike? Ja. Sexistisch? Vielleicht. Aber ich würde deswegen ganz sicher nicht mit ihm streiten, solange an meinen Händen immer noch potenziell mit Vogelgrippe infizierte Überreste von Shadow-Lake-Schleim klebten. Ich drehte das Wasser kochend heiß auf, bis sich das ganze Bad mit Dampf füllte, und tauchte dann in den herrlichen, desinfizierenden Duschstrahl ein.

Als ich mich bereits wieder abtrocknete, bemerkte ich, dass meine Hände zitterten. Außerdem brannten mir die Augen und im beschlagenen Badezimmerspiegel nahm ich alles nur sehr verschwommen wahr. Diese Nacht kam mir endlos vor. Aber Veronica hatte recht: Wir konnten uns noch lange nicht schlafen legen.

Ich blickte auf meine Jeans hinunter, die als kleines Häuflein auf dem Fliesenboden lag. Die Pillendose steckte in der Gesäßtasche. Ich hatte sie aus meiner Handtasche genommen, bevor ich duschen gegangen war, nur für den Fall. Es war mitten in der Nacht, der Strom war bereits einmal ausgefallen, und meine Haut brannte wie Feuer. Brauchte ich die nächste Dosis?

Ich hielt meine Jeans in der einen Hand, die Pillendose in

der anderen und ließ mir meine Möglichkeiten – die schlechte und die noch schlechtere – durch den Kopf gehen. Dann hörte ich es plötzlich. Ein leises Piepsen, ein Summen, eine Melodie.

Mein Handy, das ich ebenfalls mit ins Bad genommen hatte.

Es klingelte. Aggressiv. Beharrlich. Das Klingeln hörte gar nicht mehr auf.

Und es war auch nicht nur irgendein Klingelton.

Mein Handy spielte »Lollipop«. Ein scheinbar harmloser Pop-Oldie, bei dem mir das Blut in den Adern gefror.

»Lollipop« – auch bekannt als Black Hoods Klingelton.

Das ist nicht real, beruhigte ich mich selbst verzweifelt. Das kann es nicht sein. Wir haben dich geschnappt. Du warst mein Vater, und wir haben dich gefasst, und jetzt sitzt du im Gefängnis.

Aber wenn es nicht real war, warum hörte das Handy dann nicht mehr auf zu klingeln?

Ich drückte auf »Ablehnen« und versuchte, das Telefon auszuschalten. UNBEKANNTE NUMMER, leuchtete auf dem Display auf und verhöhnte mich. Erschrocken warf ich das Handy auf den Waschtisch, wo es mit einem Klappern landete.

»Betty, ist alles okay da drin?« Jughead klang völlig normal, entspannt. Aber er hatte etwas gehört. Etwas, das zumindest dafür gesorgt hatte, dass er sich vergewissern wollte, dass es mir gut ging. Aber nichts wirklich Beunruhigendes. Nicht den Klingelton. Da war ich mir sicher. Sonst hätte er schon beim ersten Ton die Tür aufgebrochen.

»Mir geht's gut«, rief ich zurück und wünschte mir so sehr, es wäre wahr. Ich starrte auf die Pillendose in meiner Hand. Der Deckel war ab.

Was? Wann war das denn passiert?

Außerdem lief der Wasserhahn.

Hatte ich eine Tablette geschluckt? Mehr als eine? Wie konnte es sein, dass ich mich nicht mehr erinnerte?

Mit wachsender Panik schraubte ich den Deckel wieder auf die Pillendose – ich würde sie später zählen, wenn ich wieder klarer im Kopf war –, schlüpfte in meine Klamotten und steckte die Dose zurück in die Hosentasche. Jede Zelle meines Körpers stand in Habachtstellung – und ich war mir nicht sicher, warum. Wegen des Phantomanrufs? Der Pillen? Allem oder nichts von beidem?

»Kann ich reinkommen? Ich will dich ja nicht stressen, aber ich würde wirklich gern das Ebola-Virus abduschen. Ich hab Angst, dass ich mutiere und mich wie ein Zombie auf euch stürze, wenn ich hier noch länger mariniere.«

»Natürlich! Eine Sekunde!« Ich schnappte mir mein Handy und drehte es um. Vielleicht bestand ja irgendeine Möglichkeit, den anonymen Anruf zurückzuverfolgen – wenn nicht jetzt, dann später, wenn wir wieder zu Hause waren und das Ganze nur noch eine entfernte Erinnerung an einen Albtraum war, über die wir herzlich lachen konnten.

Das Handydisplay hatte bei der Landung einen Sprung abbekommen. Ein Haarriss schlängelte sich wie ein Blitz über das Glas. Die eiskalte Faust der Angst krallte sich in meinen Magen, als ich die Anrufliste aufrief.

KEINE VERPASSTEN ANRUFE.

Ich schüttelte den Kopf und blickte erneut auf das Handy.

KEINE VERPASSTEN ANRUFE.

Ich zwang meine Stimme, normal zu klingen. »Ich komme«, rief ich Jug zu. Was konnte ich auch sonst tun – außer langsam wirklich wahnsinnig zu werden?

KAPITEL 16

JUGHEAD

Zu den zahlreichen unerwarteten Annehmlichkeiten, wenn man in einem Ferienhaus von Hiram Lodge abstieg, gehörte das scheinbar endlose Reservoir an fließendem warmen Wasser. In diesen Genuss war meine Familie in der Wohnwagensiedlung nie gekommen. Man konnte über diesen größenwahnsinnigen Tycoon ja sagen, was man wollte – ich selbst hatte schon eine ganze Menge über ihn gesagt, könnte noch eine Menge mehr über ihn sagen und würde dies höchstwahrscheinlich auch tun –, aber der Mann wusste, wie man eine Hütte im Wald vernünftig ausstattete.

Während sich Betty in der Dusche reichlich Zeit ließ, lag ich auf dem Bett, sah zu, wie der Dampf unter der Tür aufstieg, und dachte darüber nach, wie unsere Nacht bisher verlaufen war, wie es mit den Beweisen voranging – nicht besonders – und wonach wir immer noch suchten – nach allem, was Hiram *be*lastete und somit einen gewissen Archie Andrews *ent*lastete.

Zu behaupten, dass wir uns an die unwahrscheinlichste Chance aller unwahrscheinlichen Chancen klammerten, war …

Nein. Ich zwang mich, diesen Gedanken zu verdrängen. Betty würde nichts davon hören wollen, das wusste ich. Auch sie kämpfte gegen eine Menge innerer Dämonen, das hatte ich immer wieder gesehen, und ich tat mein Bestes, ihr dabei zu helfen, sie im Zaum zu halten. Aber wenn es um ihre Freunde ging, war sie unerschütterlich hoffnungsvoll. In dieser Hinsicht konnte ich mir eine Scheibe von ihr abschneiden, oder auch zwei.

Ein bisschen kam ich mir vor wie in unserer eigenen bizarren Version dieser uralten Spielshow, bei der man die Antworten seines Partners erraten musste, um zu gewinnen: *Was würde Betty tun?* Wenn sie hätte versuchen wollen, mich von diesen negativen Gedanken abzubringen, was hätte sie dann zu mir gesagt?

Das war leicht. Sie hätte mir vorgeschlagen – nein, darauf *bestanden* –, dass ich die Sache aus sämtlichen Blickwinkeln betrachtete. Das hatten wir schon oft genug gemeinsam getan.

Aus sämtlichen Blickwinkeln, also auch aus Hiram Lodges innerstem Heiligtum?

Das wäre dann wohl sein Büro. Er hatte eins im Pembrooke und musste auch im Dakota eins gehabt haben. Außerdem war ich mir ziemlich sicher, dass er auch hier in der Lodge eins hatte. Mindestens eins. Wenn es je einen Mann gegeben hatte, der einen ganzen Bunker an

Kellern brauchte, um seine Leichen zu verstecken, dann war es Veronicas Vater.

Okay, dann musste ich diese Büros nur noch finden und durchsuchen. Sorgfältig. Ich klopfte an die Badezimmertür. Es verstrich eine Sekunde, bevor sie sich einen Spalt öffnete. Betty lugte heraus, in ein Handtuch gewickelt und mit leicht wildem Ausdruck in den Augen.

»Alles okay?« Sie sah nicht so entspannt aus, wie ich es nach einer dampfend heißen Dusche erwartet hätte. Andererseits war das hier auch nicht unbedingt ein erholsamer Trip an den See.

»Natürlich«, antwortete sie hastig und nicht wirklich überzeugend. »Tut mir leid, dass ich so lange gebraucht hab.«

»Kein Problem«, versicherte ich ihr. »Darum hab ich ja geklopft. Ich wollte dir sagen, dass du dir ruhig Zeit lassen kannst. Hier im Haus gibt's mindestens noch drei Badezimmer. Ich benutze einfach das im Zimmer nebenan. Wir sehen uns dann in der Küche?«

»Oh. Okay.« Ihr Blick huschte an mir vorbei und über meine Schulter hinweg, bevor sie mir wieder in die Augen sah. »Gute Idee.«

»Bist du sicher, dass es dir gut geht?«

»Warum sollte es mir nicht gut gehen?« Sie gab mir einen flüchtigen Kuss und hüllte mich in den blumigen Duft des Shampoos, das sie gerade benutzt hatte.

»Abgesehen von der Tatsache, dass wir an den Ort

eines gewalttätigen Einbruchs zurückgekommen sind, in der Hoffnung, unseren zu Unrecht angeklagten Freund vor einer möglichen Gefängnisstrafe zu bewahren? Oh, und natürlich nicht zu vergessen der Willkommensgruß mit einem Haufen blutiger Vögel. Bei manchen Leuten würde das wahrscheinlich schon einen gewissen Stress auslösen. Und das sind nur die Sachen, die mir ganz spontan einfallen.«

»Mir geht's *gut*«, beharrte sie und klang wieder mehr wie sie selbst. »*Manche* Leute sind auch nicht aus Riverdale, hab ich recht?« Sie hielt mir ein trockenes Handtuch hin und schob mich aus der offenen Tür. »Wir haben Erfahrung in diesen Dingen, schon vergessen?«

Ich starrte auf die geschlossene Tür, amüsiert und ein wenig verdutzt. Betty hatte diese Wirkung auf mich. »Wie könnte ich das wohl jemals vergessen?«

Nach einer schnellen Dusche fand ich Hirams Büro am Ende des Flurs im ersten Stock. Die Tür war angelehnt, sonst hätte ich sie niemals bemerkt – vielleicht das erste bisschen Glück an diesem ganzen Abend. Ich hoffte, dass es nicht das letzte war.

Die Einrichtung des Zimmers schien direkt *Schöner Wohnen für Alphagangster* entsprungen zu sein. Ich vermutete, dass er diese männlich-markante Ästhetik all seinen Arbeitszimmern angedeihen ließ: dunkles Leder, getäfelte Wände, irgendein Tierfell auf dem Boden, ein riesiger Kamin und diverse ausgestopfte Jagdtrophäen an der Wand. In der Ecke befand sich ein Bar-Wagen, der echt antik aussah, vor Flaschen beinahe überquoll und mit geschliffenen Kristallgläsern bestückt war. Es war alles sehr *Goodfellas* trifft *Shining*.

Ich musste diskret vorgehen. Auch wenn Veronica voll und ganz auf unserer Seite stand und uns zustimmte, dass ihr Vater in dieser aktuellen Horrorshow das große böse Ungeheuer war, war es doch ein wenig seltsam, hinter ihrem Rücken in seinen Sachen herumzuwühlen. Falls ich jedoch tatsächlich etwas fand, konnte ich zumindest besser rechtfertigen, warum ich es getan hatte.

Deshalb musst du auch unbedingt etwas finden, Jones, dachte ich und ließ den Blick durch den Raum schweifen. Ein Aktenschrank in der hinteren Ecke, aus demselben polierten Holz wie der glänzende Schreibtisch und die im Raum verteilten Beistelltische. Ich rüttelte an den Griffen, aber der Schrank war abgeschlossen. Keine Ahnung, warum mich das überraschte. Auch die oberste Schreibtischschublade war verschlossen. Offensichtlich.

Die Situation erforderte Betty. Gemeinsam waren wir einfach besser, bei allem. Außerdem war sie die wahre Nancy Drew unseres Duos. Ich war eher ein nicht völlig unnützer Ned Nickerson, wenn ich ganz ehrlich war.

Mein Blick blieb an einem Bücherregal vor der hinteren Wand hängen. Genauer gesagt an der antiken Underwood, die darauf stand. Ihre Tasten sahen aus wie glänzende Zahnreihen, schwarz und stark. Betty hatte mir letztes Jahr zu Weihnachten genauso eine alte Schreibmaschine geschenkt. Schon komisch: Ich hatte mich über ihr aufmerksames, einzigartiges Geschenk wahnsinnig gefreut, aber diese Maschine empfand ich beinahe als bedrohlich.

Es kommt eben immer auf den Kontext an, dachte ich und musste mal wieder an den guten alten Stephen King denken. Im Roman *Sie* tötet Paul Sheldon Annie Wilkes mit einem ganz ähnlichen Modell. Ich sag ja: bedrohlich. *Wir sind deine größten Fans, Hiram.*

Es war schwer zu glauben, dass tatsächlich Veronicas *Vater* Archies Leben zerstören wollte. Es wäre allerdings noch schwerer zu glauben gewesen, wenn nicht auch Jason Blossom vor gerade mal einem Jahr von seinem eigenen Vater ermordet worden wäre. Betty hatte recht: Wir Kids in Riverdale wuchsen definitiv anders auf. Unsere Initiationsriten waren entschieden finsterer. Aber ich schätze, sie machten uns auch härter.

Falls sie uns nicht umbrachten, jedenfalls.

»Was machst du denn hier drin?«

Verflucht. Erwischt. Ich blickte auf und sah eine uncharakteristisch lässig gekleidete Veronica in der Tür stehen, die mich durch ihre übergroße Lesebrille fragend ansah.

Ich wühle nur in den persönlichen Unterlagen deines Vaters rum, ohne es dir zu sagen. Ich hatte nichts gefunden – noch nicht – und brachte es deshalb nicht fertig, ihr die Wahrheit zu sagen. »Ich, äh … ich hab eine Dusche gesucht, damit Betty sich bei uns im Bad Zeit lassen kann. Die Tür stand offen und da ist mir diese Underwood aufgefallen. Eine echte Schönheit.«

»Ist sie. Zweifellos ein Geschenk von irgendeinem loyalen Mitglied eines Verbrechersyndikats, in dem Versuch, Daddykins zu bestechen oder zu beschwichtigen.« Sie rollte mit den Augen. »Als würde er seine eigenen Memos schreiben. Für derartige Banalitäten ist er viel zu sehr Don Draper.«

Ich zuckte mit den Schultern. »Vielleicht ist sie ja nur Deko. Oder ein Kunstobjekt. Oder vielleicht benutzt er sie auch für einige seiner … sensibleren Unterlagen, wenn du verstehst, was ich meine. Für alles, was er lieber nicht auf einer Festplatte speichern will.« Plötzlich ging eine comicmäßige Glühbirne in meinem Hirn an. *Was, wenn …*

Doch bevor ich weiter darüber nachdenken konnte, hob Veronica eine Augenbraue. »Du bist aber nicht hier, weil du hoffst, ganz zufällig selbst auf ein paar dieser sensiblen Unterlagen zu stoßen, oder?«

»Äh …« Ich lächelte verlegen.

»Keine Angst, Jughead, ich verstehe das. Darum sind wir schließlich hergekommen. Nach dem Essen können wir gemeinsam wieder herkommen und alles gründlich durchsuchen.«

»Gute Idee«, fand ich und war irrsinnig erleichtert,

dass sie wirklich alles dafür tun wollte, Archies Unschuld zu beweisen – selbst wenn sie damit die Schuld ihres Vaters bewies.

»Aber du kannst bis dahin natürlich schon mal anfangen, jeden einzelnen Zentimeter hier fein säuberlich durchzukämmen. Wir dürfen schließlich nichts unversucht lassen. Wir sollten allerdings auch aufpassen, dass wir dabei keine Spuren hinterlassen.«

»Natürlich nicht.« Das musste sie mir sicher nicht erst sagen – auch wenn Veronica da offensichtlich anderer Ansicht war.

»Und dazu gehört auch, dass wir unsere Anwesenheit hier nicht an die große Glocke hängen, Jug«, fügte sie hinzu und seufzte, als sei sie die geduldige Erzieherin, die sich mit einem besonders renitenten Kindergartenkind herumschlagen durfte.

»Natürlich *nicht*.« Ich sah sie an. »Warte mal … Was meinst du denn damit? Ich habe den Eindruck, du wolltest mir damit etwas ganz Bestimmtes sagen.«

Sie kam mit entschlossenen Schritten auf mich zu. Ihr Kaschmir-Hausanzug raschelte leise bei jeder Bewegung. »Jug.« Sie tippte mit dem Finger gegen das Fenster. »Ein bisschen TM, findest du nicht auch?«

Too much? Was meinte sie damit? Ich blickte zum Fenster. Darauf war eine Krone zu erkennen, mein traditioneller Graffiti-Tag, hastig und unsauber mit dem Finger auf die beschlagene Scheibe gezeichnet.

Ich starrte darauf. »Wie in … *Eine Dame verschwindet*.«

»Ganz genau.« Veronica schob die Faust unter den Pullover und fuhr über die Fensterscheibe, bis das Bild vollkommen verschmiert und nicht mehr zu erkennen war. »Wie gesagt: ein Touch too much. Sei einfach ein bisschen vorsichtiger. Diesmal ist ja nichts weiter passiert. Ich verschwinde schnell in den Weinkeller und besorge uns irgendwas mit frischem Bouquet, das wir zu unserem kleinen Mitternachtssnack genießen können. Natürlich nichts, was unseren klaren Verstand vernebelt. Ich denke allerdings, wir können alle einen kleinen Schluck gebrauchen, um unsere Nerven zu beruhigen.«

»Da … kann ich dir nur zustimmen.« Blinzelnd blickte ich auf das verschmierte Fenster. Die Krone war wieder zurückgekehrt, schwächer zwar, aber eindeutig zu erkennen.

Ich blinzelte erneut und sie war wieder verschwunden.

War mein Verstand etwa jetzt schon vernebelt?

Was würde ich erst sehen, nachdem ich ein Gläschen intus hatte? Würde die Krone dann auch wieder zurückkehren?

Ich war mir nicht sicher, ob ich es wirklich herausfinden wollte.

»Du bist doch sonst auch so geheimnisvoll. Lass einfach den Privatdetektiv in dir raus, Justus Jonas«, scherzte Veronica. »Wir treffen uns dann alle in fünf Minuten unten.«

»Natürlich. Sicher. Klar.« Ich wandte den Blick nicht

vom Fenster ab, und hörte nur, wie sie raschelnd den Raum verließ und den Flur wieder hinunterging.

Den Privatdetektiv in mir rauslassen. Das kriegte ich hin. Ich wusste, dass ich das hinkriegte. Ich wusste allerdings nicht, ob ich ihr wirklich versprechen konnte, dass keine Kronen mehr im Haus auftauchen würden – und das aus einem ganz einfachen Grund: Ich hatte diese Krone nicht auf das Fenster gemalt.

JOSIE

Unser erster Abstecher nach Reggies Party? Das Revier von Venom. Oder besser: ihr Übungsraum. Wir hatten Spraydosen dabei, und die Pussycats waren sich definitiv nicht zu schade, sich auch mal auf andere Weise künstlerisch zu betätigen, wenn es dazu diente, die Konkurrenz einzuschüchtern.

»Du weißt eben am besten, wie man zum Ausdruck bringt, was in uns steckt, Süße«, sagte Val, als sie mein Werk begutachtete.

Neun Leben sind besser als eins, stand an der Wand. Man könnte es als unser Motto bezeichnen.

»Nur schade, dass die Farbe irgendwann verblasst«, erwiderte ich. »Wir werden sie wohl zu einer Zugabe herausfordern müssen, nachdem der Regen diese wunderbare Botschaft abgewaschen hat.«

»Auf jeden Fall«, stimmte Melody mir zu.

Vielleicht meinte sie es so, vielleicht auch nicht. Aber es war trotzdem schön, es zu hören.

»Ihr seid dran«, sagte ich. »Wo geht's als Nächstes hin?«

»Ins Hallenbad.« Sie grinste. »Schwimmen macht außerhalb der offiziellen Öffnungszeiten immer doppelt so viel Spaß.«

»Mir gefällt die Idee«, erwiderte ich. »Val?«

»Pop's«, sagte sie. »Ich mag es nun mal klassisch. Ein Milchshake, ein bisschen tanzen … auf den Tischen.«

»Das kannst du doch besser«, forderte ich sie heraus. »Auf den Tischen zu tanzen ist ein Klassiker, sicher, aber die Theke ist schließlich auch nicht schlecht. À la *Coyote Ugly*, nur mit weniger peinlichen weißen Tussen – und alles andere als *ugly*.«

Ihre Augen begannen zu leuchten. »Ausgezeichnet.«

Mein Handy vibrierte in meiner Gesäßtasche. Sweet Pea, wie ich vermutete.

Oder Reggie.

Wie auch immer, ich ignorierte es. Im Moment hatte ich für diesen Kram keine Zeit.

Cheryl:

Josephine, TeeTee hat mir erzählt, dass du ziemlich viel Zeit mit Sweet Pea verbracht hast, seit wir weg sind? Wieso wusste ich davon nichts?

Cheryl:

Nur so viel: Lass krachen, Süße! Ich respektiere dein Recht auf Privatsphäre – aber natürlich nur bis zu einem gewissen Punkt. Schließlich habe ich die Pflicht, meine Vixens und ihre sogenannten außerschulischen Aktivitäten stets im Auge zu behalten.

Cheryl:

Wie dem auch sei, Toni hat heute Abend ein paar ziemlich kryptische Nachrichten mit ihm ausgetauscht und schäumt jetzt vor Wut – um es milde auszudrücken –, weil er ihn seither nicht mehr erreichen kann.

Cheryl:

Nur für den Fall, dass du heute Abend noch von ihm hörst: Wärst du so nett, ihm auszurichten, dass mein Serpent-Lover versucht, deinen Serpent-Lover zu erreichen?

Cheryl:

Danke. xxx

^^^

Dilton:

Hab noch nichts von deinem Kontaktmann gehört.

Sweet Pea:

Das wirst du noch. Warte einfach ab. Und wo wir gerade dabei sind: Lösch meine Nummer.

^^^

PP:

Hab deinen Namen von unserem gemeinsamen Freund. Hast du, was ich brauche? Kannst du den Job erledigen?

Dilton:

Wenn der Preis stimmt, sicher.

PP:

Ich bin sicher, wir werden uns einig. Meine Jungs melden sich dann.

KAPITEL 17

VERONICA

Ich fand es beinahe komisch, wie schuldig Jughead aussah, weil er hinter meinem Rücken das Arbeitszimmer meines Vaters durchwühlt hatte. Schließlich war der einzige Grund für unseren Ausflug an den See, dass wir nach Beweisen suchen wollten. Aber eben nur *beinahe* komisch … bis mir wieder einfiel, wie beharrlich Betty und Jughead bei unserem letzten Aufenthalt hier darauf gepocht hatten, dass mein Vater längst jenseits von Gut und Böse war und dass, was immer er auch in Bewegung gesetzt hatte, nicht nur uns vier zerstören würde, sondern auch alles das uns in Riverdale etwas bedeutete. Damals war ich noch nicht bereit dafür gewesen. Aber nachdem Daddy beschlossen hatte, dass Archies Leben nichts weiter als ein Kollateralschaden in unserem andauernden Rosenkrieg war …

Nun, genau das war der Moment, in dem es nicht mehr »komisch« war – nicht dass es überhaupt je besonders komisch gewesen wäre.

Aber Ehre, wem Ehre gebührt – und ein dickes Dankeschön an Jug und Betty, von denen ich nie ein »Ich hab's dir ja gesagt« gehört habe.

Nur so viel: Wenn ich Jughead bei unserem letzten Trip hierher dabei erwischt hätte, wie er die Unterlagen meines Vaters durchsucht, wäre das möglicherweise der letzte Nagel im Sarg unserer Viererfreundschaft gewesen. Die Stimmung zwischen uns war bei diesem letzten Ausflug ohnehin schon angespannt gewesen. Heute kämpfte unsere kleine Bande modernder Robin Hoods jedoch Seite an Seite für unsere letzte Hoffnung auf Gerechtigkeit.

Und ich ließ Jughead liebend gern noch etwas mehr Zeit in Daddys Arbeitszimmer. Jedenfalls, solange er nicht in jeder Ecke dieses Hauses eine sprichwörtliche Visitenkarte hinterließ.

Andererseits ... Daddys Machenschaften zu durchkreuzen *und* es ihm dann auch noch unter die Nase zu reiben?

Nun, ich konnte nicht behaupten, dass das nicht verlockend klang.

Der Weinkeller der Lodge Lodge ist älter als die Lodge selbst. Es gab ihn schon vor langer Zeit, als das Gebäude noch ein Hotel war und kein Ferienhaus für eine einzige Familie. Daddy hat das Gebäude selbst renoviert, oder besser gesagt: Er hat ein Dutzend Architekten und

Handwerker bezahlt, damit sie es *für* ihn renovieren, unter der tatkräftigen Anleitung und im Einklang mit der ästhetischen Vision meiner Mutter. Aber wie er gern vor unseren Wochenendgästen prahlte, konnte der Keller von diesen Restaurierungsarbeiten vollkommen unberührt bleiben. Er entsprach, natürlich, allen gewerblichen Standards – schließlich war er früher einmal gewerblich genutzt worden – und verfügte darüber hinaus über eine ansehnliche Größe. Die Temperatur wurde automatisch auf ideale dreizehn Grad geregelt, die ich nach der heißen Dusche nun als ziemlich frisch empfand. Der Raum war einem toskanischen Weinkeller nachempfunden, mit breiten Steinfliesen und endlosen Reihen an Holzregalen, in denen die Weinflaschen fein säuberlich übereinanderlagen.

Ich steuerte zielsicher auf die teuersten Flaschen der Sammlung zu. Sie waren leicht zu identifizieren, selbst für jeden, der nicht von solchem Luxus umgeben aufgewachsen war. Es fiel sofort auf, wie mein Vater sie lagerte: seitlich, mit dem Etikett nach vorne, um besser beeindrucken zu können, wer immer auch gerade in den Genuss einer betont ungezwungenen Tour durch den Weinkeller kam. Einige dieser Flaschen waren mehr wert als der Verlobungsring meiner Mutter. Ich musste keine professionelle Sommelière sein, um das zu wissen.

Ich ließ den Blick über all die hübschen Etiketten schweifen, seidig weich und mit Blattgold verziert, und erlebte einen flüchtigen Moment der Schwäche. Oder vielleicht sollte ich es lieber anders betrachten: Ich entschied mich, mich zu zügeln, was meine Rache betraf, und mich zumindest ein klitzeklein wenig zurückzuhalten.

Ich griff nach einer Flasche Domaine Leroy Musigny Grand Cru, ein Pinot noir, den meine Mutter gern an einem kühlen Herbstabend am Kaminfeuer genoss und den mein Vater für 8.400 Dollar bei einer Auktion ersteigert hatte – ein echtes Schnäppchen. Ich beschloss, dass wir den 350.000 Dollar teuren Champagner beim nächsten Mal trinken würden, um auf Archies Freiheit anzustoßen, wenn diese furchtbare Zeit endlich hinter uns lag.

Ich musste mich schließlich nicht für das eine oder das andere entscheiden, wenn Zeit genug für beides blieb.

Für den Moment würde der stibitzte Pinot meinem Vater schon genug wehtun, vor allem, wenn er erfuhr, dass ihn genau der junge Mann genossen hatte, dessen Leben zu zerstören er wild entschlossen war.

Ich griff nach der Flasche, die Finger fest um das zarte Etikett geschlungen, ging den Flur wieder hinunter und warf einen kurzen Blick auf den Generator, nur zur Sicherheit. Es war ein Stand-by-Modell, entsprach ebenfalls gewerblichen Standards und war vollkommen störungssicher, ganz egal, was passierte – abgesehen von der Apokalypse, vielleicht. Er stand im Sicherheitsraum, der sich ebenfalls im Keller befand und einem wahren Kontrollzentrum glich, mit den Kameramonitoren des internen Überwachungssystems, Back-up-Geräten wie dem Generator und anderer Im-Notfall-Scheibe-einschlagen-Ausrüstung, zum Beispiel hochmodernen Taschenlampen und Erste-Hilfe-Zubehör. Der Zugang zum Kontrollraum war nur über eine Holzverkleidung in Daddys Arbeitszimmer möglich – das Ganze war, wie die anderen schon bemerkt hatten, ziemlich erzschurkenmäßig. Ich hatte dort eigentlich schon vorhin nach dem Rechten schauen wollen, als Archie und ich die Alarmanlage ausgeschaltet hatten. Aber dann war der Strom ausgefallen, und als er wieder ansprang, standen Betty und Jughead vor der Tür, und wir mussten Krähenblut aufwischen.

Wieder mal ein typischer Samstagabend in Veronica Lodges albtraumhaftem Leben.

Ich gab den Code in das Tastenfeld an der Wandtäfelung ein, dieselbe Kombination wie für die Alarmanlage: mein Geburtsdatum, immer mein Geburtsdatum, und duckte mich durch die schräge Tür in den langen, schmalen Raum. Für den ahnungslosen Beobachter sah er aus wie ein gewöhnlicher Wandschrank oder Lagerraum.

Ich hatte mit den anderen darüber diskutiert, ob wir die Kameras ausschalten sollten, aber letztendlich hatten wir uns dagegen entschieden. Zu riskant, solange wir uns nicht sicher waren, wer oder was uns verfolgte. Ich blickte mich im Zimmer um. Der Generator stand in einer Ecke, klobig und imposant. Das grüne Licht blinkte, was bedeutete, dass er aufgeladen und einsatzbereit war. Im Augenblick war er jedoch nicht *an*, also was immer auch den kurzen Stromausfall verursacht hatte, es war vorbei, und wir hingen wieder am Netz. Ich überlegte, ob diese Information in irgendeiner Weise nützlich für uns war, kam jedoch zu dem Schluss, dass sie im Augenblick vor allem tröstlich war. Wir hatten wieder Strom.

Oder doch nicht? Als ich die Sicherheitsmonitore genauer betrachtete – insgesamt waren es sechzehn, übereinandergestapelt wie ein Schachbrett –, fiel mir auf, dass einer von ihnen nur Rauschen zeigte. Schnee.

Die Kamera war aus. *Wir* hatten jedoch keine von ihnen abgeschaltet. Wir hatten nur darüber gesprochen und dann war ich ohnehin abgelenkt gewesen.

Ich ließ den Blick über die kleinen Bildschirme wandern. Einer von ihnen zeigte die Einfahrt. Jeweils eine Kamera überwachte die Schlafzimmer und das Arbeitszimmer, in dem Jughead noch immer ziemlich verwirrt aus dem Fenster starrte, an dem ich sein Kronen-Tag entdeckt hatte.

Mehrere Kameras waren außerdem auf verschiedene Stellen im Wald gerichtet, sowie eine auf die Hintertür des Hauses. Eine weitere blickte auf den Whirlpool, wie ein geifernder alter Lüstling.

Die Aufzeichnungen, dachte ich. Die Aufzeichnungen aus jener Nacht wären extrem nützlich. Aufzeichnungen aus dem Wald, dort, wo Andre und Archie Cassidy begegnet waren.

Ein flüchtiger Blick über die Bänder zeigte jedoch, dass die Aufzeichnungen nicht hier waren – falls sie überhaupt existierten. Aber wie ich Daddy kannte, taten sie das. Und selbst wenn sie hier waren, würden sie sicher nicht leicht zu finden sein.

Und die ausgeschaltete Kamera?

War die, die auf die Haustür gerichtet war. Die Kamera, die uns gesagt hätte, wer genau die Vögel als Willkommensgruß für uns dagelassen hatte.

Wie lange war diese Kamera schon aus? Ich hätte mich selbst in den Hintern beißen können, weil ich sie nicht schon vorhin überprüft hatte, als Archie und ich hier unten gewesen waren. Dann wüsste ich jetzt vielleicht, ob es nur ein Wackelkontakt war oder eine Folge des Stromausfalls …

Oder ob jemand die Kamera absichtlich ausgeschaltet hatte.

Derselbe Jemand, der uns diese Vögel vor die Tür gelegt hatte, zum Beispiel.

Es war nicht schwer zu verstehen, warum dieser Jemand die Aufzeichnungen würde zerstören wollen.

Schwer war nur, irgendetwas davon zu beweisen.

Natürlich immer angenommen … wenn uns tatsächlich jemand beobachtete? Uns absichtlich terrorisierte?

Natürlich immer angenommen, dass wir es dann überhaupt lebend hier raus schafften.

KAPITEL 18

ARCHIE

»Ich verschwinde nur kurz in den Weinkeller. Ich suche uns einen feinen Tropfen aus, den wir genießen können, während wir unseren detektivischen Masterplan aushecken«, sagte Veronica.

Sie stand in der Tür unseres Schlafzimmers, das wir uns schon beim letzten Mal geteilt hatten – das Zimmer, in dem sie auf den Panikknopf gedrückt und Andre alarmiert hatte, dass Einbrecher im Haus waren. Ich versuchte, diese Gedanken – *dunkle Augen dunkle Masken Baseballschläger* – so schnell wie möglich aus meinem Kopf zu verdrängen.

Ich blinzelte – *grüne Augen schwarze Maske* –, und als ich die Augen wieder öffnete, war ich in Sicherheit. Ich sah wieder Veronica vor mir. Sie trug eine Art lila Jogginghose mit passendem Bademantel und einem seidigen Top darunter. Selbst ihre legeren Klamotten waren schick. Außerdem hatte sie ihre süße übergroße Brille auf der Nase, die sie normalerweise nur zu Hause trug, und sah mich mit dunklen, aufmerksamen Augen an. Ihr Haar war immer noch feucht und hinterließ nasse Flecken auf den Schultern ihres Bademantels.

»Geht's dir gut?« Sie wirkte besorgt.

»Natürlich!« Ich versuchte, überzeugend zu klingen, aber meine Stimme war ein bisschen zu viel, ein bisschen zu laut dafür, dass wir beide so nah beieinanderstanden. Ich machte einen Schritt auf sie zu und fügte leiser hinzu: »Mir geht's bestens.« Keine Ahnung, ob sie mir wirklich geglaubt hat, aber sie bohrte zumindest nicht weiter. Sie ging auf Zehenspitzen und gab mir einen Kuss.

»Dann sehen wir uns in ein paar Minuten unten zum Essen?«

Ich nickte. »Ja. Ich will nur noch kurz auspacken.«

Sie verschwand in den Keller und ich brachte meine Zahnbürste und ein paar andere Sachen ins Bad. Sonst gab es nicht viel auszupacken, schließlich hatten wir nur mitgenommen, was wir für eine Nacht brauchten.

Uns blieb ohnehin nicht mehr als diese eine Nacht, um etwas zu finden. Es hieß jetzt oder nie, im wahrsten Sinne des Worts. Vor allem für mich.

Ich verließ das Badezimmer wieder, schnappte mir den Pullover, den ich aufs Bett geworfen hatte, bevor ich in die Dusche gestiegen war, und schlüpfte hinein. Erst als ich wieder angezogen war, fiel mir auf, dass die Kopfkissen auf meiner Seite des Betts leicht zerwühlt wirkten. Es war nicht auffällig, nicht so, dass man es bemerkt hätte, wenn man nicht – wie ich – wie in Trance auf diese eine Stelle auf dem Bett starrte. Aber wenn man bedachte, dass in sämtlichen Zimmern in sämtlichen Häusern der Lodges stets alles perfekt arrangiert war, machte es mich doch stutzig.

Mir lief ein eiskalter Schauer über den Rücken. Es war wie im Film – dieses plötzliche Gefühl, dass ich beobachtet wurde oder demnächst irgendetwas Wichtiges passieren würde, das sich am Ende als ganz entscheidend erweisen sollte. Ich habe mal eine Dokumentation über einen Mann mit dissoziativer Identitätsstörung gesehen, und in diesem Augenblick fühlte ich mich genau so, wie er es in dem Film beschrieben hatte: als sei ich auf einmal gar nicht mehr da, losgelöst von meinem Körper, so als würde ich über der Szene schweben und sie aus weiter Ferne beobachten.

Ich zwang mich, die Faust zu ballen, nur, um mich daran zu erinnern, dass ich es *konnte*, dass ich ein Mensch mit einem Körper war. Ich legte eine Hand auf das Kopfkissen.

Es war warm.

Das hat nichts zu bedeuten, beruhigte ich mich selbst. *Vielleicht hat Veronica dort gesessen oder sich nur für eine Minute dort hingelegt. Dann wäre es immer noch warm, oder? Das wäre überhaupt nicht seltsam.*

Ich hob das Kissen hoch, aber es roch weder nach dem Zeug, das sich Veronica immer ins Haar sprüht, noch nach der Creme, die mich immer an Vanilleeis erinnert. Es roch einfach nur nach sauberer Wäsche.

Dann blickte ich wieder auf das Bett hinunter.

Ich brauchte eine Sekunde, um zu begreifen, was ich sah.

Es war ein Zettel.

Auf dem Bett, dort, wo eben noch das Kopfkissen gelegen hatte, lag ein Zettel. Ein Stück Papier, weiß und an den Rändern ausgefranst, so als hätte es jemand aus einem größeren Blatt Papier herausgerissen. Die Nachricht war in schwarzen Großbuchstaben geschrieben.

Beim Lesen drehte sich mir der Magen um.

ICH WEISS, WAS DU GETAN HAST.

Das war alles, in dunklen, fetten Buchstaben. Keine Unterschrift, noch nicht mal eine Initiale. Nicht dass ich das erwartet hätte.

Jeder Muskel in meinem Körper spannte sich an. Mein erster Instinkt signalisierte mir, zum Fenster zu rennen und mich zu vergewissern, dass wir hier wirklich sicher waren – als ob das Wort *sicher* in unserer Welt überhaupt noch irgendeine Bedeutung gehabt hätte. Ich eilte durch das Zimmer, riss die Vorhänge auf und sah hinaus.

Nichts. Dort draußen war rein gar nichts, bis auf das Geräusch des Windes und der Grillen. Andererseits hatten wir genau das auch in jener Nacht gehört.

In unserer ersten Nacht hier.

Der Nacht, in der alles angefangen hatte.

Der Nacht, in der wir angegriffen worden waren.

Auch in jener Nacht war es totenstill gewesen. Bis zu

dem Moment, in dem es das nicht mehr war. Bis zu der Sekunde, in der wir einen Knall hörten, bei dem sich uns die Nackenhaare aufstellten. Bis zu dem Augenblick, in dem sich mit einem Mal alles veränderte.

Wer hatte die Nachricht geschrieben? Hatte Hiram sie für uns dagelassen? Nein, das ergab keinen Sinn. Unsere Eltern wussten nicht, dass wir hier waren. War uns irgendjemand bis zur Lodge gefolgt? Vielleicht derselbe Jemand, der uns die Vögel vor die Tür gelegt hatte?

Es war wie in einem von Jugheads Horrorfilmen: *Ich weiß, was du getan hast*. Nur dass es uns wirklich passierte, im wahren Leben. Eine Woge der Scham schwappte über mich hinweg. Ohne mich wären meine Freunde gar nicht hier. Hatte ich sie erneut in Gefahr gebracht, indem ich zugestimmt hatte, hierherzukommen?

Ich faltete das Papier zusammen und wieder auseinander. Es war keine Halluzination, sosehr ich es mir auch wünschte.

Ich weiß, was du getan hast.

Aber ich *hatte* Cassidy nicht getötet. Ich war es nicht gewesen. Ich hatte ihn durch den Wald verfolgt, ja. Und dann hatte ich Andre gesehen, der über ihm stand, und hatte ihm direkt in die Augen gesehen. Ich war mir nicht sicher gewesen, was er tun würde, aber ich konnte auch nicht behaupten, dass ich *vollkommen* unschuldig war. In gewisser Weise hatte ich zumindest geahnt, was als Nächstes passieren würde. Trotzdem hatte ich nichts gesagt oder protestiert, geschweige denn, dass ich dageblieben wäre, um es mit anzusehen. Ich hatte Andre angesehen, mich dann abgewandt und war weggegangen.

Und *dann* hatte ich die Schüsse gehört.

Ich hatte vieles getan, seit ich Hiram Lodge kennengelernt hatte. Ich hatte den Roten Kreis ins Leben gerufen. Ich hatte behauptet, Papa Poutine im Namen von Hiram Lodge getötet zu haben. Ich hatte Sweet Pea mit einer Pistole bedroht, auch wenn ich sie – wahrscheinlich – niemals benutzt hätte. All das waren reale Tatsachen, und meine Mom hatte mich bereits vorgewarnt, dass die Anklage sie höchstwahrscheinlich in ihr Schlussplädoyer einschließen würde.

Ich weiß, was du getan hast.

Das Problem mit dieser Nachricht war, dass alles Mögliche damit gemeint sein konnte.

Ich mochte Cassidy vielleicht nicht getötet haben, aber ich hatte genügend andere Dinge getan.

Und irgendjemand da draußen wusste es.

Irgendjemand da draußen beobachtete mich. Und er wusste auch, dass ich, wenn vielleicht nicht wirklich schuldig, ganz sicher auch nicht unschuldig war.

Als ich nach unten kam, saßen Betty, Jughead und Veronica bereits an einem Ende des riesigen Esstischs. Vor ihnen stand eine Platte mit Brotscheiben und Aufschnitt. Jug lud gerade einen Stapel Truthahnschinken, der locker für sechs Sandwiches gereicht hätte, auf eine Scheibe Weißbrot.

»Archie!« Veronicas Augen leuchteten. Sie hielt mir ein Glas Wein hin. Ich nahm es ihr ab und sie stieß sanft mit ihrem eigenen mit mir an.

»Auf uns.« Ich hatte das Gefühl, die Nachricht aus dem Schlafzimmer würde ein Loch in meine Hosentasche brennen, erwähnte es aber mit keinem Wort. Ich war einfach noch nicht bereit dafür.

»Setz dich.« Veronica zeigte mit ausladender Geste auf das Essen. Neben den Sandwichzutaten standen eine riesige Schüssel mit geschnittenem Obst und eine noch größere Schüssel Chips auf dem Tisch. Mehrere bereits geöffnete Dosen Limonade und ein paar Plastikwasserflaschen sowie eine halb leere Kanne Kaffee ergänzten die vier Weingläser. Neben Jugheads Teller lag außerdem eine Tüte mit Erdnuss-M&Ms, beinahe größer als er selbst.

»Schokolade und Cola«, sagte er, als er meinen Blick bemerkte. »Und Kaffee zum Runterspülen. Mit diesem kleinen Zucker-Koffein-Kick schaffen wir es garantiert durch die Geisterstunde.«

»Als *klein* kann man das wohl nicht gerade bezeichnen, Juggie«, scherzte Betty. Allerdings fiel mir auf, dass sie selbst viel gieriger von ihrer Limonade trank als von ihrem Wein.

»Bedien dich, Archie«, forderte Veronica mich auf. »Während wir uns stärken, lassen wir noch mal Revue passieren, was wir bisher wissen – und entwerfen eine Strategie. Wir haben Truthahn, Hühnchen, so ziemlich jeden Käse, den es in Scheiben zu kaufen gibt, und natürlich alles für Erdnussbutter-Marmelade-Sandwiches.«

»Und diese unglaublichen Haferkekse, die noch in der Speisekammer waren. Aus irgendeiner schicken Luxusbäckerei in New York.« Betty hielt eine Plastikverpackung hoch, die mit einem Sticker zugeklebt war, dessen Logo mir vage bekannt vorkam.

Eigentlich hatte ich gedacht, ich hätte gar keinen Hunger, aber als ich den Blick über den Tisch schweifen ließ, knurrte mir doch der Magen. Ich lud mir einen Teller voll – hauptsächlich mit Chips und Schokolade, Jug hatte auf jeden Fall die richtige Idee –, setzte mich und begann genüsslich zu essen.

»Also«, sagte Veronica und schob die Brille auf ihrer Nase nach oben. »Noch mal zusammengefasst: Welche Informationen haben wir?«

Sag es ihnen, dachte ich und musste mich regelrecht zwingen, die Nachricht nicht sofort aus der Tasche zu ziehen. Ich würde es ihnen sagen, das musste ich ... aber noch war ich nicht bereit dazu. Und überhaupt: War die Nachricht wirklich eine neue Information? Eine Nachricht, die von so gut wie jedem stammen konnte? Von wann auch immer? Wie sollte sie uns überhaupt weiterhelfen? Inwiefern bedeutete sie etwas anderes als nur noch mehr Stress?

Etwas vor den anderen zu verstecken war auch keine

Lösung, das wusste ich. Aber ich schätze, ich … brauchte einfach noch mehr Zeit.

»Äh, nicht viel, abgesehen von den toten Krähen«, sagte Jughead. »Und dass diese Zwillinge im Laden ziemlich unheimlich waren.« Er trank einen Schluck von seiner Limo. »Mit anderen Worten: die üblichen Horrorfilmfakten.«

»Nicht sehr hilfreich«, erwiderte Betty.

»Da bin ich anderer Ansicht«, widersprach ihr Jughead. »Es ist sogar sehr hilfreich. Wenn wir uns als Figuren in einem Horrorfilm betrachten, dann gibt es zumindest ein paar Richtlinien und Motive, an denen wir uns orientieren können.«

Veronica hob eine Augenbraue. »Zum Beispiel?«

»Hat denn keiner von euch *Scream* gesehen?« Jughead wirkte aufrichtig enttäuscht von uns.

Betty hob hochzufrieden die Hand. Jughead warf ihr einen Blick zu. »Ich weiß, dass *du* ihn gesehen hast, Betty, weil wir ihn uns letztes Halloween zusammen angesehen haben. Du kennst die Regeln und hast daher die besten Überlebenschancen.«

»Wärst du trotzdem so nett, uns beide auch aufzuklären, Jughead?«, fragte Veronica.

»Okay, das wissen wir dank *Scream*: Regel Nummer eins, wenn man einen Horrorfilm überleben will: Hab niemals Sex. Das ist das klassische Jungfrauen/Schlampen-Dilemma. Wenn du in einem Horrorfilm Sex hast, stirbst du kurze Zeit später.«

»Wie … altmodisch und puritanisch.« Veronica wirkte tatsächlich ein wenig amüsiert.

»Trink nicht und nimm keine Drogen«, fuhr Jug fort und zählte die Regeln an den Fingern ab.

»Ich schätze, gegen die Regel haben wir alle bereits verstoßen. Ist es zu spät, jetzt noch zu Wasser zu wechseln?«, fragte ich und starrte auf das Weinglas in meiner Hand. Eigentlich sollte es ein Witz sein, aber er klang hohl.

»Es ist *definitiv* zu spät, Archie«, erwiderte Jughead. »Und last, but not least: Wenn man in einem Horrorfilm überleben will, darf man niemals, unter gar keinen Umständen sagen: ›Ich bin gleich wieder da.‹ Diese Worte wirken wie eine Zauberformel. Sie sind der Kuss des Todes. Wer sie ausspricht, kann sich hundertprozentig sicher sein, dass er nicht gleich wieder da ist – oder überhaupt jemals wieder. Ganz gleich, was passiert.«

»Ooh«, sagte Veronica und musste lachen. »Ich fürchte, in dem Fall habe ich auch gegen die Regeln verstoßen. Als ich vorhin in den Weinkeller gegangen bin, hab ich zu Archie gesagt, dass wir uns dann hier unten treffen und dass ich gleich wieder zurück bin.«

Sie scherzte natürlich, aber mir standen bei ihren Worten trotzdem die Nackenhaare zu Berge. *Deine Freunde sind in Gefahr, Archie. Und das alles nur deinetwegen.* Vielleicht nicht unbedingt in der horrorfilmartigen Gefahr, die Jughead uns gerade auseinandersetzte, aber die Folgen waren im Prinzip dieselben.

Eigentlich wollte ich ihnen endlich von der Nachricht erzählen, aber stattdessen blaffte ich Jughead nur an: »Das hier ist das wahre Leben, Jug. Kein Horrorfilm. Komm mal wieder zurück in die Realität.« *Ich weiß, was du getan hast.* Es war das wahre Leben – *und* es war ein Horrorfilm. Und ich brachte es einfach nicht über mich, die Wahrheit zu sagen.

Falls Jughead die Anspannung in meiner Stimme bemerkte, ließ er es nicht anmerken. Er blieb völlig ruhig, trotz unseres Gesprächsthemas. »Ist das dein Ernst, Arch? Hast du wirklich noch nicht bemerkt, dass unser Leben praktisch ein Horrorfilm *ist*? Jason Blossom, Black Hood … Wir sind … nur noch eine Zombie-Apokalypse von *Evil Dead* entfernt.«

»Okay, na schön. Mal davon abgesehen, dass du ganz offensichtlich vergessen hast, dass Halloween längst vorbei ist, Jug: Wie würde es mit uns weitergehen, wenn das hier wirklich eine cineastische Meta-Abhandlung unseres Lebens im *Scream*-Stil wäre?« Veronica nippte an ihrem Wein, als würde sie unsere Unterhaltung kein bisschen nervös machen. Da war sie womöglich die Einzige.

»Willst du das wirklich wissen?«

Veronica nickte, und Jughead legte los: »Na ja, ich sage das ja nur ungern, aber ihr zwei«, er winkte mit einem Buttermesser in Ronnies und meine Richtung, »wärt die Ersten, die dran glauben müssen. Die populäre heiße Schulzicke und ihr notgeiler Sportstar-Freund?

Die beiden wollen alle immer zuerst über die Klinge springen sehen.«

Veronica schnitt eine Grimasse angesichts dieser stereotypen Einteilung, und Betty warf hastig ein: »Alle außer uns, natürlich.«

»Alle außer uns«, stimmte Jug ihr zu. »Wir wollen nicht, dass ihr dran glaubt. Aber wir haben auch nichts zu sagen, wenn wir mit euch im Film sind. Wir sind potenzielle Opfer, genau wie ihr. Und außerdem wäre ich sowieso der Nächste: der verbitterte, sarkastische Einzelgänger, der immer einen Spruch parat hat? Ich hab definitiv auch eine Zielscheibe auf dem Rücken.«

»Dann sind wir also alle dem Untergang geweiht«, erwiderte Veronica.

»Alle außer Betty«, korrigierte Jug sie. »Sie ist unser ›letztes Mädchen‹. Unsere Sidney, Nancy oder Laurie Strode. Sie ist sogar blond, wie meistens. In jüngster Vergangenheit neu erfunden als unser aller Lieblingsvampirjägerin Buffy, dem ultimativen letzten Mädchen. Sie hat sogar mystische Kräfte, die ihr dabei helfen, dem Bösen mächtig den Hintern zu versohlen.«

»Die hätte ich auch gern«, scherzte Betty. Sie hatte eine Hand in der Hosentasche und sah aus, als würde sie an irgendetwas herumspielen – an ihrem Handy? Vielleicht.

»Ich würde wahrscheinlich bei dem Versuch getötet werden, dich zu retten«, fuhr Jug fort. »Ehrenhaft, aber dem Untergang geweiht. Aber mein Tod macht dich so wütend, dass du genau in der richtigen geistigen Verfassung bist, um das Monster ein für alle Mal zu erledigen. Du würdest durch die Hölle gehen, aber am Ende als triumphierende Siegerin dastehen. Und vielleicht tust du es sogar nur in knapper Unterwäsche, à la Ripley.«

»Triumphierend. Das gefällt mir. Nur dass das Monster immer wieder zurückkommt«, gab Betty zu bedenken, und ihr Blick wirkte für eine Sekunde vollkommen leer.

Einen Moment lang sagte keiner von uns etwas. Jugheads kleiner, nicht ganz ernst gemeinter Exkurs hatte bei uns allen einen Nerv getroffen. Ich blieb bei meiner Bemerkung von eben. Wir mussten unsere Situation nicht mit einem Horrorfilm vergleichen, weil unsere Situation schon horrormäßig genug war. Noch mehr, als den anderen bewusst war, dank meiner Feigheit.

Aber keiner von uns wollte derjenige sein, der laut aussprach, dass wir furchtbare Angst hatten und uns schreckliche Sorgen machten. Stattdessen vermieden wir einfach jeglichen Blickkontakt. Wir sahen überallhin, nur nicht einander an und warteten darauf, dass der unbehagliche Moment verstrich.

Dann erschütterte plötzlich ein Donnerschlag das Haus in seinen Grundfesten.

Wir schrien alle.

JOSIE

Ich musste ein Veto gegen Vals Vorschlag einlegen, dass wir uns alle ein Tattoo stechen ließen. Ich versuchte, die multiplen Herzinfarkte vorzuschieben, die meine Mutter garantiert erleiden würde, wenn sie es herausfand. Aber in Wahrheit war ich erleichtert, dass ich eine Ausrede hatte.

»Es besteht ein großer Unterschied«, erklärte ich ihr, »ob man etwas mit abwaschbarer Farbe auf die Wand eines schäbigen Schuppens kritzelt oder seinen Körper dauerhaft zeichnet.«

Wir fuhren die Main Street hinunter, zurück in Richtung Riverdale. »Und außerdem brauchen wir kein Tattoo, um allen zu beweisen, wie stark wir sind. Das wissen sie ohnehin bereits – selbst wenn wir die Venom-Hütte nicht getaggt hätten.«

»Ich bin trotzdem froh, dass wir's getan haben«, erwiderte Val. »Hat Spaß gemacht.«

»Es *hat* Spaß gemacht«, stimmte ich ihr zu, froh darüber, dass wir alle derselben Meinung waren. »Außerdem war es einfach nötig. Wir müssen schließlich unser Revier verteidigen. Wir können nicht zulassen, dass irgendjemand unbefugt darauf eindringt.«

»Wo wir gerade davon sprechen …« Wir hielten an der nächsten Kreuzung an einer roten Ampel an, als ich aus dem Augenwinkel etwas wahrnahm – ein silbernes Cabrio in der Spur neben uns. »Mantle?« *Wenn man die ständigen Nachrichten des Teufels ignoriert, taucht er offensichtlich irgendwann persönlich auf …*

Seine Augen begannen zu strahlen, als er mich sah. Auf dem Beifahrersitz saß irgendein anderer Bulldog, den ich nicht kannte. Ehrlich, man kann wirklich nicht von mir erwarten, dass ich mir die Gesichter all meiner mich anhimmelnden Fans merke. »Josie, woher wusstest du, dass ich gerade an dich gedacht hab?«

»Mal ehrlich, Mantle – du denkst doch immer an mich.« Er war schließlich auch nur ein Mensch.

Er leugnete es nicht. »Glaubst du, deine Kätzchen verkraften ein Rennen gegen die Bulldogs?« Sein Beifahrer stieß tatsächlich ein Bellen aus, tief und kehlig.

Ich warf meinen Mädels einen Blick zu, auch wenn es eigentlich nicht nötig gewesen wäre. Ich wusste, was sie dachten: Warum nicht, verdammt? Wir befanden uns immer noch mitten in unserem Adrenalinrausch, und es bestand überhaupt kein Grund, ihn vorzeitig einzudämmen.

»Wir sind dabei, Reggie«, sagte ich. »Heute Abend schlagen die Pussycats zurück.«

»Ich liebe Herausforderungen«, erwiderte er. »Zu dumm nur, dass das hier ein Kinderspiel für mich wird.«

»Das werden wir noch sehen.«

Die Ampel sprang von Rot auf Grün.

Ich ließ den Motor aufheulen.

Und wir rasten davon.

KAPITEL 19

JOSIE

Wir rauschten mit quietschenden Reifen die Main Street hinunter, Kühler an Kühler. Ich wagte es nicht, den Blick von der Straße abzuwenden, aber ich konnte Mantle aus dem Augenwinkel erkennen. Er saß tief über das Lenkrad gebeugt und klammerte sich daran fest, den Kiefer angespannt. Der Typ wollte auf keinen Fall verlieren. Zu dumm nur, dass er bei den falschen Kätzchen die Krallen ausgefahren hatte.

Der Geruch von verbranntem Gummi erfüllte die Luft und die Mädels kreischten vor Vergnügen. Wir jaulten laut, als ich das Gaspedal bis zum Boden durchtrat und mich vor Reggies Wagen schob. Es waren nur ein paar Zentimeter – wir sausten am Büro der Bürgermeisterin vorbei, das im Rückspiegel nur noch verschwommen zu erkennen war –, aber es reichte.

»SCHEISSE!«, kreischte Val. Sie hatte sich aufgesetzt und hing aus dem Fenster, die beiden Bulldogs fest im Blick.

»Was?« Ich bremste möglichst sanft ab. Im Spiegel stieg Reggie so hart auf die Bremse, dass der Wagen in Richtung der Gegenfahrbahn schlingerte. Ich hörte die Jungs lautstark fluchen. Als Reggie die Kontrolle über den Wagen wiedererlangte, sah ich eine Gestalt hinter seinem Auto auftauchen und scheinbar völlig geistesabwesend über die Straße gehen, ohne den Verkehr – oder besser gesagt: uns – zu beachten.

»Dilton Doiley?« Melody klang überrascht. »Warum zur Hölle spaziert er mitten in der Nacht auf der Main Street rum?«

»Keine Ahnung, aber er sollte lieber schnell wieder aus seinem Paralleluniversum zurückkommen, sonst endet er noch als Kühlerfigur«, erwiderte ich.

»Denkst du, wir sollten das vielleicht als Zeichen verstehen? Dass es Zeit ist, nach Hause zu fahren?« Melody seufzte. »Ausgerechnet jetzt, wo der Abend gerade interessant wird.«

Ich sah bei laufendem Motor zu, wie Reggie aus seinem Auto sprang und nach Dilton sah. Was auch immer er für einen Grund hatte, weit nach seiner Schlafenszeit durch die Straßen von Riverdale zu wandern – was in dieser Stadt ganz schön mutig war, das musste ich dem Kleinen lassen –, es ging mich nichts an. Außerdem schien es ihm ganz offensichtlich gut zu gehen. Ich drückte zwei Mal kurz auf die Hupe und winkte Reggie zu. Er blickte auf und verabschiedete sich ebenfalls mit einem Winken.

»Okay, Kätzchen«, sagte ich und unterdrückte ein Gähnen. »Die Nacht war lang. Zeit fürs Körbchen?«

Cheryl:

Cousinchen, ich wünschte, ich müsste dich nicht an unserem letzten Sommerabend stören, aber TeeTee ist wegen dieser kryptischen Nachrichten von Sweet Pea total von der Rolle.

Cheryl:

Erst diese endlosen geheimnisvollen Andeutungen und dann Totenstille. Sie macht sich Sorgen, dass es irgendwas Großes ist ... und da denke ich natürlich sofort: Lodge? Das Einzige, was in dieser Stadt noch größer wäre, wäre mein Daddy – oder deiner –, und die stehen beide außer Frage.

Cheryl:

Ich weiß nicht, was im Busch ist – falls überhaupt irgendwas. Aber halt die Augen offen und sag deinem Lover, dass er auf jeden Fall rangehen soll, wenn seine Schlangenbrüder anrufen.

Josie:

Ich weiß, dass wir uns vielleicht noch treffen wollten, aber die Kätzchen und ich haben eben fast Dilton Doiley auf der Main Street überfahren. Keine Ahnung, wohin er um diese Uhrzeit ganz allein unterwegs ist, aber er wäre BEINAHE nicht dort angekommen. Mir und den Mädels reicht's für heute. Treffen wir uns morgen nach der Venom-Show hinter der Bühne?

Sweet Pea:

Okay, klingt gut.

Sweet Pea:

Warte, du hast Dilton auf der Main gesehen? Und er ist ganz allein durch die Gegend spaziert?

Josie:

Ja, wieso?

Sweet Pea:

Nur so. Ist einfach nur … seltsam. Aber ihm geht's gut?

Josie:

Es war definitiv mehr als nur seltsam. Aber ja, ihm geht's gut. Okay, dann ... over and out. Ich brauche meinen Schönheitsschlaf. Bis morgen.

Sweet Pea:

Bis morgen.

Sweet Pea:

Sieht aus, als hätte PP gekriegt, was sie braucht.

FP:

Und das ganz ohne unser Zutun.

Sweet Pea:

Jedenfalls ohne unser direktes Zutun.

FP:

Halt einfach die Klappe. Wenn es vorbei ist, haben die Serpents nichts mehr zu befürchten.

Sweet Pea:

Ich weiß. Aber was genau ist denn »vorbei«?

FP:

Besser, wir wissen von nichts, Kleiner. Stell keine Fragen, wenn du die Antwort nicht wirklich hören willst.

BETTY

Liebes Tagebuch,
das letzte Mädchen. War ich das wirklich?

Im Fall der Black-Hood-Geschichte ganz sicher. Es traf den Nagel auf den Kopf. Ich stand die ganze Zeit über mit einem Mörder in Kontakt, während er versuchte, mich von seiner Spur abzulenken, und gleichzeitig Menschen aus meinem Leben, meiner Welt auslöschte. Menschen, die mir etwas bedeuteten. Und am Ende musste ich erfahren, dass Black Hood mir näherstand, als ich es jemals für möglich gehalten hätte.

Der perfekte Stoff für einen Horrorfilm, so viel stand fest.

Mein Handy piepste in meiner Hosentasche und schickte sanfte Vibrationen durch meinen Körper. Ich hörte Jughead aufmerksam zu, der die »Regeln« für Horrorfilme beschrieb. Es machte mir Gänsehaut. Diese scherzhafte kleine Liste war viel zu nah an der Wahrheit.

Wenn ich mein Handy aus der Tasche holte, würde ich dann noch mehr UNBEKANNTE Anrufe auf dem Display sehen? Oder wäre es etwas vollkommen »Unschuldiges« – nur eine weitere Nachricht von meiner Schwester oder meiner Mutter, die mich anbettelten, nach Hause zu kommen und mit ihnen und ihrem freundlichen Nachbarschaftskult-Guru bei einer Tasse Tee zu plaudern?

Ich war das letzte Mädchen. Das ultimative letzte Mädchen. Es gab sonst keine andere Erklärung für diese regelmäßig in meinem Leben auftretenden Ereignisse.

Ich wollte nicht unbedingt, dass alles wieder normal war – wenn Jughead und ich einen Fall recherchierten, fühlte ich mich lebendiger, mehr wie ich selbst als je zuvor in meinem Leben –, aber musste es denn bei allem immer im wahrsten Sinne des Wortes um Leben und Tod gehen? Gab es nicht auch ein paar weniger tödliche Geheimnisse, die wir aufdecken konnten?

Es lag an mir. Das musste es. Ich war der kleinste gemeinsame Nenner. Ich erschuf die Dunkelheit selbst, die mich immer wieder fand, mein Leben und meine Freunde. Ich zog sie an wie ein Magnet.

»Erde an Betty.« Ich hörte die Worte, aber sie klangen wie unter Wasser oder weit entfernt. Es war Archies Stimme, die mich rief, aber ich brachte nicht die Energie auf, ihm zu antworten.

Ein gewaltiges Donnergrollen, so laut, dass sämtliches Geschirr scheppernd auf dem Tisch hüpfte, riss mich zurück in die Wirklichkeit.

Wir schrien alle. Die Lichter flackerten. Als sie wieder brannten – ein schwacher Lichtschein in der tiefen, finsteren Nacht, aber besser als gar nichts –, spürte ich, wie meine Wangen vor Verlegenheit zu glühen begannen. Ich sah, dass sich die anderen genauso albern vorkamen wie ich.

»Wie … ermunternd«, sagte Jughead. »Ein Sturm. Genau das, was uns hier draußen in den Wäldern noch gefehlt hat, um das Klischee wirklich komplett zu erfüllen. Wir können direkt von The Cabin in the Woods in Nebel des Grauens übergehen. Nicht ohne Grund gelten Carpenters Filme als echte Klassiker.«

»Okay, lassen wir die Macht der Natur oder göttliche Eimischung mal beiseite – oder wem oder was wir auch sonst die Schuld an unserer klischeemäßigen ›dunklen, stürmischen Nacht‹ geben wollen«, erwiderte Veronica. Sie nippte von ihrem Wein, aber nur ein wenig, wie mir auffiel. Mit der anderen Hand griff sie nach der Espressotasse, die neben ihr stand. Sie konnte sich ganz offensichtlich nicht entscheiden, in welche Stimmung sie sich versetzen wollte. Ich konnte ihr daraus keinen Vorwurf machen. »Was wissen wir? Da waren wir schließlich stehen geblieben, bevor wir beschlossen haben, auf diese Meta-Horrorebene zu wechseln.«

»Ich habe … das hier.« Archie klang sehr verunsichert. Wir alle sahen ihn an. Er zog etwas aus seiner Hosentasche – ein zusammengefaltetes Stück Papier.

»Eine Nachricht, Arch? Von wem?«, fragte ich. Mir sträubten sich die Nackenhaare. Sie konnte unmöglich von jemandem stammen, von dem wir etwas hören wollten. Ich musste sofort an die unheimlichen Nachrichten im Stil eines Erpresserbriefs denken, die Black Hood mir geschickt hatte.

Mein Vater.

Archie zuckte mit den Schultern und sein Gesicht lief knallrot an. »Ich weiß es nicht. Nicht … nicht von einem

Freund, schätze ich.« Er faltete den Zettel auseinander und las uns die Nachricht vor. »›Ich weiß, was du getan hast.‹ In Großbuchstaben. Von Hand geschrieben, aber ich erkenne die Schrift nicht.« Ich winkte ihm zu, sie mir zu zeigen, und er reichte den Zettel widerwillig über den Tisch.

»Oh«, sagte Jughead mit ungewöhnlich leiser Stimme. »Noch ein Film. Ich weiß, was du letzten Sommer getan hast.« Er versuchte, es herunterzuspielen. »Die Fortsetzung war total lahm.«

»Was zur …?« Ich verstummte, während ich die Nachricht auf mich wirken ließ. Die harten Linien, das zerknitterte Papier. Die ausgefransten Ränder. Mein Oberschenkel zitterte, so als würde mein Handy wieder vibrieren, aber als ich die Hand darauf legte, war es vollkommen still. Mir schnürte sich die Kehle zu. »Was ist hier los?«

»Sie lag unter meinem Kopfkissen. Oben«, sagte Archie. »Ich hab keine Ahnung, wer sie mir dagelassen hat. Es gibt sonst keinerlei Hinweise. Bis auf die Vögel, vielleicht. Könnte doch sein, dass beides zusammenhängt, oder?«

Mir fiel mindestens noch ein weiterer Hinweis ein: dieser verfluchte Klingelton, »Lollipop«, vorhin im Bad. Ich holte mein Handy heraus und scrollte erneut durch die Anrufliste.

Nichts. Keine unbekannten Anrufe.

War das ein Hinweis? Spielten mir die Pillen einen Streich? Oder war ich schlicht und ergreifend dabei, den Verstand zu verlieren?

Ich konnte den anderen nichts davon erzählen.

Zum Glück musste ich das auch gar nicht. Veronica war

schneller. »Es ist nicht der einzige Hinweis«, sagte sie ernst. »Oder zumindest glaube ich das nicht. Als ich unten im Weinkeller war, habe ich die Überwachungskameras überprüft. Das wollte ich eigentlich sofort tun, als wir angekommen sind, wisst ihr noch? Bevor …« Sie erschauderte. »Bevor wir den Willkommensgruß entdeckt haben, den uns irgendein Irrer hiergelassen hat.«

»Das werden wir vermutlich niemals vergessen.« Jughead sprach für uns alle.

Veronica holte tief Luft. »Na ja, ich bin in den Kontrollraum gegangen, in dem sich die Überwachungsmonitore befinden. Ich hatte gehofft, dass ich dort vielleicht irgendwelche verlorenen Aufzeichnungen finde oder so, von der Nacht als … na ja, von der Nacht.« Sie seufzte. »Aber natürlich war dort nichts. Es ist völlig ausgeschlossen, dass Daddy so nachlässig wäre, eindeutige Beweise zurückzulassen. Aber ich habe etwas anderes entdeckt.«

»Was denn?«, fragte ich, nicht sicher, ob ich es wirklich wissen wollte.

»Eine der Kameras war aus.«

»Lass mich raten. Es war die, die auf die Haustür gerichtet ist, stimmt's?«, erwiderte Jughead und verschränkte die Arme über der Brust.

»Die uns gesagt hätte, wer diese Vögel dort abgelegt hat«, fügte ich atemlos hinzu. Jetzt vibrierte nicht nur mein Bein vor Phantomenergie, sondern mein ganzer Körper.

»Jemand hat das absichtlich getan«, sprach Archie mit wütend funkelnden Augen das Offensichtliche aus. »Jemand hat diese Kamera ausgeschaltet, damit er die Vögel dort ablegen konnte, als eine Botschaft für uns. Möglicherweise – sogar sehr wahrscheinlich – dieselbe Person, die mir die Nachricht unters Kopfkissen geschoben hat.«

»Was bedeutet, dass uns tatsächlich jemand beobachtet. OHNE Zweifel.« Ich trank einen Schluck Limo. Sie war lauwarm und viel zu süß, aber ich würgte sie trotzdem hinunter.

»Was bedeutet, dass dieser jemand immer noch im Haus sein könnte«, flüsterte Jughead mit einem wilden Ausdruck in den Augen.

»Okay, die Lage ist ab sofort etwa vierzig Prozent ernster«, sagte Veronica. »Und sie war sowieso schon gefährlich genug. Also, was tun wir als Nächstes, Leute?«

Wie zur Antwort ertönte ein weiterer Donnerschlag, der sogar die Aufhängung der Lampe über uns zum Schaukeln brachte. Wieder schrien wir alle, aber es war uns kein bisschen mehr peinlich.

Diesmal hatten wir das Gefühl, einen guten Grund dafür zu haben.

Jughead nahm meine Hand und drückte sie fest.

Der Kronleuchter schwang weiter bedrohlich hin und her. Die Tür zur vorderen Veranda flog auf und knallte gegen die Wand. Strömender Regen prasselte unerbittlich durch die offene Tür herein.

»Wir müssen sie wieder zumachen«, brüllte Veronica, aber wir konnten sie über den rund um uns tosenden Sturm hinweg trotzdem kaum hören.

Im selben Moment fiel der Strom aus.

Die Lichter flackerten, und ich stieß ein durchdringendes Kreischen aus, ohne mich im Geringsten darum zu scheren, ob es mir vielleicht peinlich sein sollte oder nicht. Ich hatte Todesangst. Und da war ich nicht die Einzige.

In der Schwärze der Dunkelheit konnte ich die Gesichter meiner Freunde nicht erkennen, aber irgendwie fanden wir uns auch in der vollkommenen Finsternis und hielten uns an den Händen.

Und um uns herum tobte und heulte der Sturm.

TEIL III:
DIE ZWILLINGE

KAPITEL 20

JUGHEAD

Ich konnte mich nur an einen anderen Moment in meinem Leben erinnern, in dem ich so vollkommene Dunkelheit erlebt hatte.

Nein, nicht als der Strom in unserer Wohnwagensiedlung ausfiel, obwohl das tatsächlich mit alarmierender Regelmäßigkeit passierte.

Ich spreche von damals, als Dilton Doiley mich bei diesem »*I Am Legend* trifft *Survival Man*«-Campingausflug in die Höhlen auf der anderen Seite des Fox Forest geschleppt und behauptet hat, der Weltuntergang stünde unmittelbar bevor.

Er meinte, es sei nur ein Probedurchlauf. Er wollte noch an ein paar Feinheiten arbeiten.

Ich war zu ihm gegangen, nachdem sein Referat im Spanischunterricht vollkommen aus dem Ruder gelaufen war. Dilton hatte vor der Klasse gestanden und über den Baleyschen Kometen und den bevorstehenden Blutmond referiert – beides Vorboten der Apokalypse, wie er uns erklärte. Der Gute schien wirklich ziemlich fertig zu sein und ich fühlte ehrlich mit ihm. Was möglicherweise auch daran lag, dass meine Mom gerade erst mit Jellybean nach Toledo abgehauen war. Ich war selbst ziemlich am Ende und definitiv mitfühlender, als ich es sonst vermutlich gewesen wäre.

Reggie und seine Jungs machten sich nach dem Unterricht gnadenlos über Dilton lustig und auch das konnte ich nachfühlen. Ich wusste aus erster Hand, wie es war, ständig das Ziel ihrer Witze zu sein. Außerdem wirkte sich zu Diltons Vorteil aus, dass Betty – zu diesem Zeitpunkt noch nicht die bessere Hälfte von #Bughead, obwohl sie trotzdem schon mehr Einfluss auf mich hatte, als ich wahrscheinlich jemals zugegeben hätte – mir anvertraut hatte, dass sie sich Sorgen um seinen Geisteszustand machte.

Da konnte ich ihr kaum widersprechen.

»Na schön«, versicherte ich ihr. »Ich könnte meine Survivalkenntnisse sowieso ein bisschen auffrischen. Ist schon einen Monat her, dass ich *The Colony* gesehen habe.«

Ich fand Dilton an seinem Spind, wo er einer sichtlich verunsicherten Ethel Muggs irgendwas von Feuer und Schwefel erzählte. Außerdem schnappte ich die Worte *Fallout* und *Bunker* auf und sah zu, wie sie urplötzlich die Flucht ergriff. Ich konnte es ihr nicht übel nehmen.

Ich sagte ihm, dass ich ihm glaubte, was den Kometen und das ganze andere Zeug betraf – die Gefahren, die rund um uns lauerten. So weit hergeholt war das auch gar nicht: Jason Blossom war tot, Archie und ich hatten uns mehr oder weniger entfremdet, und meine Familie war zerbrochen. Wenn *das* nicht einem verdammten Weltuntergang gleichkam, wusste ich auch nicht.

»Ich weiß, wo wir hingehen können«, sagte Dilton. »Ist ziemlich klein, aber sicher. Nur du und ich. Bring nur Sachen mit, ohne die du nicht leben kannst. Und erzähle es *niemandem*.«

Es war wahrscheinlich nicht genau das, was er im Sinn hatte, aber ich brachte meine geliebte Ginsberg-Sammlung mit. Nur meine absoluten Lieblingsbücher. Ich hatte Dilton versprochen, dass ich nicht viel Platz brauchen würde. Es waren alles Taschenbücher. Er war trotzdem nicht begeistert.

»Du glaubst wirklich, dass das das Ende ist, oder?«, fragte ich. Wir lagen auf einem schäbigen Feldbett tief in der Höhle und ich begann allmählich zu schwitzen. »Aber mal was anderes: Wo ist eigentlich deine Mom?« Ich dachte an meinen Dad, der sich zweifellos gerade im Whyte Wyrm über einen Billardtisch lehnte und ganz sicher nicht an den bevorstehenden Weltuntergang – und höchstwahrscheinlich auch keine Sekunde an mich – dachte. Mein Herz fing an zu rasen.

»Sie ist nicht in der Stadt«, antwortete Dilton knapp. »Sie ist oft nicht in der Stadt.«

Bisher hatte Dilton mir nur erzählt, dass sein Dad ihm schon beigebracht hatte, wie man sich auf den Ernstfall vorbereitete, als er noch ganz klein gewesen war. Lange vor seinem Tod. »Es ist nur ein Probedurchlauf«, sagte er. »Irgendwann baue ich was Dauerhafteres.« Er befestigte eine Plane über dem Höhleneingang und mit einem Mal fühlte sich die Kammer sehr … von der Außenwelt abgeschlossen an.

Ich blinzelte. »Kommt mir auch schon ziemlich … sicher vor.« War es hier drin wirklich so warm? Und ich war zwar vielleicht nicht unbedingt ein Experte, wenn es um Vater-Sohn-Beziehungen ging, aber das hier gehörte doch eher nicht zu den typischen gemeinsamen Freizeitbeschäftigungen, oder?

Ich warf einen Blick auf mein Handy, um Betty eine Nachricht zu schicken, musste jedoch feststellen, dass ich keinen Empfang hatte. »Wir sind zu tief drin«, sagte Dilton.

Ich geriet in Panik und rannte zum Höhleneingang, aber Dilton stürzte sich auf mich. Wir rangen miteinander. Irgendwann gelang es mir, ihn abzuschütteln und abzuhauen – aber erst, nachdem er sämtliche Laternen ausgeschaltet und uns in eine Finsternis getaucht hatte, die endgültiger war als der Tod. Erst hinterher wurde mir bewusst, dass er eine Nachtsichtbrille trug und es ihm deshalb nichts ausmachte. Ich kam mir hingegen vor, als sei ich lebendig begraben.

Ich rannte aus der Höhle und rief Dilton über meine

Schulter hinweg halbherzige Entschuldigungen zu, weil ich ihn sitzen ließ.

Ich habe nie jemandem von dieser Nacht in der Höhle erzählt. Wenn das nur Diltons Probedurchlauf gewesen war, dann wollte ich mir gar nicht vorstellen, wie der Ernstfall aussah. Trotzdem fühlte ich mich ziemlich mies, weil ich ein Versprechen gebrochen hatte, dass ich eigentlich nie hatte geben wollen. Zumindest konnte ich versuchen, nicht auch mein Wort gegenüber Dilton zu brechen und über diese Nacht Stillschweigen zu bewahren.

Bisher war die Nacht in dieser Höhle die ursprünglichste, grauenvollste Dunkelheit gewesen, die ich je erlebt hatte.

Aber jetzt hörte sich das Prasseln des Regens an, als würden Steine auf die Veranda geschleudert – was im Moment so ungefähr der apokalyptischste Vergleich war, der mir einfiel. Betty umklammerte so verkrampft meine Hand, dass ich sicher ein paar blaue Flecken davontragen würde. Dann stieß sie einen kreischenden Schrei aus, bei dem mir das Blut in den Adern gefror und der es locker mit jeder Scream Queen aufnehmen konnte. Auch wir anderen schrien.

Ich fummelte an meinem Handy herum, bis es mir endlich gelang, die Taschenlampe anzuschalten. Die Augen der anderen waren weit aufgerissen und sie keuchten panisch. Der stürmische Wind peitschte uns das Haar ins Gesicht.

Ich musste es ihnen sagen. Ich musste ihnen von der Krone erzählen, die Veronica und ich gesehen hatten – und davon, was *ich* gesehen hatte, kurz nachdem sie gegangen war. Auch das war ein Beweis. Und höchstwahrscheinlich war es auch ein Hinweis. Und von beiden brauchten wir so viele, wie wir nur finden konnten.

Doch bevor ich den Mund aufmachen konnte, leuchtete ein zweites Handy auf und erhellte Veronicas dunkle Züge. Sie sah wütend aus, entschlossen. »Ich lasse ganz sicher nicht zu, dass ein bisschen Regen meine Pläne durchkreuzt«, sagte sie. »Stromausfall? Na und? Selbst ist die Frau!« Sie stand auf.

»Wo … wo willst du denn hin?«, fragte Betty und sah aus, als stünde sie kurz vor einem Nervenzusammenbruch. Ich hasste es zwar, das zuzugeben, aber ich machte mir wirklich Sorgen um sie.

»Wir brauchen vielleicht Taschenlampen. Und ich muss auf jeden Fall nach dem Generator sehen«, antwortete Veronica. »Er funktioniert, das weiß ich, ich muss nur dafür sorgen, dass er anspringt.«

»Du willst wieder nach unten gehen?« Archie sah darüber ganz und gar nicht glücklich aus.

»In den Keller, ja«, bestätigte sie und blickte ihn mit zur Seite geneigtem Kopf an. »Schau mich doch nicht so an, Archie. Es ist alles okay. Ich muss nur kurz nachsehen, ob da unten alles in Ordnung ist. Ich verspreche –«

»Sag es nicht«, unterbrach Betty sie, und es klang nicht im Geringsten wie ein Scherz.

»Ich verspreche«, wiederholte Veronica unbeirrt, *»ich bin gleich wieder da.«*

KAPITEL 21

VERONICA

Ich bin gleich wieder da.

Normalerweise bin ich nicht abergläubisch, ehrlich, aber warum hatte ich ausgerechnet diese Worte gewählt? Ich musste zugeben, dass ich diese Entscheidung bereute, als ich – ganz vorsichtig und eng an die Wand gedrückt einen Fuß vor den anderen setzend, so als würde ich tatsächlich befürchten, dass mich ein Geist oder irgendjemand anders unangenehm überraschte – in den Keller hinunterging.

Ein Fuß. Dann der andere.

Links. Rechts.

Ich versuchte, den Rhythmus meiner Atmung meinen Schritten anzupassen. Ich musste nach unten und den Generator zum Laufen bringen, und zwar *schnell*, bevor ich doch noch in den Panikmodus wechselte. Meine Füße schienen jedoch nicht kooperieren zu wollen. Von oben hörte ich weitere Schreie, gedämpft und weit entfernt. Es war unmöglich, sie vollkommen zu ignorieren, aber ich versuchte trotzdem, sie auszublenden und mich zu konzentrieren.

Die Stufen hinunter. *Dunkel.*

Durch den Flur. *Dunkler.*

In den Kontrollraum. *Am dunkelsten.*

Meine Handy-Taschenlampe, die nachts in meinem Zimmer immer viel zu grell wirkte, kam mir jetzt so mickrig und ungenügend vor wie ein einsames Streichholz. Ich schwenkte das Handy durch den Raum, bis der Lichtstrahl endlich auf den Generator fiel.

Die Powerleuchte blinkte rot, was bedeutete, dass er sich aus irgendeinem Grund ausgeschaltet hatte. Ich musste ihn neu starten. Der Schalter befand sich irgendwo an der Rückseite. Ich musste nur herausfinden, welcher Schalter es war …

Ich ging auf den Generator zu – und stolperte. *War ja klar.* Mein Handy fiel mir aus der Hand und landete scheppernd auf dem Boden. Der Raum wurde wieder schwarz und kam mir noch dunkler vor als eben, wenn das überhaupt möglich war.

»Mist«, fluchte ich in die Leere.

Meine Stimme hallte von den Wänden wider.

Okay, kein Drama, versuchte ich mir selbst Mut zuzusprechen. Ich war nicht nur nicht abergläubisch, mir jagte so schnell auch nichts einen Schrecken ein, normalerweise. Aber Ausnahmen bestätigen nun mal die Regel.

Und die heutige Nacht war in mehrerlei Hinsicht die vermutlich schlimmstmögliche Ausnahme.

Ich drückte mir selbst alle Daumen, dass ich den Generator auch im Dunkeln und ganz allein wieder zum Laufen bringen konnte. Und dass mein Handy, sobald das Licht wieder anging, wenigstens noch einigermaßen funktionierte.

Ich tastete die Seiten des kalten Metallkastens ab – und strich dabei blind über alle möglichen scharfen Kanten und Kabel und hatte keine Ahnung, ob sie mir vielleicht gleich einen tödlichen Stromschlag versetzen würden. Alles in allem amüsierte ich mich also prächtig.

Und dann hörte ich es.

Tiefes, flaches Atmen.

Wie ein Flüstern … oder genauer gesagt: ein Zischen.

Ich erstarrte. Hielt den Atem in der Hoffnung an, dass das, was ich hörte, nur meine eigene steigende Panik war.

Schhh. Schhh. Schhh.

Nein. Es war nicht ich.

Irgendwo in diesem kleinen, geschlossenen Raum konnte ich irgendjemanden – oder irgend*etwas* – atmen hören.

Dann vernahm ich ein scharrendes Geräusch, gefolgt von einem Trippeln, wie von Ratten in einer Gasse, die man selbst hinter dem schicksten Restaurant in ganz New York City findet.

Ich schluckte. Das Geräusch dröhnte in meinen Ohren. Mein Puls hämmerte gegen meine Schläfen. *Das bildest du dir nur ein*, beruhigte ich mich, glaubte mir jedoch nicht. *Dreh jetzt nicht durch, Ronnie, das bildest du dir nur ein. Hier unten ist n–*

Finger schlossen sich um mein Bein.

Ich schrie.

KAPITEL 22

ARCHIE

Ich versuchte es.

Ich versuchte wirklich mit aller Kraft, nicht durchzudrehen, als die Lichter ein zweites Mal ausgingen. Ich erinnerte mich selbst daran, dass meine Freunde bei mir waren, dass wir alle Ruhe bewahren und zusammenhalten mussten, weil vor allem Betty ziemlich nervös wirkte und ich auch für sie stark bleiben musste.

Aber als das Licht ausging, prasselten die Bilder auf mich nieder.

Es war wie eine Diashow der Albträume, die direkt in meinem Kopf ablief.

Schwarze Maske grüne Augen dunkles Holz Messer Pistole Sünde Krähen.

Es war einfach zu viel. Es war, als brächen all die Gewalt, all die Momente der Angst, die ich seit Jasons Tod erlebt hatte, erneut über mich herein und erinnerten mich daran, wie knapp wir davongekommen waren. Wie viel Glück wir hatten, überhaupt noch am Leben zu sein … und wie unwahrscheinlich es war, dass unsere Glückssträhne weiter anhielt.

Jasons Vater, der ihn kaltblütig erschoss.

Black Hood, der die Waffe auf meinen Vater richtete.

Die Nacht des Kampfs, als Fangs beinahe gestorben wäre.

Die Nacht des Kampfs, als Jughead *beinahe gestorben wäre.*

Jedes Bild versetzte mir einen weiteren Hieb. Jeder Gedanke war ein weiterer Schlag in die Magengegend, den ich wegstecken und aushalten musste.

Und dann, von einem Moment auf den anderen, hielt ich es einfach nicht mehr aus.

»Geht's allen gut?«, erkundigte sich Jughead. Ich hörte Betty irgendeine Antwort murmeln, die jedoch nicht sehr überzeugend klang, auch wenn ich sie durch das rauschende Blut in meinen Ohren nicht besonders gut verstehen konnte.

Es war zu viel, das alles war zu viel. Es wirbelte durch meine Brust wie ein Tornado. Ich drückte die Hände gegen die Stirn und flehte den Sturm der Gefühle an, nicht aus mir herauszubrechen, aber es war sinnlos. Ich begann zu brüllen, stieß einen qualvollen Schrei aus, auch wenn ich zunächst gar nicht kapierte, dass er von mir selbst stammte.

Betty und Jug brüllten mir etwas zu. Ich hörte es, aber ich konnte nicht kontrollieren, was ich tat. Nicht mehr. Ich war auf Autopilot. Noch immer schreiend – betend, dass die Bilder endlich abreißen würden – rannte ich nach draußen, in den Wald. Ich wusste nicht, wo ich hinwollte. Nur, dass ich wegmusste. Das Chaos des Sturms hier draußen passte wenigstens zu dem Chaos in mir.

Hinter mir knallte die Tür zu, gefolgt von einem lauten Klicken. Dieses Klicken hatte irgendetwas zu bedeuten, das war mir vage bewusst. Es hatte damit zu tun, wie ich wieder ins Haus zurückkam. Aber im Augenblick machte ich mir deswegen keine Sorgen.

Das Einzige, was ich in diesem Moment tun musste, war rennen.

KAPITEL 23

BETTY

»Geht's allen gut?«

Jug klang besorgt. Ich versuchte, ihm zu antworten, aber mein Gehirn wollte meinem Mund einfach nicht dabei helfen, die Worte zu formen. Irgendwo ganz in meiner Nähe schrie Archie. Es war ein Laut, den ich noch nie von ihm gehört hatte, noch nicht mal, als sein Dad angeschossen worden war. Dann hörte ich plötzlich einen Knall und donnernde Schritte – Archie rannte nach draußen.

Jughead rief ihm nach, rief mir etwas zu, aber ich antwortete nicht.

Mein Herz hämmerte wie wild, drängte aus meinem Brustkorb, krallte sich meine Kehle hinauf. Mein Handy vibrierte in meiner Hosentasche und jagte ein Brennen durch meinen Körper. Ich war mir sicher, dass es diesmal tatsächlich klingelte ... aber als ich es herauszog, sah ich, dass ich überhaupt keinen Empfang hatte.

»Mist! Kein Empfang«, fluchte ich. Ich musste nachsehen. Ich musste mich vergewissern. Und mir fiel nur eine Möglichkeit ein, das zu tun.

Archie war nach draußen gerannt. Ich hatte keine Ahnung, warum. Aber wenn ich ihm folgte, wenn ich mich aus der vermeintlichen Sicherheit des Hauses wagte, hatte ich vielleicht auch wieder Handyempfang.

»Ich muss raus, Jug«, sagte ich. Oder zumindest versuchte ich, es zu sagen. Dann rannte ich los. Ich spürte, wie mich Jughead am Arm packte, aber ich schüttelte ihn wild entschlossen ab und schlüpfte gerade noch rechtzeitig durch die Tür, bevor sie zufiel und automatisch verriegelte.

Du bist ausgesperrt, wurde mir klar, aber das war mir im Augenblick herzlich egal.

Ich rannte, ohne nachzudenken, und versank immer wieder in riesigen Schlammpfützen, während lange, nasse Zweige meine Wangen und Arme zerkratzten und sich in meinem Haar verfingen. Trotzdem rannte ich immer weiter durch die Nacht.

Es kam mir vor, als würde ich jahrelang so weiterrennen, bis in alle Ewigkeit. Meine Beine brannten und der Regen strömte mir in die Augen. Ich hielt mein Handy fest umklammert. Aus irgendeinem Grund wusste ich, ohne hinzusehen, dass ich noch immer keinen Empfang hatte und dass sich das auch nicht ändern würde, weil es hier draußen überhaupt nirgends Empfang gab.

Ich stolperte.

Ich wusste nicht, ob ein Ast oder ein Stein schuld

daran war oder nur meine eigene blinde Panik, aber ich ging aus vollem Lauf zu Boden und landete so hart, dass meine Hände tiefe Abdrücke in dem feuchten, körnigen Matsch hinterließen.

Und dann packte eine starke Hand meine eigene und half mir wieder auf die Beine, bevor mein Retter mich ganz fest an sich drückte. Ich wischte mir mit dem Unterarm das Gesicht ab, was angesichts des strömenden Regens jedoch nicht wirklich etwas brachte, und blickte in Archies dunkelbraune Augen.

»Was machst du denn hier?«, fragte er gereizt.

»Ich wollte …« Ehrlich gesagt wusste ich es selbst nicht. Jetzt, wo ich ihm gegenüberstand, kam es mir völlig verrückt vor, dass ich überhaupt in den Sturm hinausgerannt war, mitten in einem Stromausfall, und mich aus dem Haus ausgesperrt hatte. Jetzt fragte ich mich nur noch, was zur Hölle ich mir dabei gedacht hatte.

Hinter Archie erkannte ich einen baufälligen Schuppen. Vermutlich für Gartengeräte oder Ähnliches, auch wenn ich ernsthaft bezweifelte, dass Hermione Lodge in den Wäldern rings um ihr Seehaus viel Gelegenheit zum Gärtnern hatte. Aber ich konnte mich natürlich auch irren. Im Moment sah der Schuppen jedenfalls eher wie eine Kulisse direkt aus *Blair Witch Project* aus, und das war wirklich das Letzte, woran ich im Moment denken wollte. Eine Sekunde lang hätte ich schwören können, dass ich im Inneren ein Licht brennen sah. Ich machte den Mund auf, um Archie zu fragen, ob er es auch gesehen hatte, bekam jedoch nicht mehr die Chance, etwas zu sagen.

Im selben Moment stülpte mir jemand einen Stoffsack – *eine Maske?!* – über den Kopf. Ich hörte, wie Archie sich wehrte, gefolgt von einem dumpfen Schlag und Archies Stöhnen.

Dann wurde barmherzigerweise alles schwarz.

KAPITEL 24

JUGHEAD

Archie und Betty. Sie waren weg. Sie waren in die Nacht hinaus verschwunden, in den Sturm, während ich wie erstarrt dastand, nichts als ein leeres Rauschen im Kopf.

Als die Tür hinter Betty zuknallte, war mein erster Impuls, ihr nachzurennen. Aber im selben Moment wurde mir bewusst, dass ich mit einer vernünftigen Taschenlampe die besten Chancen hatte, sie zu finden, und die waren nun mal unten im Keller, wo Veronica versuchte, den Generator anzuschalten. Und den brauchten wir wirklich unbedingt, wenn wir es je wieder hier raus schaffen wollten – ganz zu schweigen davon, dass wir immer noch nicht wirklich nach den Beweisen hatten suchen können, wegen der wir hergekommen waren.

Ich entschied innerhalb eines Sekundenbruchteils, rein nach Bauchgefühl, und rannte Richtung Keller, zu Veronica. Je schneller wir den Generator wieder zum Laufen brachten und uns mit Taschenlampen bewaffneten, desto schneller konnten wir raus in den Wald und nach Archie und Betty suchen.

Ich eilte durch die Tür und stürzte die Stufen, so schnell ich konnte, hinunter, ohne über meine eigenen Füße zu stolpern. Aus dem Augenwinkel sah ich irgendetwas – *irgendjemand?* –, das sich auf den Ausgang zubewegte. Doch bevor ich herausfinden konnte, was es war, hörte ich, wie die Tür hinter mir zuknallte.

Und dann, wie sie sich automatisch *verriegelte* – genau wie beim letzten Mal.

Was bedeutete, dass Veronica und ich hier unten eingeschlossen waren. Zumindest bis der Strom wieder anging.

»Veronica!«, brüllte ich, die Arme ausgestreckt und blind durch die Luft tastend, wobei ich an jedem Türknauf drehte, den ich fand.

Eine der Türen öffnete sich zu einem Raum, der mir ziemlich groß vorkam, allein dem Echo meiner Bewegungen nach zu urteilen, auch wenn er genauso dunkel war wie alles andere hier unten – so dunkel wie ein geheimer Bunker.

Als ich den Kopf in den Raum steckte, hörte ich jedoch etwas. Es klang, als würde jemand … weinen?

»Veronica?«

»Jughead! Oh, Gott sei Dank! Es ist alles verriegelt. Und ich schwöre bei Gott … auch wenn ich weiß, dass das völlig verrückt klingt … ich bin mir sicher, dass noch jemand hier unten ist.«

Ich musste wieder daran denken, was ich an der Tür bemerkt hatte. »Ich würde dich in dieser Hinsicht ja wirklich gern beruhigen, aber im Augenblick möchte ich diese Möglichkeit nicht ganz ausschließen. Aber erst mal konzentrieren wir uns darauf, wieder hier rauszukommen. Ist der Generator irgendwo in deiner Nähe?« In der hallenden Dunkelheit des Kellers konnte ich unmöglich sagen, woher Veronicas gedämpfte Stimme genau kam.

»Ja, aber ich hab mein Handy fallen lassen – ich glaube, es ist kaputt. Das ist natürlich nicht unsere erste Priorität, aber auch alles andere als ideal, weil ich überhaupt nichts sehen kann. Ich weiß, dass ich gerade wie die typische Primadonna von der Upper East Side klinge, aber ich hab wirklich keine Ahnung, was ich mit diesem blöden Ding machen soll.«

Ich musste lachen, trotz allem. »Keine Sorge. Ich kann dir alles genau erklären, Schritt für Schritt. Diese Dinger funktionieren alle mehr oder weniger gleich, selbst die superteuren Exemplare. In der Wohnwagensiedlung hatten wir damit schon oft genug zu tun. In so ärmlichen Verhältnissen aufzuwachsen musste sich früher oder später ja mal als Vorteil erweisen. Ich hab's immer gewusst.«

»Also, ich bin natürlich nicht glücklich darüber, dass deine Familie so viel Pech hatte, aber im Augenblick bin ich zumindest unendlich dankbar dafür.«

Veronica beschrieb mir sämtliche blinkenden Lichter

des Generators und alle Ecken und Kanten, die sie ausmachen konnte.

»In Ordnung«, sagte ich, als ich eine ziemlich gute Vorstellung davon hatte, womit wir es zu tun hatten. »Irgendwo sollten zwei Schalter sein – wie Lichtschalter oder die in einem Verteilerkasten.« Ich hielt inne. *Hat Veronica überhaupt schon jemals einen Verteilerkasten gesehen?* Wie sehr Primadonna war sie tatsächlich?

»Falls du dich fragst, ob ich schon mal einen Verteilerkasten gesehen habe, dann lautet die Antwort ja. Aber ich mache dir wegen deiner verständlichen Zweifel keinen Vorwurf.«

Erwischt. »Okay. Du musst diese beiden Schalter jetzt gleichzeitig umlegen. Genau gleichzeitig. Schaffst du das?«

»Ich glaube, das kriege ich gerade noch hin.« Jetzt klang sie sarkastisch. Ich hörte ein gedämpftes Klappern – vermutlich suchte sie nach den Schaltern –, gefolgt von einem wiederholten leeren Klicken, das nach einem fehlgeschlagenen Neustart klang.

»Okay, wenn auch auf Kosten meiner ganz frischen Maniküre, aber ich glaube …« Ich hörte, wie sie tief einatmete, und hatte beinahe das Gefühl, es in meiner eigenen Lunge zu spüren.

Dann folgte ein weiteres lautes Klicken, bevor ich hörte, wie Veronica erleichtert ausatmete. Eine Sekunde später erwachten die Lichter flackernd wieder zum Leben, und ich blinzelte wie ein Bär dagegen an, der gerade aus dem Winterschlaf erwacht war. Ich befand mich ganz offensichtlich in einem Arbeitszimmer, wie ich nun erkannte. Es ähnelte Hiram Lodges Arbeitszimmer im oberen Stock des Hauses. Er hatte also ein zweites Büro.

War das hier sein *innerstes* innerstes Heiligtum? Hatte ich es tatsächlich endlich gefunden?

Auf der anderen Seite sah ich eine kleine, schräge Tür, die aussah, als gehörte sie zu einem Wandschrank. Veronica stolperte heraus und wirkte erstaunlich wenig mitgenommen.

»Jughead Jones«, sagte sie. »Mein Held.«

KAPITEL 25

VERONICA

Wäre es mir lieber gewesen, wenn Archiekins oder Betty, meine absolute BFF, auf mich gewartet hätten, als ich aus der erstickenden Gruft des Kontrollraums der Lodge Lodge trat? Sicher. Aber auch wenn Jughead und ich ein eher unwahrscheinliches Duo abgaben – uns verband im Prinzip nur, dass uns unsere jeweilige bessere Hälfte so viel bedeutete –, als sich die Tür öffnete und den Weg in einen richtigen, normal großen Raum freigab, war ich aufrichtig begeistert, ihn zu sehen.

Er wirkte mindestens genauso erleichtert, obwohl ich mir sicher bin, dass dies zumindest teilweise daran lag, dass das Licht wieder an war. Ich beobachtete, wie er den Blick durch den Raum schweifen ließ und alles in sich aufnahm.

»Willkommen in Daddys geheimem Refugium«, sagte ich lächelnd.

Er grinste zurück.

»Und du dachtest, du hättest den Jackpot gewonnen, als du oben zufällig sein anderes Arbeitszimmer entdeckt hast. Ist es so, wie du es dir vorgestellt hast?«

Er blickte auf das Bärenfell auf dem Boden und zuckte mit den Schultern. »Mehr oder weniger. Die beiden Zimmer sind sich ziemlich ähnlich.«

»Ja. Sie folgen alle demselben Motto. Aber die richtigen Leichen findet man – wie immer – hier unten im Keller. Hier sind sogar die Safes in einem Safe gesichert. Unter Schloss und Riegel. Natürlich direkt neben dem Überwachungsraum und Daddys anderen Superbösewicht-Spielzeugen.«

»Nur … dass ich nicht glaube, dass wirklich *alle* seine Spielsachen hier unten sind«, erwiderte Jughead. Er lächelte verschmitzt.

Dann fiel mir auf, dass er etwas in der Hand hielt. »Was ist das?«

»Das hab ich oben gefunden, nachdem du die Krone am Fenster entdeckt hast«, antwortete er. »Es ist ein USB-Stick, aber er ist nicht beschriftet. Ich wollte ihn euch vorhin schon zeigen, aber dann ist der Strom ausgefallen. Ich hab keine Ahnung, was drauf ist. Aber er war in einer Kassette im Schreibtisch eingeschlossen, deshalb vermute ich, dass es höchstwahrscheinlich was Wichtiges ist, obwohl er sich im oberen Arbeitszimmer befand.«

Ich musste ihn ziemlich verdutzt angestarrt haben, denn er lächelte breit. »Ich bin Bettys Freund. Glaubst du wirklich, ich hätte von ihr nicht inzwischen gelernt, wie man ein Schloss knackt?«

»Ich bin wirklich schwer beeindruckt«, erwiderte ich. »Vor allem, weil ich alles darauf verwetten würde, dass der USB-Stick in diesen Kasten gehört.« Ich zeigte ihn ihm. »Und dass Daddy beides absichtlich getrennt voneinander aufbewahrt hat.«

Es war ein kleiner Kasten aus Kunststoff, der in neun Fächer für USB-Sticks unterteilt war – aber nur acht enthielt. Ich hatte ihn auf dem Boden neben dem Generator gefunden, als das Licht wieder angegangen war. *Vielleicht hat ihn unser Eindringling zurückgelassen?* Ich schüttelte den Gedanken ab und fuhr fort: »Ich vermute, die Nummern auf diesem Kasten stimmen mit den Nummern der Kameras auf dem Grundstück überein.«

»Und das ist der Stick mit den Aufzeichnungen von der Haustür. Von den Krähen – und dem, der sie dort abgelegt hat«, ergänzte Jughead.

»Das nehme ich an. Oder zumindest hoffe ich es, trotz allem. Holen wir die anderen, dann können wir es uns ansehen.«

Er runzelte die Stirn. »Äh … nein. Ich meine, ja, wir sollten es uns ansehen«, stammelte er und sah meinen verwirrten Gesichtsausdruck. »Aber die anderen … Betty und Archie, sie, äh … Ich weiß auch nicht … Ich glaube, sie sind durchgedreht oder so. Archie ist als Erster nach draußen gestürmt und dann ist Betty ihm nachgerannt. Ich bin nur hier runtergekommen, weil ich dachte, dass unsere Chancen am besten stehen, sie im Wald wiederzufinden, wenn wir uns eine von den Taschenlampen schnappen, die du erwähnt hast.«

Archie war durchgedreht und davongerannt? Mein ganzer Körper brannte vor Wut. Daddy hatte ihm das angetan: diese entsetzliche Angst, diese blinde Panik. Und jetzt war er irgendwo da draußen, in diesem grauenvollen Unwetter, möglicherweise verletzt und nicht mehr nur kurz *vor* einem Nervenzusammenbruch. Ein grollender Donnerschlag hallte in der Ferne, so als wollte er meine Gedanken dramatisch unterstreichen.

Genug ist genug.

Ich holte zwei der Hochleistungstaschenlampen aus dem Schrank und reichte Jughead eine von ihnen. »Ich kann dir da nur zustimmen.«

»Veronica.« Er wiegte die Taschenlampe in beiden Händen und spürte, wie schwer sie war. »Damit könnte man jemanden k. o. schlagen.«

»Tja, ich war vielleicht nie bei den Pfadfindern«, erwiderte ich mit höhnischem Grinsen, »aber ich habe trotzdem von klein auf gelernt, dass es nie schaden kann, auf alle Eventualitäten vorbereitet zu sein.«

Wir eilten in die Nacht hinaus.

KAPITEL 26

ARCHIE

Mir dröhnte der Schädel. Mir war übel. Und mir war *kalt*. Ich zitterte, und meine Klamotten waren nass, weil ich durch den Regen gerannt war. Aber jetzt regnete es nicht mehr.

Oder … Moment, es regnete doch … aber der Regen fiel draußen, nicht auf mich. Ich konnte hören, wie er auf das Dach prasselte, was bedeutete, dass *ich* mich *unter* dem Dach befand. Das Letzte, woran ich mich erinnern konnte, war, dass ich im Wald gestanden hatte, während des Sturms, mit Betty.

Aber wo war ich dann jetzt?

Ich stöhnte und blinzelte irritiert. Ich hatte eine Augenbinde um, wie mir erst jetzt bewusst wurde.

»Er ist wach«, sagte jemand, und ich spürte die Wärme, als sich ein Körper ganz nah zu mir lehnte und so unsanft an der Augenbinde herumfummelte, dass sich ein bohrender Schmerz in meinen Kopf bohrte, direkt über dem Nacken.

Und dann war sie ab.

»Archie!« Ich blickte nach links und sah Betty, Schlieren aus Dreck und Regen auf dem Gesicht, ihr Haar und ihre Kleidung nass, genau wie meine. Ich versuchte aufzuspringen, die Arme nach ihr auszustrecken, aber meine Hände waren gefesselt.

»Was zur Hölle?«

»Es ist alles gut, Arch«, beruhigte sie mich.

»Geht's *dir* gut?« Die Frage war offensichtlich an mich gerichtet. Ich blickte auf, um zu sehen, wer sie mir gestellt hatte. Es war das Mädchen aus dem Supermarkt, die Zwillingsschwerster. Ihr Bruder stand neben ihr. Sie trugen identische olivgrüne Windjacken und waren ebenfalls nass, trieften jedoch nicht so sehr wie Betty und ich.

Sie trieften nicht … weil sie uns geschützt vor dem Regen beobachtet und auf den perfekten Moment gewartet hatten, um uns zu schnappen und uns … ich blickte mich um … in den alten Schuppen vor der Lodge Lodge zu verschleppen?

Er musste früher einmal als Jagdschuppen gedient haben. Er war praktisch leer, die nackten Holzbretter von jahrelanger Verwitterung gezeichnet. An einer Wand befand sich eine Art Werkbank, möglicherweise zum Ausschlachten der Beute? Das Holz dort war dunkel und von verdächtigen Flecken gesprenkelt.

Beute. Im Augenblick waren das wohl Betty und ich. Ich erschauderte unwillkürlich.

»Ihr wart das!«, brüllte ich, und Wut kochte in mir hoch. »Ihr seid uns die ganze Nacht gefolgt!« Der Lieferwagen. Da *war* ein grauer Lieferwagen gewesen, und er hatte den Zwillingen gehört, die uns die ganze Zeit beobachtet hatten.

»Nein, Arch – hör ihnen erst mal zu«, flehte Betty.

»Aber der Lieferwagen, Betty …«, protestierte ich verzweifelt.

»Denk doch mal darüber nach, Archie«, erwiderte sie. »Wir haben den Lieferwagen außerhalb von Greendale gesehen. Aber die Zwillinge haben bereits im Supermarkt gearbeitet, als wir dort waren.« Sie sah mich durchdringend an. »Ich war auch misstrauisch, glaub mir. Aber ich glaube, sie sagen die Wahrheit.«

»Das stimmt«, warf die Schwester ein, leise und ein wenig reuevoll. »Dass wir euch gefolgt sind, meine ich. Aber nicht … in diesem Lieferwagen, den ihr gesehen habt. Und nicht aus dem Grund, den ihr vermutet.« Sie holte tief Luft, als wollte sie mir alles erklären.

Im selben Moment flog krachend die Tür auf.

KAPITEL 27

BETTY

Die Luft in dem stickigen alten Schuppen war feucht und angespannt, während wir alle darauf warteten, dass die Schwester – sie hieß Amelia – uns erzählte, was hier eigentlich los war. Ich hatte bereits eine Kurzversion gehört, als Archie bewusstlos gewesen war. Er wehrte sich verzweifelt gegen seine Fesseln und hielt es offensichtlich kaum noch aus, nicht zu wissen, was hier vor sich ging.

Dann hörten wir plötzlich ein lautes Krachen – die Tür flog auf und ließ das Chaos des tobenden Sturms in den Schuppen. Amelia schrie. Ich packte Archie. Wir alle starrten voller Anspannung zur Tür.

Es waren Jughead und Veronica.

»Archie!« Veronica sah sofort, dass seine Hände gefesselt waren, und eilte zu ihm. »Was ist hier los?«

»Na, seht euch das an«, sagte Jughead erstaunlich ruhig, wenn man die Umstände bedachte. »Wenn das nicht die unheimlichen Mörder-Zwillinge sind. Wenn sie im ersten Akt eingeführt werden, müssen sie im dritten Akt dran glauben.«

»Wir sind keine *Mörder-Zwillinge*«, unterbrach ihn der Bruder. Sein Name war Paul. »Das versuchen wir euch doch schon die ganze Zeit zu sagen.«

»Großartig«, keifte Veronica ihn an. »Und wo wir gerade dabei sind, hätte ich direkt noch eine Frage: Warum zur Hölle ist er gefesselt?« Sie kniete auf dem Boden neben Archie und fummelte an den Seilen um seine Handgelenke herum.

»Und wer hat mich überhaupt ausgeknockt?«, wollte Archie wissen.

»Das war meine Schuld«, gestand Paul kleinlaut. »Aber ich schwöre«, fügte er hastig hinzu, »dass ich es nicht mit Absicht getan habe. Ich wollte das nicht. Da kannst du *sie* fragen.« Er zeigte auf mich.

Alle sahen mich erwartungsvoll an. »Es ist wahr«, bestätigte ich. »Ich meine, sie hatten mir die Augen verbunden, deshalb hab ich nicht wirklich gesehen, wie es passiert ist. Aber sie haben uns gepackt und in den Schuppen geschleift. Es ist alles so schnell passiert, dass ich viel zu perplex war, um irgendwas zu unternehmen. Aber Archie, du hast dich gewehrt, und dann seid ihr beide ausgerutscht. Du bist nach hinten umgekippt und auf einem Stein aufgeschlagen, Arch. Hart. Und hast das Bewusstsein verloren.«

»Okay, aber warum bin ich dann gefesselt?«, fragte er.

»Weil wir Angst hatten«, antwortete Amelia. »Wir dachten, wenn du wieder zu dir kommst, greifst du uns womöglich an, anstatt uns zuzuhören.«

»Da habt ihr richtig gedacht«, erwiderte Archie mit einem wütenden Funkeln.

»Hör ihnen trotzdem zu«, sagte ich.

»Ihr habt genau zehn Sekunden, um mich davon zu überzeugen, nicht die Polizei zu rufen«, warnte Veronica die beiden.

»Das machst du sowieso nicht«, entgegnete Paul, »weil dein Vater dann erfahren würde, dass ihr hier seid, und ich bin mir ziemlich sicher, dass ihr nicht wollt, dass er es weiß. Und das weiß ich deshalb, weil wir auf derselben Seite stehen.«

»Wir wissen alles über euch«, fügte Amelia hinzu. »Und darüber, was mit Cassidy passiert ist.«

»Äh, ja. Wir erinnern uns«, sagte Jug. »Ihr schient deswegen im Supermarkt … stinkwütend zu sein.«

»Sind wir auch«, erwiderte Amelia. »Aber nicht auf euch. Nicht wirklich, jedenfalls.« Sie schaute uns schuldbewusst und voller Bedauern an. »Ich meine, sicher, ihr habt uns schon ein bisschen genervt. Ihr wirkt eben wie die typischen verwöhnten Stadtkinder. Nichts für ungut.«

»Schon okay«, sagte Veronica trocken.

»Aber wir wissen, dass Hiram Lodge hinter dem Mord an Cassidy steckt. Und dass er ihn höchstwahrscheinlich dir anhängen wollte.« Sie sah Archie an. »Und auch wenn wir vielleicht nicht wissen, warum ihr heute Abend hierhergekommen seid, eins wissen wir mit Sicherheit: Ihr werdet euch deswegen gehörigen Ärger mit ihm einhandeln – oder noch Schlimmeres.«

»Und ihr …«, begann Veronica, offensichtlich völlig verwirrt.

»Na ja, Shadow Lake ist ein kleines Nest. Noch kleiner, wenn man die reichen Feriengäste außen vor lässt und nur die alteingesessenen Einwohner mitzählt. Mr Lodge hat davon erfahren, dass ihr herkommen wollt.«

»Wie denn?«, platzte Jughead heraus. Dann zog er die Stirn in tiefe Falten, als er die Antwort selbst erkannte. »Wir haben im Diner darüber gesprochen …« Er seufzte. »Ben. Ich schätze, wir hätten wohl nicht annehmen dürfen, dass er völlig in seine bizarre Rollenspielwelt versunken war.«

Amelia zuckte mit den Schultern. »Mr Lodge hat überall Augen und Ohren. Jedenfalls hat er es gehört – von wem auch immer – und ein paar seiner Schläger geschickt, damit sie euch im Auge behalten. Und euch ein bisschen Angst einjagen, schätze ich. *Das* haben wir beobachtet. Ehrlich, als uns klar wurde, was los war, da … Ach, ich weiß ja, dass ihr mir das nicht glauben werdet, aber … wir wollten euch warnen. Und euch sagen, was wirklich los ist. Ihr müsst bestimmt total fertig sein. Es tut mir leid. Ehrlich.«

»Daddy hat uns jemanden auf den Hals geschickt?« Veronica verschränkte die Arme über der Brust. »Und dann habt *ihr beide* diesen Typen nachspioniert? Das ist doch total krank, selbst für Hiram Lodges Verhältnisse. So was hätte ich mir nicht mal in meinen verrücktesten Albträumen ausgemalt.«

»Die Vögel«, warf ich ein. Veronicas *Vater* steckte hinter den ermordeten Vögeln. Machte das die Sache unheimlicher, als wenn es ein Fremder gewesen wäre? Ja, befand ich. Es war, als würde man herausfinden, dass der eigene Vater als Black Hood sein Unwesen trieb – wie in der Szene in *Unbekannter Anrufer*, als klar wird, dass der Anruf aus dem eigenen Haus stammt.

Oder genauer gesagt, von der eigenen Familie. Dem eigenen *Vater*.

»Wir waren zu spät am Haus, um zu sehen, wer es getan hat«, sagte Paul.

»Und dann die Nachricht, Arch«, fiel mir plötzlich wieder ein. »Wer immer sie auch dagelassen hat … er könnte mit uns im Haus gewesen sein … die ganze Zeit.«

Veronica riss die Augen auf. »Was bedeutet … das Atmen, das ich im Keller gehört habe …?«

»Ist vielleicht doch nicht nur deiner Einbildung entsprungen«, bestätigte Jughead.

Alle schwiegen einen Moment, um diese neuen Erkenntnisse erst mal zu verarbeiten. Wenn man die Umstände genauer betrachtete, war die Tatsache, dass wir mit einem seltsamen Zwillingspärchen in einem gruseligen alten Schuppen gefangen waren, noch der bestmögliche Ausgang bei dieser ganzen Geschichte.

»Okay, von dieser wirklich unheimlichen Enthüllung mal abgesehen«, ergriff Jughead als Erster wieder das Wort. »Wenn Hiram tatsächlich ganz Shadow Lake in der Tasche hat … warum seid ihr beide dann angeblich auf unserer Seite?« Jughead neigte misstrauisch den Kopf.

Beide Zwillinge spannten sich sichtbar an. »Das ist kompliziert. Aber … na ja, unsere Mutter ist tot. Sie wurde vor drei Jahren von einem Auto überfahren«, antwortete Amelia.

Ich schluckte. »Das tut mir so leid.«

Paul zuckte mit den Schultern. »Tja … Sie ist einfach nur über die Straße gegangen. Zur falschen Zeit am falschen Ort. Sie war gar nicht in den eigentlichen ›Unfall‹ verwickelt. Sie war nur ein Kollateralschaden.«

»Aber es war gar nicht wirklich ein Unfall, richtig?«, riet Archie.

Nun zuckte Amelia mit den Schultern. »Die Person, die das eigentliche Ziel war, ist auch gestorben. Er war der Vorsitzende des Gemeindevorstands von Shadow Lake.«

»Und erst kurz zuvor gefeuert worden, wenn ich mich recht erinnere«, fügte Veronica hinzu. »Fristlos.« Ihre Augen röteten sich. »Oh, Daddy. Du hast wirklich deinen ganz eigenen Verhandlungsstil.« Sie sah die Zwillinge an, ihre Augen voller Kummer und Reue. »Ich weiß, dass es nichts gibt, was ich sagen könnte, aber es tut mir so, so leid.« Sie schüttelte den Kopf. »Ehrlich gesagt bin ich überrascht, dass ihr uns nicht noch mehr hasst.«

»Es war nicht eure Schuld. Das wissen wir. Ich meine, das ist schließlich einer der Gründe, warum sich Cassidy euer Haus überhaupt ausgesucht hat. Es lag nicht *nur* daran, dass ihr reiche Schnösel und nicht aus der Stadt seid. Es war … Na ja, es hatte zumindest auch ein paar persönliche Gründe. Wir haben ihm gesagt, dass er die Finger davon lassen soll. Vor allem, weil wir alle wussten, wie dein Vater ist. Cassidy hätten wissen müssen, worauf er sich einlässt.« Amelia wischte sich die Augen ab.

»Man denkt immer, man wüsste alles«, sagte ich. Ich konnte nur allzu gut mit den beiden mitfühlen. »Aber wenn es um das eigene Leben geht, um die eigene persönliche Sicherheit, dann kann man sich nur schwer vorstellen …«

»Für uns war das nicht schwer«, unterbrach Amelia mich mit vor Wut zitternder Stimme. »Wir haben es bei unserer Mom schließlich gesehen, auch wenn nie etwas bewiesen werden konnte.«

»Verdammt«, fluchte Paul, »sie haben ja noch nicht mal in dem Fall ermittelt.«

»Natürlich nicht«, erwiderte Veronica. »Ich bin mir sicher, dass Daddy auch die örtliche Polizei besticht. Woher sollten schließlich sonst diese verlogenen sogenannten Zeugen kommen, die gegen Archie ausgesagt haben?« Sie spannte die Schultern an. »Die gute Nachricht ist allerdings, dass wir wenigstens endlich *eine* handfeste Spur haben. Wir haben ein Video. Jughead und ich haben es im Keller gefunden. Wen auch immer ich dort unten habe herumschleichen hören, er muss ebenfalls danach gesucht haben. Sein Pech. Es ist eine Aufzeichnung der Überwachungskameras. Vermutlich sieht man darauf, wer uns diese Krähen vor die Tür gelegt hat. Wen auch immer wir auf diesem Video sehen, er sollte ein paar Antworten für uns haben.«

Jughead zog triumphierend den USB-Stick aus seiner Jackentasche. »Hier ist –«

Im selben Moment hallte ein Donnerschlag durch den Schuppen, so laut, dass die baufälligen Wände zu wackeln begannen. Jughead machte vor Schreck einen Satz und ließ den Stick fallen. Er schlitterte quer durch den Raum in eine dunkle, staubige Ecke. Jug sah mich panisch an. »Mist.«

»Entspann dich, Jug«, sagte ich. »Ist schon okay.«

Paul stand der Ecke am nächsten und beugte sich nach unten, um unsere einzige Hoffnung aufzuheben, Archies Unschuld doch noch zu beweisen. Plötzlich stieß er ein scharfes Zischen aus. Ich drehte mich zu ihm um und sah den alarmierten Ausdruck in seinen Augen. »Leute, ich fürchte, es ist alles andere als okay.«

KAPITEL 28

JUGHEAD

Ich drehte mich zu Paul um, um zu sehen, was *er* sah. Es war ein … blinkendes rotes Licht?

Mein Gehirn verarbeitete die Information auf instinktiver Ebene schneller, als der Rest von mir folgen konnte. Ich rappelte mich auf und streckte eine Hand aus, um den anderen aufzuhelfen. »RAUS! SOFORT!«

Als alle wieder auf den Beinen waren, schubste ich sie zur Tür hinaus.

»Los! Runter mit euch!« Wir warfen uns hinter einen großen Felsen und drückten uns tief auf den Boden hinunter.

»Was –«, begann Archie, bekam jedoch nicht die Chance, den Gedanken zu Ende zu bringen.

Das Nächste, was wir hörten, war ein dröhnend lauter Knall, der beinahe die Schallmauer durchbrach und den Donner beinahe angenehm leise wirken ließ. Ich konnte Rauch riechen, dick und beißend, selbst durch den Regen.

Der Schuppen war verschwunden. In tausend Teile explodiert.

Und mit ihm der einzige Beweis, den wir gefunden hatten.

KAPITEL 29

VERONICA

Im einen Moment suchte Paul noch nach dem USB-Stick, im nächsten schrien alle durcheinander, und Jughead schubste uns nach draußen, zurück in den Regen. Archie warf sich auf mich und stieß mich zu Boden. Betty kreischte, ich hörte eine mächtige Explosion – und dann waren da nur noch das Knistern von Flammen und der Geruch von Rauch, der ätzend durch die Luft schnitt.

Einer nach dem anderen standen wir wieder auf. Hustend, blinzelnd rappelten wir uns langsam aus dem Dreck auf und schauten ungläubig zu, wie der Schuppen ganz in unserer Nähe niederbrannte.

»Das war …«, begann Betty.

»Unser einziges Beweisstück«, bestätigte ich. Tränen traten mir in die Augen und ich wehrte mich gegen Archies beschützende Umarmung. »Wir müssen es holen!«

»Veronica! Hör auf!« Er hielt mich ganz fest. »Es ist vorbei.«

»Es kann nicht vorbei sein.« Ich begann zu weinen, heiße Tränen strömten über mein Gesicht.

»Doch, ist es«, beharrte er.

Aber das war es nicht. Noch nicht mal annähernd. Weil ich in diesem Augenblick eines mit Sicherheit wusste: Ich würde alles tun, um Archie vor meinem Vater zu beschützen.

Ganz gleich, um welchen Preis.

KAPITEL 30

BETTY

»Es kann nicht vorbei sein«, schluchzte Veronica.

Obwohl ich erst vor wenigen Sekunden von den Beweisen erfahren hatte, die sie und Jug gefunden hatten, wusste ich genau, was sie meinte. Mir sank das Herz in die Hose und in meinem Kopf drehte sich alles. Ich steckte eine Hand in die Hosentasche mit der Pillendose – und dann fiel es mir wieder ein.

Das Badezimmer. Die Tabletten. Ich wusste immer noch nicht, ob ich sie genommen hatte oder nicht. In meinem Kopf war nichts als Rauschen, und mein Handydisplay – auf dem sich der spinnennetzartige Riss wie eine Seuche ausbreitete – zeigte immer noch keine verpassten Anrufe.

Ich atmete ein paar Mal tief ein, aber von all dem Rauch in der Luft musste ich husten. Jug klopfte mir auf den Rücken.

»Ganz ruhig«, sagte er. »Das solltest du lieber nicht einatmen. Das ist nicht gut für dich.«

Ich steckte beide Hände in die Hosentaschen und versuchte, mich ganz klein zu machen. Für ihn. Für meine Freunde. Versuchte, mich zusammenzureißen, zum gefühlten millionsten Mal in den letzten paar Stunden.

Ich war am Ende. Kurz vor dem Zusammenbruch. Schon bevor mit absoluter Sicherheit enthüllt worden war, dass mein eigener Vater hinter Black Hood steckte, hatte ich es gewusst. Aber ich wusste verdammt noch mal einfach nicht, wie ich je darüber hinwegkommen sollte. Sicher nicht mithilfe der Farm – Gott, nein! Aber auch nicht mithilfe der Pillen – obwohl ich sie auch nicht aufgeben würde, noch nicht.

Um ganz ehrlich zu sein, war ich einfach noch nicht bereit, mit Jug über das alles zu sprechen. Es lag nicht daran, dass ich glaubte, er würde mich verurteilen. Ich wusste ohne jeden Zweifel, dass er mit nichts anderem als liebevoller Unterstützung reagieren würde … Es lag vielmehr daran, dass ich *mich selbst* verurteilte. Ich fühlte mich furchtbar, weil ich in diesem Teufelskreis steckte. Und ich schämte mich zu sehr, um mit irgendjemandem darüber zu sprechen.

»Was …«, begann ich und zwang mich, mich auf das Problem zu konzentrieren, das direkt vor uns lag: den in Flammen stehenden Schuppen, der uns diese unerträgliche Hitze entgegenschleuderte.

»Was sollen wir denn jetzt tun?«

KAPITEL 31

ARCHIE

»Was sollen wir denn jetzt tun?«

Bettys Stimme zitterte bei der Frage.

Der Schuppen war weg. Das Unterholz rundum brannte. Die Luft roch nach Rauch und nasser Erde. Und jedes Mal, wenn ich die Augen schloss, sah ich Andre über Cassidy stehen, mit wild entschlossenem Blick.

Ich weiß, was du getan hast.

»Wir können gar nichts tun.« Meine Stimme klang stark, klar. Sie verriet nicht, wie sehr ich in Wahrheit innerlich zitterte. Denn dies war das Einzige, wobei ich mir wirklich sicher war.

»Wir haben es versucht«, fügte ich hinzu. »Wir haben es ein letztes Mal versucht und … Ich weiß nicht, vielleicht hätten wir ja wirklich beinahe etwas gefunden. *Vielleicht.*«

»Aber Archie, die Aufzeichnung –«, erwiderte Veronica.

»Wir hatten nie die Chance, sie uns anzusehen«, unterbrach ich sie. »Wir *wissen* nicht, was darauf zu sehen war. Nicht wirklich. Und mal ehrlich: Wenn dein Vater *das hier* arrangieren kann«, ich nickte in Richtung der in Flammen stehenden Ruine, »dann machen wir uns ohnehin nur etwas vor, wenn wir glauben, wir könnten ihn irgendwie aufhalten.«

»Wage es ja nicht, aufzugeben, Archie Andrews«, sagte Veronica und sah mich wutentbrannt an.

Ich zuckte mit den Schultern. »Ronnie, diese ganze Sache mit deinem Dad … sieht mir eher nach einem ausgewachsenen Krieg aus als nach einer einzigen Schlacht. *Das* hier war eine Schlacht. Und wir haben sie verloren.«

»Wir können nicht aufgeben!«, stimmte Betty Veronica zu. Auch sie weinte jetzt.

Ich sah die beiden an, betrachtete ihre offenen, verzweifelten Gesichter. Ich hasste es, dass sie all das meinetwegen durchmachen mussten. Ich hasste es, dass alles nur noch schlimmer werden würde, wenn wir wieder nach Hause fuhren. Aber was konnten wir sonst schon tun?

»Das Urteil wird nächste Woche gefällt«, erinnerte ich die anderen. »Wir müssen zurück nach Hause, um uns darauf vorzubereiten.«

Jughead räusperte sich. »Damit hat er nicht ganz unrecht.« Als die Mädchen ihn nur ungläubig anstarrten, stellte er klar: »Ich meine damit nicht, dass wir aufgeben sollten – das schlage ich ganz sicher nicht vor. Aber wir *sollten* von hier verschwinden. Hier hat es eine Explosion gegeben. Demnächst wird die Polizei hier auftauchen. Und wir sollten *nicht mehr* hier sein, wenn sie eintreffen.«

Dem konnte niemand wirklich widersprechen.

»Wir sollten das Feuer melden, bevor es jemand anders tut.« Betty schien wieder in den Problemlösungsmodus zu wechseln. »Und zumindest die Kontrolle über einen winzigen Teil dieser ganzen Geschichte bewahren, solange wir es noch können.«

Ich nickte, genau wie die anderen. Aber ich konnte nicht anders, als innerlich bitter darüber zu lachen,

Es war nun mal vollkommen lächerlich, so zu tun, als hätten wir bei dieser ganzen Sache über irgendetwas die Kontrolle.

EPILOG

Ethel:

Dilton, ich mach mir Sorgen um dich. Ich weiß, dass du gesagt hast, dass du dich jetzt nicht mit mir treffen kannst, aber könntest du mir wenigstens antworten? Damit ich weiß, dass alles okay ist? Vielleicht bin ich ja paranoid, aber ich werde einfach das Gefühl nicht los, dass hier irgendwas vor sich geht.

Dilton:

Es ist erledigt.

PP:

Sehr gut. Die Bezahlung wird am festgelegten Ort morgen früh um fünf deponiert. Und ich würde nicht lange mit dem Abholen warten, wenn ich du wäre.

PP:

Tja, was sagt man dazu? Der Junge hat Wort gehalten. Wenn ich du wäre, würde ich mich allerdings fragen, was für ein Junge in seinem Alter solchen Sprengstoff zu Hause rumliegen hat.

HL:

Das lass mal meine Sorge sein. Aber ich weiß deine Kooperation sehr zu schätzen. Deine Leute werden entsprechend entlohnt werden.

PP:

Jederzeit. Eine Hand wäscht die andere …

HL:

Und du wartest, bis ich mir das nächste Mal die Hände waschen will. So funktioniert das, nicht anders.

PP:

Verstanden.

PP:

Es wird dich freuen, zu hören, dass dein Freund Doiley seine Sache erledigt hat.

Sweet Pea:

Schön, dass ich zu Diensten sein konnte. Aber ich hab dir doch gesagt: Ich bin raus. Ich hab Dilton für dich organisiert und damit bin ich fertig.

PP:

Wann lernst du das endlich? So was wie »fertig« gibt's nicht. Es gibt nur »dabei« oder »tot«. Und für den Moment bist du »dabei«. Was bedeutet, dass Hiram Lodge dir wohlgesonnen ist. Und du solltest besser dafür sorgen, dass das auch so bleibt.

JUGHEAD

Am Ende kamen wir zu dem Schluss, dass ein anonymer Anruf die beste Möglichkeit war, das Feuer zu melden. Nicht dass wir es wirklich hätten melden müssen. Vermutlich hatte Hiram Lodge die örtliche Polizei bereits vorgewarnt, dass es beim Haus zu einer Explosion kommen würde.

Oh, verdammt – vielleicht hatte er ja sogar die Polizei dafür bezahlt, dass sie den Schuppen in die Luft sprengten.

Leider würden wir es wohl niemals herausfinden. Shadow Lake befand sich schon viel zu lange in der starken Hand von Hiram Lodge. Dass dort draußen überhaupt jemand auf unserer Seite stand und versuchte, uns dabei zu helfen, im Namen der Gerechtigkeit auch nur ansatzweise einen Fuß auf den Boden zu kriegen, war ohnehin schon ein kleines Wunder. Mehr konnten wir wirklich nicht erwarten. Mehr konnten wir nicht zu hoffen wagen.

Aber wir taten es trotzdem, irgendwie. Wir klammerten uns an die Hoffnung – gegen jede Hoffnung.

An die Hoffnung, dass in Veronicas Vater doch noch ein winziger Funken Menschlichkeit, Mitgefühl und Liebe für seine Tochter schlummerten – und für all die Menschen, die ein Teil ihrer Welt waren.

An die Hoffnung, dass es trotz unseres verbrannten Beweisvideos noch etwas anderes gab – eine Nachricht, eine Botschaft, einen versteckten Hinweis –, durch das sich dieses ganze entsetzliche Chaos endlich in Luft auflösen würde. Etwas, das wir irgendwann doch noch finden würden, wenn wir nur ein bisschen angestrengter danach suchten.

An die Hoffnung, dass Archie freigesprochen werden würde.

Die Hoffnung stirbt zuletzt. So sagt man doch, oder?

Aber sie stirbt – und mit ihr die Möglichkeit eines strahlenden Neuanfangs. Stattdessen blieb uns nichts als die unerbittliche Hitze der letzten Sommertage, die uns mit ihrem grellen Sonnenschein brennend den Weg bis zum Labor Day wies – direkt bis in den Gerichtssaal …

Und bis zum drohenden Ende für Archie Andrews Unschuld.

Micol Ostow arbeitet als Schriftstellerin und Lektorin und hat über fünfzig Bücher geschrieben für alle Altersgruppen. Dabei hat sie Projekte betreut, die auf *Buffy*, *Charmed* und *Mean Girls* basieren. Als Kind hat sie ihre eigenen *Archie Comics*-Geschichten erfunden. Sie wohnt mit ihrem Mann und ihren zwei Töchtern in Brooklyn, die ebenfalls von der Pop-Kultur fasziniert sind.

Mehr über cbj/cbt auf Instagram unter @hey_reader

Micol Ostow

RIVERDALE – Der Tag davor

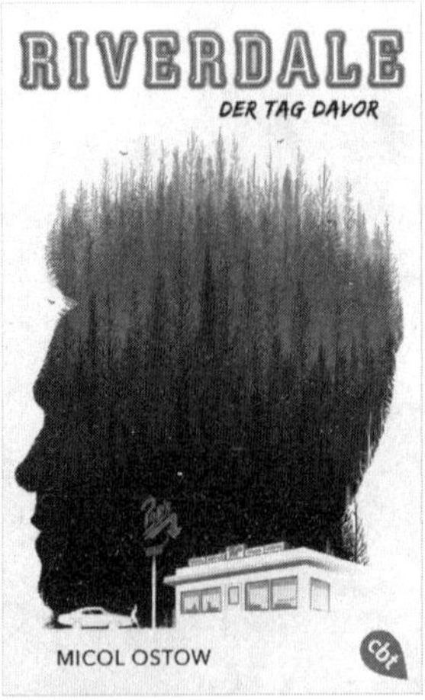

ca. 352 Seiten, ISBN 978-3-570-31295-7

Die Legende nimmt ihren Anfang: Archie, Jughead, Betty und Veronica verraten ihre tiefsten Geheimnisse ...
Willkommen in Riverdale – einer Bilderbuchstadt, hinter deren Fassade dunkle Geheimnisse schlummern ... Hast du dich je gefragt, was für ein Leben Veronica in New York geführt hat, bevor sie nach Riverdale kam? Warum Jughead und Archie eigentlich zerstritten waren? Und wie lange Betty wirklich schon in Archie verliebt ist? Deine vier Lieblings-Charaktere verraten in dieser Vorgeschichte ihre Geheimnisse und erzählen in ihren eigenen Worten, was passiert ist, bevor RIVERDALE seinen Anfang nahm ...

30384

www.cbj-verlag.de